AUSTRIACA

D1936904

Man muß aus der Welt kein Museum machen, wenn es um das Bewahren alter Dinge geht. Schönheit und technischer Fortschritt sind nicht unvereinbar. Dieses Buch will Schönheit zeigen – Schönheit im ländlichen Raum. Das, was uns noch geblieben ist von der alten Bauernherrlichkeit.

Noch werden kirchliche Feste in aller Form gefeiert, noch gibt es uralte Bräuche, die zwar zum Teil zu touristischen Attraktionen geworden sind, aber daneben übt man noch Bräuche, die sich nur in der Familie oder in der dörflichen Gemeinschaft abspielen, ohne Seitenblick auf den Fremdenverkehr. Denn schon die Väter lebten damit, man hat selbst Freude daran – und ein wenig glaubt man wohl selbst auch an die Wirkung dieser Bräuche, die oft heidnischen Ursprungs sind.

Trachten werden heute nur noch von wenigen alten Bäuerinnen zum Kirchgang angelegt. Als die Tracht aus der bäuerlichen Arbeitswelt immer mehr verschwand, lenkte Erzherzog Johann, der große Förderer von Volks- und Brauchtum, durch seine Tätigkeit das Augenmerk wieder auf die Schönheit der alten Trachten. Und heute sind es vor allem die Vereine – Blasmusikkapellen, Schützenkompanien und Volkstanzgruppen –, die wesentlich zur Erhaltung der alten Trachten beitragen und das Zusammengehörigkeitsgefühl und damit auch die Aufrechterhaltung der dörflichen Gemeinschaften fördern.

Der Bauernhof ist eine Betriebsstätte, hat Funktionen zu erfüllen, die im Einklang mit der Arbeitstechnik stehen. Daher ist heute der Silo neben dem Bauernhof zu finden. Aber der Hof ist auch Wohnstätte, ist Heimat – und damit Sehnsuchtstraum vieler entwurzelter Städter, Inbegriff des abgeschlossenen, eigenen Lebensraumes.

Vor 150 Jahren lebten drei Viertel der Bevölkerung auf dem Lande und größtenteils im Bauernhaus. Heute ist es nur noch ein Sechstel. Und der Stadtmensch trägt die heimliche Sehnsucht nach dieser verlorenen Welt in sich.

FRANZ HUBMANN, Jahrgang 1914, einer der bedeutendsten Photographen Europas, Mitbegründer der Kulturzeitschrift „Magnum“, hat sich in den letzten Jahren immer mehr der Gestaltung umfangreicher und qualitätvoller Photobände gewidmet. Hubmann ist Träger des Kulturpreises der Stadt Wien und Autor von 17 Fernsehfilmen aus allen Themenkreisen. Im Verlag Fritz Molden erschienen bisher folgende Werke: „K. u. K. Familienalbum“ (1971), „Das deutsche Familienalbum“ (1971), „Das jüdische Familienalbum“ (1974), „Heimliches Österreich“ (1975), „Das Tausendjährige Österreich“ (1975), „Heimliches Deutschland“ (1976), „Das Heilige Römische Reich Deutscher Nation“ (1978); weiters „Oberösterreich“, „Burgenland“, „Steiermark“, „Salzburg“, „Bayern“, „Niederösterreich“ und „Wien“.

Franz Hubmann lebt in Wien.

Franz Hubmann

Land und Leut

Bäuerliche Baukunst, Brauchtum und Tracht in Österreich

Mit 131 Abbildungen, davon 60 in Farbe

Wilhelm Goldmann Verlag

LITERATUR:
Simon Aiblinger. Vom echten bayerischen Leben. BLV, München 1976
Marie Andree-Eysn. Volkskundliches. Aus dem bayerisch-österreichischen Alpengebiet. Braunschweig 1910
Karl Adrian. Von Salzburger Sitt' und Brauch. Österreichischer Schulbuchverlag, Wien 1924
Christian Brandstätter/Franz Grieshofer/Franz Hubmann
Die Lederhose. Verlag Fritz Molden, Wien 1978
Anton Dörrer. Tiroler Fasnacht. Österreichischer Bundesverlag, Wien 1949
Ludwig von Hörmann. Grabschriften und Marterln. Innsbruck 1888
Tiroler Volksleben. Stuttgart 1909
Günther Kopfhammer. Brauchtum in den Alpenländern. Callwey Verlag, München 1977
Herbert Pöttler. Alte Volksarchitektur. Styria Verlag, Graz 1975
Leopold Schmidt. Perchtenmasken in Österreich. Böhlau Verlag, Wien 1972
György Sebestyén. Das große österreichische Weinlexikon. Verlag Fritz Molden, Wien 1978
Otto Swoboda. Holzbaukunst in Österreich. Otto Müller Verlag, Salzburg 1975–1978
Otto Swoboda. Lebendiges Brauchtum. Residenz Verlag, Salzburg 1970
Karl Wieninger. Hier in diesem Hause . . . Athesia Verlag, Bozen 1978
H. von Zimburg. Der Perchtenlauf in der Gastein. Braumüller Verlag, Wien 1947

Made in Austria · 5/82 · 1. Auflage · 118
Genehmigte gekürzte Taschenbuchausgabe
© der Originalausgabe 1979 by Verlag Fritz Molden
Wien – München – Zürich – Innsbruck
Umschlaggestaltung: Atelier Adolf & Angelika Bachmann, München
Umschlagfoto: Franz Hubmann, Wien
Druck und Bindearbeit: Welsermühl, Wels
Verlagsnummer: 26905
Lektorat: Helga Zoglmann / Cornelia Schmidt-Braul
Herstellung: Franz Hanns / Sebastian Strohmaier
ISBN 3-442-26905-9

Inhalt

Einleitung

Dieses Buch will Schönheit zeigen, Schönheit auf allen Gebieten im ländlichen Bereich. Der „ländliche Raum", das Land, ist eine Kulturlandschaft, vom Menschen in jahrhundertelanger Arbeit zu dem gemacht, was es heute ist. Mit den Rechtecken der Wiesen und Felder, mit den Obstbäumen, mit Straßen und Wegen und mit den aufgeforsteten Wäldern wirkt es oft wie ein Garten. Bis hinauf ins Gebirge hat der Mensch die Welt verändert und kultiviert, und allmählich haben wir erkannt, wie wichtig der letzte Bergbauer hoch oben für uns alle, für unsere Umwelt ist.

Die Schönheit dieser Welt liegt aber nicht nur in der Natur allein, in ihr gibt es Dörfer, Kirchen, Höfe, Kapellen und Marterln, die wesentlich ihr Aussehen bestimmen und uns oft das Gefühl der Harmonie vermitteln. Vielleicht ist es nicht ganz so wahr, was hier gezeigt wird, weil es nur der schöne Teil der Wirklichkeit ist, die oft grauslich und erschütternd sein kann. Es ist die Welt, wie sie sein könnte, wenn wir uns mehr um die Erhaltung alles Guten und Schönen bemühten. Denn Fortschritt und moderne Zivilisation sind nicht unvereinbar mit dem Bewahren alter Kulturgüter. Das heißt aber nicht, daß man aus der Welt ein Museum machen soll.

Es ist das, was uns noch geblieben ist von alter, gewachsener Volkskultur, von der „alten Bauernherrlichkeit". Worin liegt der Reiz der alten Bauernhöfe? Ganz gleich, wohin wir gehen – auch im übrigen Europa –, sie sind einfach schön, so wie ein Baum, ein Strauch, eine Blume einfach schön ist. Es liegt wohl nicht an bestimmten Regeln, die lernbar wären, sie sind auch nicht von hochgelehrten Architekten erbaut, sondern vom einfachen Maurer, vom Zimmermann, oft vom Bauern selbst. Die Maße stimmen, das Material stimmt, alles ist harmonisch. Es soll hier keine falsche Romantik gepredigt, für verwitterte malerische Winkel und altes Mauerwerk Stimmung gemacht werden. Aber die neuen Höfe und Häuser sind trotz technischen Fortschritts zum großen Teil unschön und seelenlos.

Neue Arbeitsmethoden auf dem Bauernhof beeinflussen auch das Bauen. Aber der Hof ist nicht nur Betriebsstätte, sondern auch Heimat. Die Arbeitsstätte sichert das Leben, das Überleben, aber man *lebt* auch, und das ist nicht mit materialistischer und funktioneller Denkweise zu erzielen. Frühere Zeiten hatten Freude daran, auch kleine Dinge am Haus zu schmücken, die Pfettenbretter, die Verbindung der Holzbalken, selbst in den Scheunen waren Luftlöcher in Ornamenten ausgeschnitten, ganz zu schweigen von den vielfältigen Mustern, in denen die Ziegel bei den Luftgittern steirischer und Kärntner Stadel geschichtet sind. Es war „eine Baukunst, die für ihre Zeit alles erfüllte, was man ihr abverlangte, und die darüber hinaus, möglicherweise ohne es zu wollen, noch das menschliche Auge erfreute“. Unserem rationellen Denken genügt eine kahle Betonwand, ein Wellblechdach. Wieviel Schönheit hatten die alten Bauernmöbel, wie heimelig war die Ecke in der Küche und wie ansprechend das Gerät.

Und wie lebte das Volk, wie farbenfroh war die Kleidung,

wie vielfältig das Brauchtum! Vieles davon wird gottlob bewahrt und gehegt, hat einen neuen Sinn erhalten und damit lebt es wieder, uns zur Freude. Man hält die alten Bräuche, weil man selbst Freude daran hat und „weil es immer so gehalten wurde". So erlebt auch die Volksmusik eine gewaltige Renaissance in unserer Zeit der mechanischen Musik. Unzählige Gruppen von Sängern und Musikanten pflegen das alte, gewachsene Liedgut. Es gibt eine Legion von Blaskapellen, ihre Zahl ist größer als die Zahl der Ortschaften Österreichs.

All das soll in diesem Buch anklingen. Es soll die Augen öffnen für die Schönheiten auch der kleinsten Dinge und für „das, was uns noch geblieben ist" in einer immer mehr industrialisierten Umwelt. Wir sollten daher bei allem, was uns angeboten wird, an einen Satz von Dr. Pöttler denken: „Wo sich das Geschäft in den Vordergrund drängt, hört meistens die Kultur auf."

F. Hubmann

Tracht, Brauch und religiöse Kultur

Wenn der Waager-Bauer aus dem Pinzgau im September auf seine Alm am Felber Tauern steigt, um die Kühe für den Almabtrieb selbst aufzukranzen, so geht er nicht zu Fuß, sondern er fährt in einem Super-Mercedes. Und seine Söhne, die dann beim Abtrieb mitziehen, kommen zumindest mit dem Motorrad angebraust. Sie tragen auch keine Tracht, weder Schlapphut noch Gamsbart, was bei dieser Art der Fortbewegung sehr hinderlich wäre, sondern amerikanische Käppis und Blue jeans.

Und der Sieger beim jahrhundertealten bäuerlichen Ringkampf am Hundstein, der „Hagmoar" vom Jakobi-Ranggeln, stellt sich mit seiner Siegerfahne ebenfalls in Blue jeans dem Fotografen.

Diese beiden Begebenheiten sind typisch für eine Entwicklung, die seit dem 19. Jahrhundert unaufhaltsam fortschreitet und den langsamen Zerfall der ländlichen Kultur andeutet. Es ist selbstverständlich, daß sich die Arbeitsmethoden mit der zunehmenden Technisierung ändern müssen, daß auch im Haus, im Stall, in den Räumen die moderne Zivilisation einzieht. Aber aus Unverstand, aus einem falschen Streben nach Modernität wurden und werden noch immer viele Dinge zerstört, weggeworfen, verkauft. Dies gilt für das ländliche Bauen, noch mehr aber für Möbel und Gerät. Es ist dieser Bereich gemeint, wenn man von Volkskunst spricht; und diese Volkskunst ist heute endgültig tot.

Der letzte Ausverkauf begann nach dem Krieg und ist noch immer nicht abgeschlossen. Es gibt nur noch spärliche Reste der „alten Bauernherrlichkeit“, die an ihrem angestammten Platz verblieben sind.

Kehren wir noch einmal zum Ausgangspunkt zurück. Warum macht der Bauer den Almabtrieb? Vielleicht ist es ein Festhalten an einem Brauch, „weil es immer so war“, vielleicht die eigene Freude an einer schönen Schau. Denn ein Almabtrieb mit den geschmückten Kühen erfüllt auch den Besitzer der Herde mit Stolz. Ich weiß aber auch, daß die Nachbarn des Bauern, die Dorfbewohner, ihn immer wieder bedrängen, den Brauch nicht einschlafen zu lassen. Natürlich freut sich der Bauer, wenn das Vieh vollzählig von der Alm heimkehrt, aber glaubt er auch an Symbole wie die Spiegel im Kopfschmuck, die böse Geister abwehren sollen, läßt ihn ein tieferer Glaube diese Heidenarbeit auf sich nehmen?

Der Fortbestand des Ranggelns hat andere Gründe. Dieser Brauch hat sich über Jahrhunderte erhalten und zieht noch immer Scharen von Teilnehmern und Besuchern an. Es war immer ein Kräftemessen, ein sportlicher Wettkampf, und gerade dies weckt in unseren Tagen größtes Interesse. Wie man daraus sieht, können Bräuche sehr wohl in unserer Zeit weiterleben, nur die Sinngebung hat sich geändert.

Bei der Tracht liegen die Verhältnisse anders. Sie mag noch so schön sein – und das ist meistens der Fall –, für unsere Zeit ist sie zu unpraktisch, ganz abgesehen vom handwerklichen Können, das ihre Herstellung erfordert und das heute meist nicht mehr vorhanden ist. Wenn man vom reizvollen Dirndl absieht, das es heute erneuert in den

Formen der verschiedenen Täler gibt, oder bei den Männertrachten vom Ausseer Anzug und von der Lederhose, so liegt die Erhaltung der alten Tracht vor allem bei den Schützenkompanien, den Musikkapellen und bei einigen Trachtenvereinen.

Die Pflege der Tracht, oder sagen wir das Interesse daran, begann zu Anfang des 19. Jahrhunderts. Der wichtigste Anreger und Förderer war Erzherzog Johann, der das Joanneum in Graz gründete und von dem auch später die Anregung zu einem tragbaren Lodengewand stammt, in das er sich auch selbst kleidete. Auf weiten Wanderungen betrieb er damals die systematische Erfassung der österreichischen Alpengebiete durch einen Stab von Botanikern, Geologen, Mineralogen und auch Kunstmalern. Er hatte dafür eine Reihe von bekannten Künstlern als Kammermaler in seine Dienste genommen, unter anderem Gauermann, Kriehuber, Loder, Russ. Ihre Bilder sind alle noch erhalten; sie zeigen Tanzszenen, Musikanten, Volkstypen; von Russ etwa stammt die Serie Steirische Trachten um 1810. Dies alles bot die Grundlage für die spätere Trachtenforschung.

Bei den Bildern fällt auf, daß fast alle Männer die Kniebundhose tragen. Nur einige besonders markante Typen haben die kurze Lederhose an, es sind dies Jäger oder Kraxenträger. Die kurze Lederhose war eine Arbeitshose für den Sommer und nicht der Inbegriff der Tracht oder ihr wesentliches Merkmal. In diesem Zusammenhang werfen wir einen Blick nach Bayern, denn von dort nahm eine Entwicklung ihren Ausgang, die weitreichende Folgen hatte, auch für Österreich. Anläßlich der Arbeiten über das Thema „Lederhose“ besuchte ich auch zahlreiche Festivitäten in Bayern. Vor allem beim „Gaufest des Gauverbandes I Oberbayrischer Gebirgstrachten-Erhaltungsvereine“ sah ich unter den vielen Hundertschaften außer zwei Gruppen nur solche mit kurzen Lederhosen. Die Unterschiede zwischen den Teilnehmern lagen einzig in den Details. Vor allem die Auszier – die Stickerei – war in allen Schattierungen von hellgrün, lindgrün, giftgrün, dunkelgrün, über gelb bis rostbraun zu sehen. Alles ist genau eingeteilt, für jeden Verein festgelegt, reglementiert, es ist wie eine Uniform, und alles geht auf eine Erneuerungsbewegung zurück, die vor knapp 100 Jahren in Bayrischzell mit der Gründung des „Vereines zur Erhaltung der Volkstracht im Leitzachtal und Bayrischzell“ begann. So „alt“ ist diese Tracht.

Die Trachtenbewegung strahlte auch auf Österreich aus, wenn sie auch nach außen hin wohl nicht die Bedeutung wie in Bayern erlangte. Vielleicht liegt das am Individualismus und an einem gewissen Sektierertum der Österreicher.

Nach dem Zweiten Weltkrieg wurden Schützenkompanien und Musikkapellen neu eingekleidet, in Trachten nach historischen Vorbildern. Denn mancherorts hatte die Tradition sehr an Bedeutung verloren, und es galt, die Reglementierung, wie sie durch das bayerische Beispiel noch immer wirkte, zurückzudrängen. Die Heimatwerke haben eine ungeheure Leistung vollbracht; zwei Männer waren hier führend, Kuno Brandauer in Salzburg und Franz Lipp in Oberösterreich. Das Trachtenwesen ist dadurch in Österreich vielschichtiger, differenzierter.

Früher waren die Trachten von Tal zu Tal, oft von Ort zu Ort verschieden, in den österreichischen Alpenländern gab es buchstäblich Hunderte von Trachten, Tirol allein hatte hundert Abarten. Heute gibt es nur vereinzelt Orte, wo die Frauen, oder zumindest viele von ihnen, an hohen Festtagen in Tracht zur Kirche gehen, im Bregenzerwald, in Tirol und Salzburg, und das ohne Trachtenverein. Und in Südtirol, im Sarntal! Da gibt es noch Dörfer, wo alles, aber wirklich das ganze Dorf, einschließlich der Männer und der Kinder, am Sonntag in Tracht geht. Wie königlich sehen die Bäuerinnen in der schönen Kleidung aus!

Manche Stücke der Bauerntracht, Miederleiberl und Hauben, Hüte und faltige Röcke, scheinen sehr alt zu sein und entstammen doch meist dem 18. Jahrhundert. Viele Stücke haben schon ihre Ahnen vor Jahrhunderten getragen: der Wetterfleck, ein Kopfschmuck wie eine Brautkrone, Ledergurten mit Zinnbeschlägen oder mit Federkiel bestickt, der breitkrempige Hut und die Hosenkrax der Sarntaler.

Die wichtigsten Bewahrer der Trachten sind die Schützenkompanien. Bei vielen von ihnen haben sich sehr alte Stücke erhalten, außer Hüten, Röcken und Gürteln auch noch Eßbestecke und alter Schmuck der Marketenderin. Die Fülle von Formen und Farben bei einem Schützentreffen ist unbeschreiblich; wie arm sind wir doch in der modernen Kleidung, verglichen mit dem Farbenrausch früherer Zeiten. Was wäre ein österreichischer Sommersonntag, eine Festivität ohne die Schützen, ohne die Musikkapellen?!

Österreich ist besonders reich an alten Volksbräuchen, und es ist eigentlich verwunderlich, daß so viele von ihnen die Zeiten überdauert haben. Denn anders als Volkskunst und Tracht besitzen sie einen geistigen Inhalt, vieles basiert auf heidnischem Gedankengut, vieles wurde von der katholischen Kirche in ihr Gewand gesteckt. Wer weiß noch etwas von Dämonen und Geistern in den Bräuchen, wer glaubt noch daran, daß die Ernte besonders gut wird, wenn die Perchten laufen und ähnliches? Mit einem Augenzwinkern sagt man sich, es könnte ja sein, na, und wenn es schon nicht nützt, so schadet es nicht. Im übrigen „wurde es immer so gehalten", und deshalb macht man es auch so. Dieses letzte Argument trifft auf viele Bräuche zu, ein Festhalten an Überliefertem, das oft gar nicht von den Bauern kommt. Sehr viele Brauchträger in kleinen Orten stammen wohl von Bauern ab, sind aber kleine Angestellte, Handwerker und ähnliches. Aber sie alle wirken gerne mit, vor allem zur eigenen Freude, und das ist ein neuer Sinn neben der Traditionsverbundenheit.

Aber betrachten wir die Bräuche im Jahresablauf. Das Bauernjahr beginnt mit der letzten und wichtigsten der zwölf Rauhnächte, der Nacht vor dem 6. Januar, dem Perchtentag. Damit sind wir schon mitten in der Mystik, denn Frau Berchta ist eine Gestalt, die gut und schön und dann wieder häßlich und furchtbar bösartig sein kann. Darum gibt es schöne und schiache, Schönperchten und Schiachperchten. Die verschiedenen Winterbräuche, die das Wecken der Lebensgeister, die Vertreibung der Winterdämonen zum Sinn haben, heißen alle „Laufen". Das Laufen und Trappeln über die gefrorenen Felder sollte die Erde bzw. die Saat wecken. Bei den Perchtenläufen im Pongau, die am 6. Januar abwechselnd in St. Johann, Gastein, Bischofshofen und Altenmarkt stattfinden, tragen die Schönperchten riesige Tafeln mit Spiegeln – zur Abwehr böser Geister, geschmückt mit „Kropfbandeln" oder Jagdtrophäen oder anderen Symbolen. Das Anwachsen der schweren Tafeln im vorigen Jahrhundert hat bewirkt, daß aus dem Laufen ein gemessenes Schreiten und Drehen geworden ist. Die prächtigen Maskenumzüge locken Scharen von Besuchern an; sie finden jedoch nicht jedes Jahr statt, sondern haben Intervalle von zwei, drei und fünf Jahren. Berühmt ist das Schemenlaufen in Imst, das Schellerlaufen in Nassereith, das Schleicherlaufen in Telfs und das Huttlerlaufen oder, wie es jetzt heißt, Mullerlaufen in Thaur. Gemeinsam ist allen die Lärmentwicklung durch Kuhschellen, die an einem Gürtel getragen werden, gemeinsam ist ihnen auch das Hüpfen und Springen, ein kultischer Tanz, um die erstarrten Lebensgeister der Saat zu wecken. Die Hauptfiguren sind immer Paare, welche die männliche und weibliche Natur verkörpern. Beim Imster Schemenlaufen sind es der Scheller mit großen Glocken und der Roller mit Pferdeschellen, der eine bärtig und ernst, der andere glatt und lieblich. Auch sie tragen einen Kopfschmuck, den „Schein", mit einem Spiegel. Eine Persiflage auf diese beiden sind Lagge-Scheller und Lagge-Roller. Um diese Hauptfiguren tummeln sich Hexen und Sacknerinnen, die Platz schaffen, laufen Spritzer und Kübele-Majen, die Fruchtbarkeitszauber in Form von Wasser verspritzen. In Nassereith läuft vor Scheller und Roller der Kehrer mit einem Besen. Hier gibt es auch noch den Engelspritzer und einen Hexensabbat. Beim Schleicherlaufen in Telfs verkörpert ein Laternenträger den Lichtbringer, die Schleicher mit ihren gewaltigen Kappen mit Landschaften, Häusern, Tieren und so weiter die Herde, Tuxer und Tuxerin, die im Kreis der Herde tanzen, die Almbesitzer, und alles führt der Senner an, der „Goaßer" – Geißhirt –, denn früher gab es im Oberinntal mehr

Ziegen als Kühe. Er bläst in ein richtiges Alphorn, das allerdings gewunden ist. Und noch einmal tauchen Tuxer und Tuxerin auf, in Thaur beim Mullerlaufen als Altartuxen mit dem mit Federn besetzten großen Schein, und mit dem Gegenstück, dem Hütltuxer. Dazu kommen Zottler, Zaggler, Glöggler, Ziehorgler und wie diese Gestalten alle heißen. Die Tuxer waren als gute Almleute berühmt, sie sind schon auf Kupferstichen um 1700 zu sehen; sie trugen kurze Lederhosen, das Hemd war auf der Brust offen. Die Frauen hatten einen sehr offenherzigen Brustlatz, was ihnen Verbote und Rügen wegen Sittenwidrigkeit einbrachte. In dieser Tracht wurden sie sehr bekannt, da sie als Hausierer durch ganz Europa zogen. Eine der ältesten Figuren bei der Tiroler Fasnacht sind die „wilden Männer".

Im Salzkammergut laufen am 5. Januar die Glöckler mit ihren großen Schellen und ihren hohen Lichtkappen, von innen durch eine Kerze erleuchtet. Diese Kappen sind hohe Gestelle in verschiedenen Formen, mit durchscheinendem buntem Papier überzogen. Und im oberen Pinzgau tanzen zu einer eigenartigen Melodie zweier Klarinetten die Tresterer ihren Tanz in den Bauernstuben, bald schleifend, bald hochspringend. Alle diese Bräuche sind reine Männersache, wie es auch bei vielen anderen kultischen Handlungen der Fall ist. So ist auch die Begleiterin der Pongauer Tafelperchten, die „Gsellin", ein Bursch in Frauentracht.

Ein Brauch, der anscheinend durch Salzfuhrleute aus Venedig beeinflußt wurde, ist der Auftritt der „Flinserln" in Bad Aussee, kurz „Flinserlfasching" genannt. Nachdem am Vormittag des Faschingsdienstag die Trommelweiber lärmend durch die Stadt zogen, folgen nachmittags die mit

Pailletten bestickten „Flinserln“ und verteilen Nüsse unter den Kindern. Vorher werden aber einige Strophen eines überlieferten oder neuen Faschingsspruches gerufen.

Im Jahreslauf folgen die Bräuche, die mit dem Lebensbaumsymbol zusammenhängen. Es sind dies die oft mehrere Meter hohen Palmbuschen im Salzkammergut und in Tirol, der Maibaum, der besonders in Nieder- und Oberösterreich vor dem Haus eines Bürgermeisters, eines Gastwirtes oder sonstiger Honoratioren gesetzt wird, ebenfalls in Niederösterreich die Maitafeln an den Häusern von örtlichen Persönlichkeiten und die Prangstangen von Zederhaus und Muhr im Lungau. Diese fünf bis sieben Meter hohen Stangen, die mit Blumengebinden in schönen Mustern umwunden sind, in tagelanger Arbeit von einer Familie hergestellt, werden am Prangtag von einem jungen Mitglied der Familie im Zug der Prozession – einem Flurumgang wie Fronleichnam – mitgetragen. Oft sind es vierundzwanzig Stangen, die dann bis zum August im Kirchenschiff stehenbleiben. Eine Stange hat ein Gewicht von rund fünfzig Kilogramm, fünfzehn- bis sechzehnjährige Burschen tragen sie!

Zu Pfingsten findet in den slowenischen Orten des Gailtales in Kärnten das Kufenstechen statt. Es erinnert an die Ritterspiele zu Pferd; dabei wird ein auf einem Pfahl stekkendes Faß im Vorbeireiten mit einer Eisenkeule so lange bearbeitet, bis es zerbricht. Daran schließt sich ein „Kranzlstechen“ an, wobei dem Sieger ein Tanz mit der schönsten Jungfrau des Dorfes unter der Linde winkt.

Am ersten Sonntag nach Pfingsten halten die Knappen von Hüttenberg alle drei bis sechs Jahre ihren Reiftanz; angeführt vom „Pritschenschläger“ Hans Obermoar ziehen sie auf den Hauptplatz und tanzen mit ihren Reifen verschlungene Figuren, Sinnbilder der Grube. Der Schalksnarr zieht dabei alle Handlungen ins Lächerliche.

Nach dem Almabtrieb im September gibt es am 6. Dezember das Nikolausspiel in Mitterndorf, bei dem sich in das christliche Spiel Scharen von teuflischen Masken und vor allem die merkwürdigen „Strohschab" mischen. Der Kern ist hier sicher ein heidnischer Perchtenbrauch, der von der Kirche mit dem Nikolaus entschärft wurde.

Österreich ist ein vorwiegend katholisches Land, ein Land, in dem der Protestantismus durch die Gegenreformation hart unterdrückt wurde. Im Zuge ihrer Maßnahmen wurden viele Feste und Feierlichkeiten der Kirche äußerst prunkvoll und aufwendig gestaltet, um die alleinseligmachende Kirche besonders eindrucksvoll vor Augen zu führen.

Nicht zuletzt kamen durch die Habsburger sehr viele fremde Einflüsse nach Österreich – spanisches Zeremoniell vor allem –, die auch auf den Glaubensbereich abfärbten. Besonders stark waren die Auswirkungen des Barock auf dem Lande zu spüren. Nach den siegreichen Türkenkriegen setzte eine Welle der Barockisierung ein. Der Adel wetteiferte in Neubauten von Schlössern, die führenden Namen waren Fischer von Erlach und Lukas von Hildebrandt. Diese beiden prägten einen eigenen Stil, der im sogenannten „Reichsstil" gipfelte, deshalb so genannt, weil seine Ausstrahlung weit über die Kronländer der Habsburger hinausreichte und die Habsburger auch die Kaiser des Heiligen Römischen Reiches waren.

Die Barockisierung erfaßte das ganze österreichische

Kernland. Selbst kleinste Dorfkirchen und Kapellen baute man um. Die Gewölbe wurden in einem wahren Formenrausch von Stuck mit Bandelwerk, Girlanden und so weiter überzogen. Gotische Altäre und Bildwerke fielen in großer Zahl diesem „Bildersturm" zum Opfer. Nur wenige der großen Flügelaltäre sind uns erhalten geblieben, so die berühmten Altäre des unbekannten Meisters von Kefermarkt oder der Pacher-Altar in St. Wolfgang und einige andere, etwa in Hallstatt und Heiligenblut. Viele Kirchtürme bekamen barocke Zwiebelhauben in den groteskesten Formen. Und so spricht man heute von Österreich als einem barocken Land; diese barocken Einflüsse wirkten nachhaltig auf das ländliche Bauen, auf die Wohnkultur und die Tracht. Eine der prunkvollsten Ausgestaltungen erfuhr im Barock das schon seit dem 13. Jahrhundert bestehende Kirchenfest Fronleichnam – mittelhochdeutsch „fron leichnam" = Leib des Herrn. Dieses Fest wurde zur größten Demonstration des katholischen Glaubens mit einer unbeschreiblichen Prunkentfaltung, von der noch ein schwacher Abglanz bis auf unsere Tage gekommen ist. Im Volksmund „Umgang" genannt, wurde zum Beispiel der Wiener Stadtumgang durch die Teilnahme des Kaisers zu einem echten Volkserlebnis. Noch heute ist dieses Fest das prächtigste der Kirche, denn das Barocke, der Überschwang liegt dem Österreicher; wenn an einem sonnigen Fronleichnamstag die purpurnen Fahnen über den Köpfen der Prozessionsteilnehmer wehen, bei der Wandlung die Böller und Salven der Schützen krachen, dann kann man auch heute noch sagen: Das ist Österreich!

In vielen Gebirgsgegenden gibt es noch einen eigenen

Prangtag, zu Peter und Paul, zu Herz Jesu oder in Tirol zu Maria Geburt; dieses Fest wird mit einer Prozession begangen. Im salzburgischen Lungau und Pongau werden dabei die mit Blumengebinden umwundenen Prangstangen mitgetragen. Diese ersten Blumen werden dem eucharistischen Herrn geweiht. Hier steckt deutlich der heidnische Kult im christlichen Gewand, das Lebensbaumsymbol.

Eine besondere Art der Prozession findet an den Salzkammergutseen in Hallstatt und Traunkirchen statt. Die gedrängte Lage dieser Orte am Berghang, die dazu führt, daß selbst die Gebeine der Toten nach einigen Jahren aus ihren Gräbern in den Karner gebracht werden müssen, weil kein Platz für die nachfolgenden Toten ist, hat dazu geführt, daß sich die Prozession auf Salzplätten auf den See begibt. Das größte Schiff, mit Blumengirlanden geschmückt, trägt den „Himmel", umgeben von den bunten, flatternden Fahnen. Und wenn in der Mitte des Sees die Worte des Evangeliums ertönen und der Priester die Monstranz hebt, dann krachen vom Ufer die Böller, es dröhnen die Glocken, und das Echo wird vielfach von den hohen Bergwänden zurückgeworfen. Alles zur Ehre des Schöpfers.

Aber schildern wir nun der Reihe nach die religiösen Feste und Feiern, und beginnen wir mit dem Jahresanfang. In vielen Gegenden geht auch heute noch der Hausvater mit der Räucherpfanne durch das Haus – wieder ein heidnischer Brauch im christlichen Gewand. Es geschieht das erste Mal schon am Heiligen Abend des Vorjahres, wiederholt sich am letzten Tag, dem Silvestertag, und erfolgt zum drittenmal am Vorabend des Dreikönigstages. Jetzt werden auch, stellvertretend für die Drei Könige, ihre Initialen und die

Jahreszahl über die Türen geschrieben, C + M + B. Am Dreikönigstag ziehen auch heute noch in ganz Österreich die Sternsinger in ihrer morgenländischen Kleidung von Tür zu Tür und singen ein Lied. Meist sind es Angehörige der Katholischen Jugend, die für karitative Zwecke sammeln.

Ostern, eines der größten Feste der Christenheit, beginnt mit vielen alten Bräuchen am Palmsonntag. Der Palmsonntag dient der Erinnerung an den Einzug Christi nach Jerusalem, wo man ihn mit Palmzweigen begrüßte. Da es bei uns keine Palmzweige gibt, dienen Weidenkätzchen als Ersatz, im Volksmund „Palmkätzchen“ genannt; die kleinen Büscherln werden in der Kirche nach dem Hochamt geweiht, um daheim als Glücksbringer das Jahr über an der Wand zu hängen. Das System des Lebensbaumes steckt in all diesen Palmbuschen oder „Palmen“, wie sie in den Alpenländern genannt werden, es gibt sie als kleine Sträusse, als buschige Besen und als bis zu mehrere Meter hohe Stangen. Gebunden aus vielen segenbringenden Kräutern, dazu Weide, Wacholder, Buchsbaum, Erika, Segenbaum und Immergrün, und mit bunten Bändern geschmückt, sieht man sie bis in den Sommer hinein auf einem Stecken auf den Feldern und Wiesen stecken. Sie sollen Unwetter abhalten und Glück bringen. Die großen Buschen sind außer den Bändern noch mit Äpfeln, Nüssen, Brezen und gefärbten Eiern geschmückt, in Tirol tragen sie oft noch geschnitzte Christusfiguren. Die Weihe erfolgt während einer großen Prozession, die in größeren Orten wie Ischl, Rattenberg, Wolfsberg und so weiter in einem Wald von Palmen gipfelt.

Ein Überbleibsel aus dem Mittelalter, die Palmeselprozession, findet man heute noch in Thaur bei Innsbruck und in

Puch bei Hallein. Ludwig von Hörmann schreibt darüber um 1910:

„Gegenwärtig wird der Umzug mit dem Palmesel in den Alpenländern meines Wissens nur mehr im Dorfe Taur bei Hall gehalten, wo man vom genannten Orte zum Taurer Schloß hinaufzieht, von dort zum Dorfe Rum absteigt und dann wieder nach Taur zurückkehrt. Wir wollen den Vorgang näher besichtigen. Nachdem am Palmsonntag vormittag die Palmweihe stattgefunden hat, setzt sich der Palmesel mittags Punkt zwölf Uhr in Begleitung einer großen Volksmenge unter Glockengeläute von der Pfarrkirche in Taur aus in Bewegung. Der Zug sieht merkwürdig genug aus. Zuerst erscheint, gezogen von sechsundzwanzig bis dreißig Kindern, die wie an einer Strickleiter paarweise hinter einander angespannt sind, auf vierräderigem niederen Wagengestelle Christus, auf dem Esel sitzend, fast in Lebensgröße aus Holz geschnitzt. Er ist mit einem wirklichen braunroten Rocke bekleidet, der Mantel darüber ist hochrot. Seine Linke trägt einen Palmzweig, die Rechte hält er segnend erhoben. Hinter dem Palmesel folgen Knaben mit buntgeschmückten Palmen und blühenden Palmweidenzweigen (Salix caprea), dahinter kommen die ernsten Männer, darauf der Priester mit dem Kreuzpartikel in der Hand. Dieser bunte Zug der Palmträger und Beter, der die frischgrünen Hügel hinanwallt, während ringsum das erneute Leben aus tausend und tausend Knospen bricht und oben im Blau die ersten Lerchen trillern, hat für den Beschauer etwas ungemein Anregendes und Poetisches. Oben unweit des Taurer Schlosses wird der Palmesel im einsamen St. Romedikirchlein eingestellt und der Meßner singt mit den zwei Ministranten das Salve regina. Hierauf erteilt der Priester den Segen und der Zug bewegt sich wieder in der gleichen Ordnung unter lautem Beten der Menge gegen das Dorf Rum hinab.“

Dem ist nichts hinzuzufügen, nur ist die Zahl der Buben, die den Palmesel ziehen, kleiner geworden. Die Umzüge wurden im Laufe der Zeit immer prunkvoller und aufwendiger. Vor allem der Schmuck der Figur und die Verehrung derselben gemahnten schon fast an Götzendienst, es kam auch zu Ausschreitungen, sodaß die kirchlichen Stellen selbst ihre Einstellung betrieben. Bis heute hat sich der Ausspruch „aufgeputzt wie ein Palmesel“ für Personen erhalten, die übermäßigen Aufwand in ihrer Kleidung zeigen.

Zu den religiösen Feiern zählen auch Taufe und Hochzeit, wobei vor allem letztere als einschneidender Wendepunkt im Leben groß gefeiert wurde. Im Hochzeitszug führte man früher die Aussteuer der Braut, zumindest einige Stücke wie Truhen, Kasten und Wäsche auf Fuhrwerken mit. Daß die Musik nicht fehlte, ist selbstverständlich, und gegessen wurde tagelang.

Heute besinnt man sich auch bei der Hochzeit wieder auf die Schönheit der Tracht. Während bisher gerade die Landbevölkerung einen Hang zu städtischer Kleidung zeigte und oft die groteske Situation eintrat, daß zwar der Brautführer und die Musikanten vor dem Zug in Tracht gingen, war die Braut im weißen Kleid, die Ehrenjungfrauen aber in Tracht!

Ein alter religiöser Brauch sind die Wallfahrten. Es gibt in Österreich viele berühmte Gnadenstätten, allen voran Mariazell und Maria Taferl. Eine Besonderheit ist die sogenannte „Kroatische Wallfahrt“ im nördlichen Burgenland, nach Maria Loretto an den Hängen des Leithagebirges. Natürlich kommt der größere Teil der Wallfahrer heute mit Fahrzeugen, aber ein beträchtlicher Teil zieht noch zu Fuß aus der Wulkaebene mit wehenden Fahnen über das Gebirge. Eine Eigentümlichkeit dieser Wallfahrt ist das Beten und Singen in der Kirche während der ganzen Nacht von Samstag auf Sonntag. Die Teilnehmer lösen einander stundenweise beim Litaneibeten ab; während die einen in der Kirche sind, schlafen die anderen auf Bänken und Stühlen hingelümmelt in den umliegenden Gasthäusern.

Die ehemals stillste Zeit des Jahres, der Advent, bringt den Aufbau der Krippe in den Kirchen, in Häusern und Höfen. Es gibt sozusagen Krippenlandschaften, Gegenden, in denen das Aufstellen seit alters her üblich ist. Dazu zählen Oberösterreich, Salzburg, Tirol und die Steiermark. In Oberösterreich sind in mehreren Kirchen, wie etwa in der Kirche von Altmünster am Traunsee, berühmte Krippen barocker Bildhauer, vor allem der Künstlerfamilie Schwanthaler, zu sehen; auch im Salzkammergut, in Ebensee, Bad Ischl und anderen Orten gibt es prachtvolle Krippen, und es werden stets neue Figuren geschnitzt. Im Land Salzburg, in Saalfelden, lebt der bekannteste Krippenbauer Österreichs, der alte Schläffer, der heute noch wunderschöne Figuren formt. Und Tirol wartet in der Umgebung von Innsbruck mit ganzen Krippendörfern auf. Neben den alten barocken Schöpfungen arbeiten auch hier die Schnitzer noch immer fleißig, und zwischen Weihnachten und Maria Lichtmeß kann man alle diese Schöpfungen der Volkskunst in den Häusern bewundern.

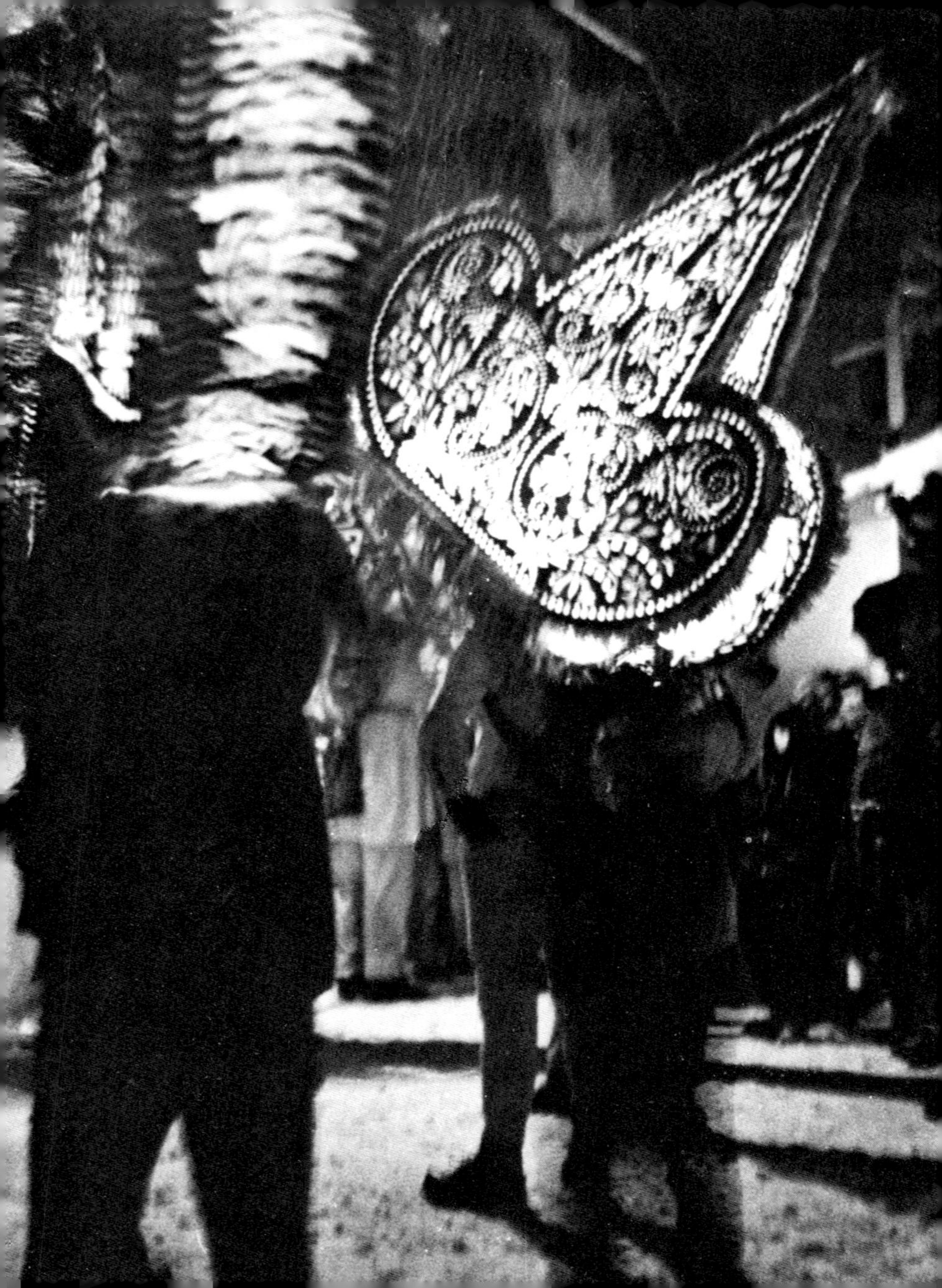

Vorhergehende Seite: Glöckler vor einem Bauernhaus in Ebensee, Oberösterreich.
Unten links: Perchtenlauf im Gasteinertal, Pongau. Verneigung der Tafel- und Turmperchten beim Segenswunsch vor einem Bauernhaus.
Unten rechts: Der „Rößlreiter“ beim Perchtenlauf in St. Johann im Pongau.

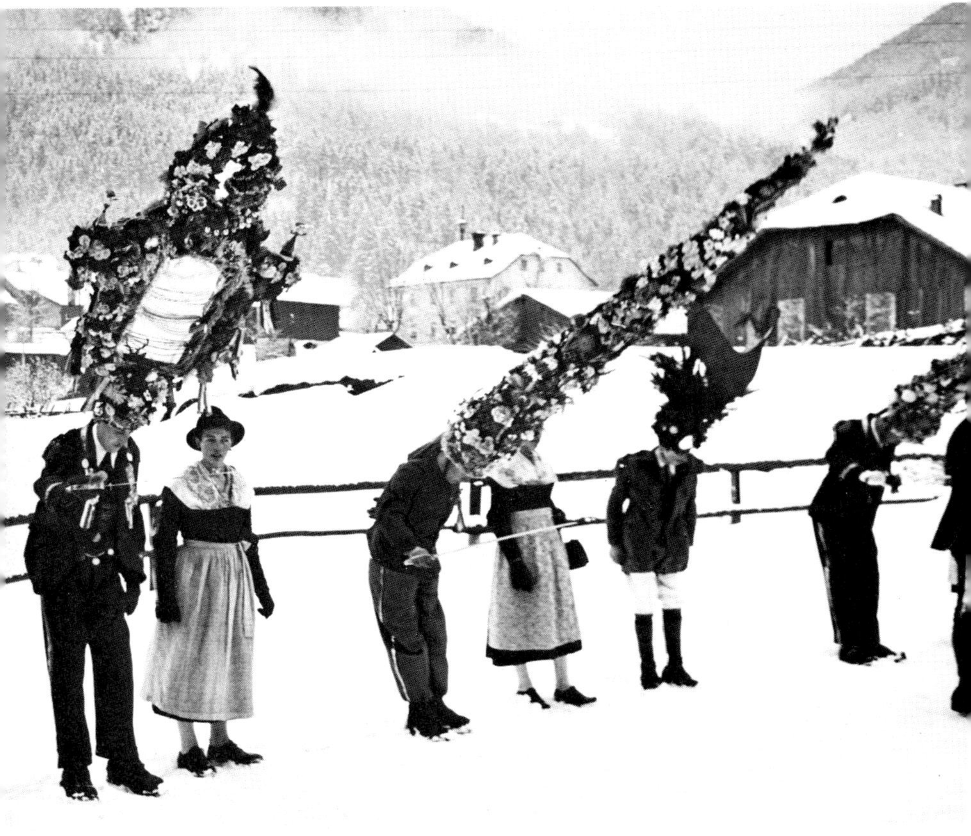

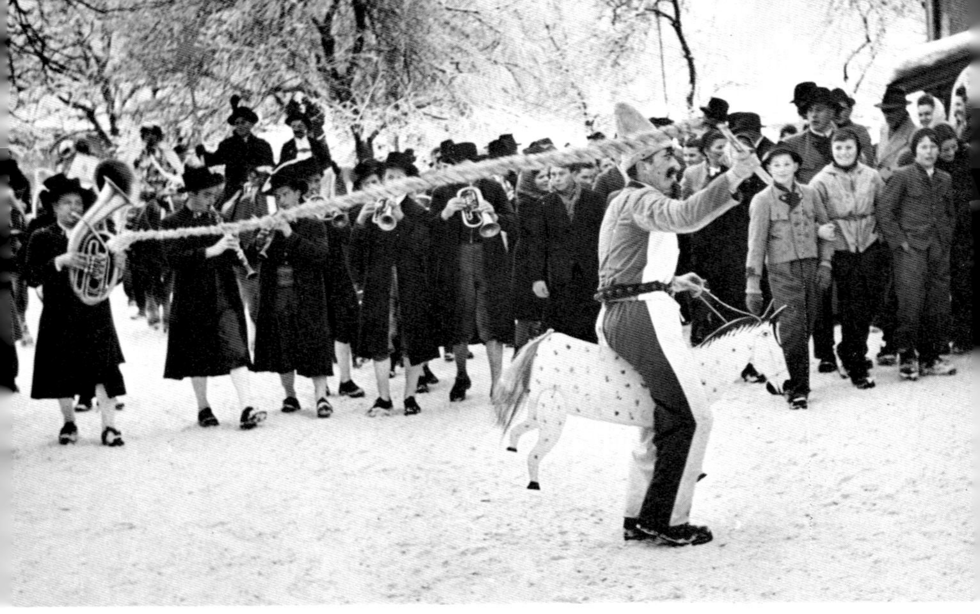

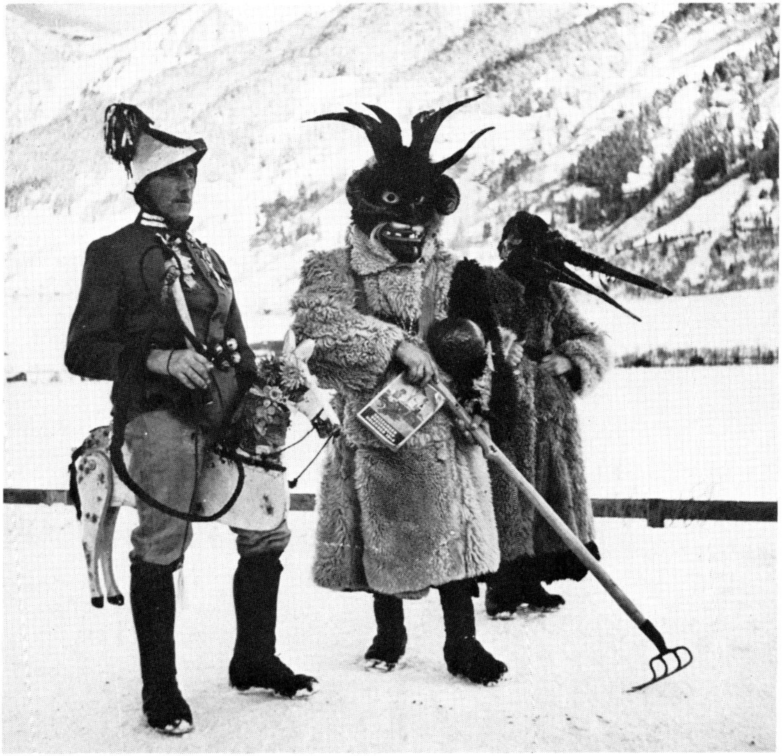

Oben: „Schnabelpercht“ beim Gasteiner Perchtenlauf.
Rechts: Hexe vom Imster Schemenlaufen, Tirol.

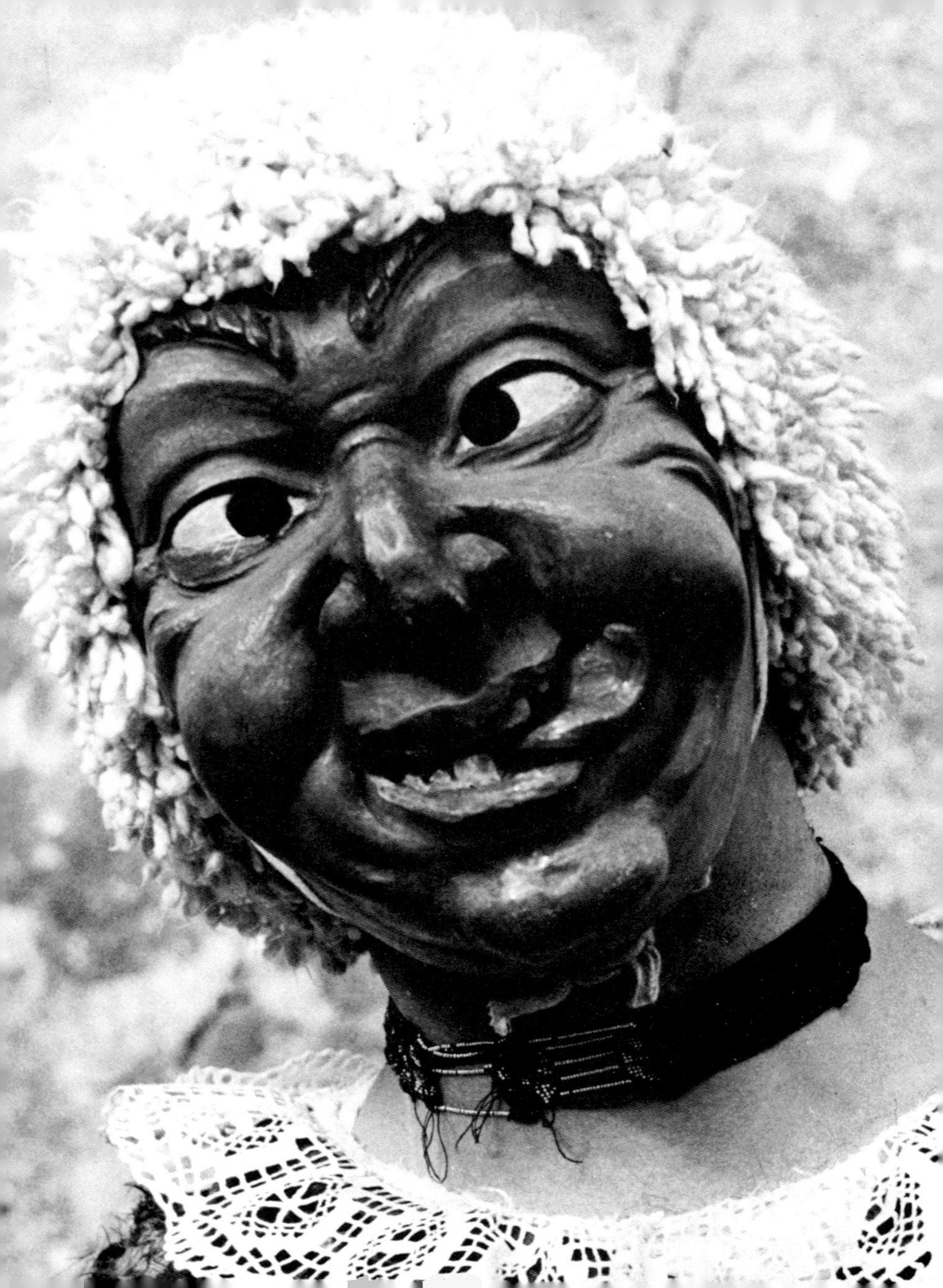

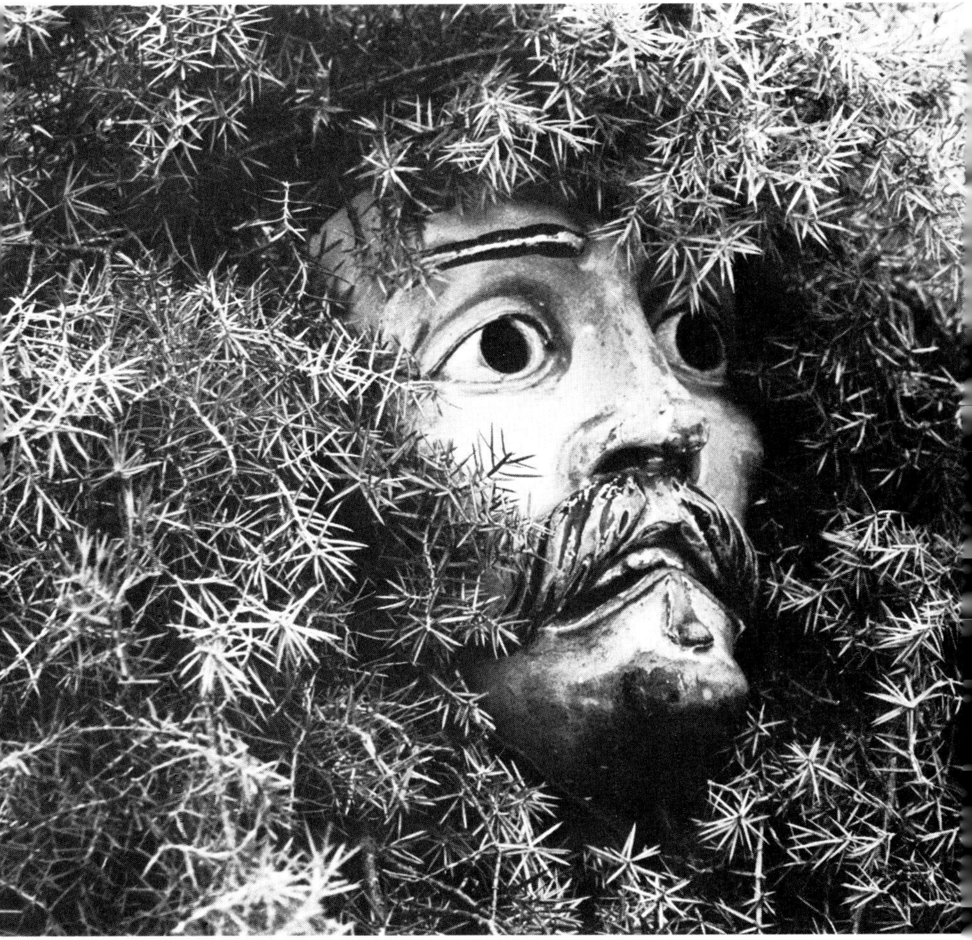

„Wilder Mann“ beim Mullerlaufen in Thaur bei Innsbruck.

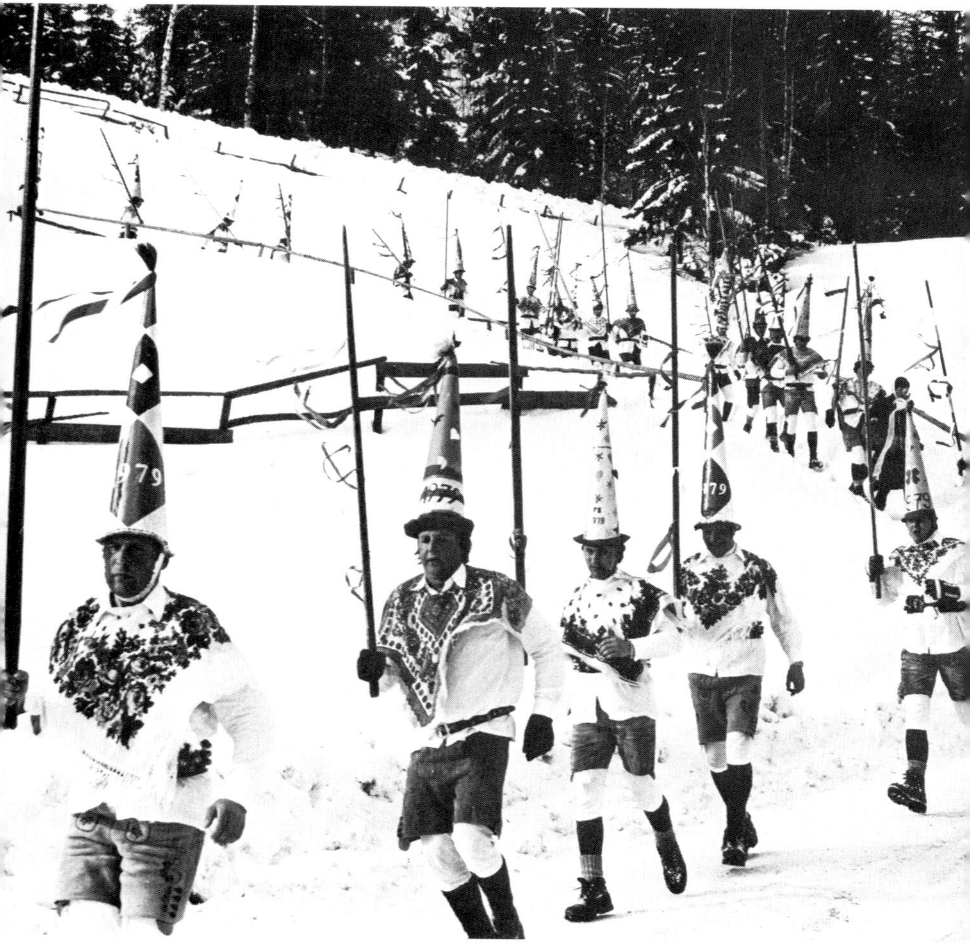

Faschingrenner in Krakauebene, Steiermark.

Folgende Seiten: Goaßer und Schleicher beim Telfser Schleicherlaufen, Tirol (links oben und unten). Das „Kroashupfen" mit dem Tanz von Tuxer und Tuxerin beim Telfser Schleicherlaufen (rechts).

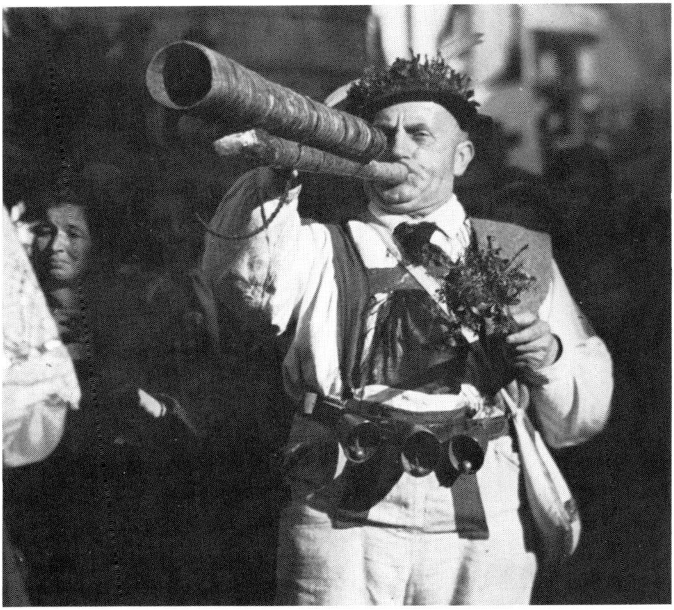

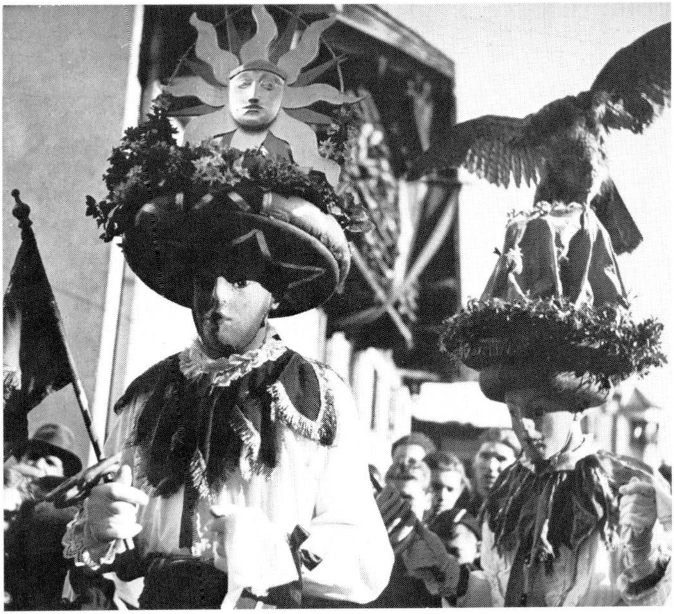

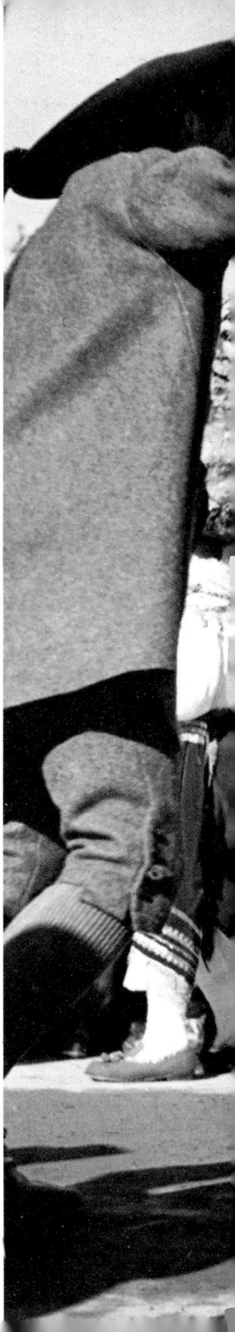

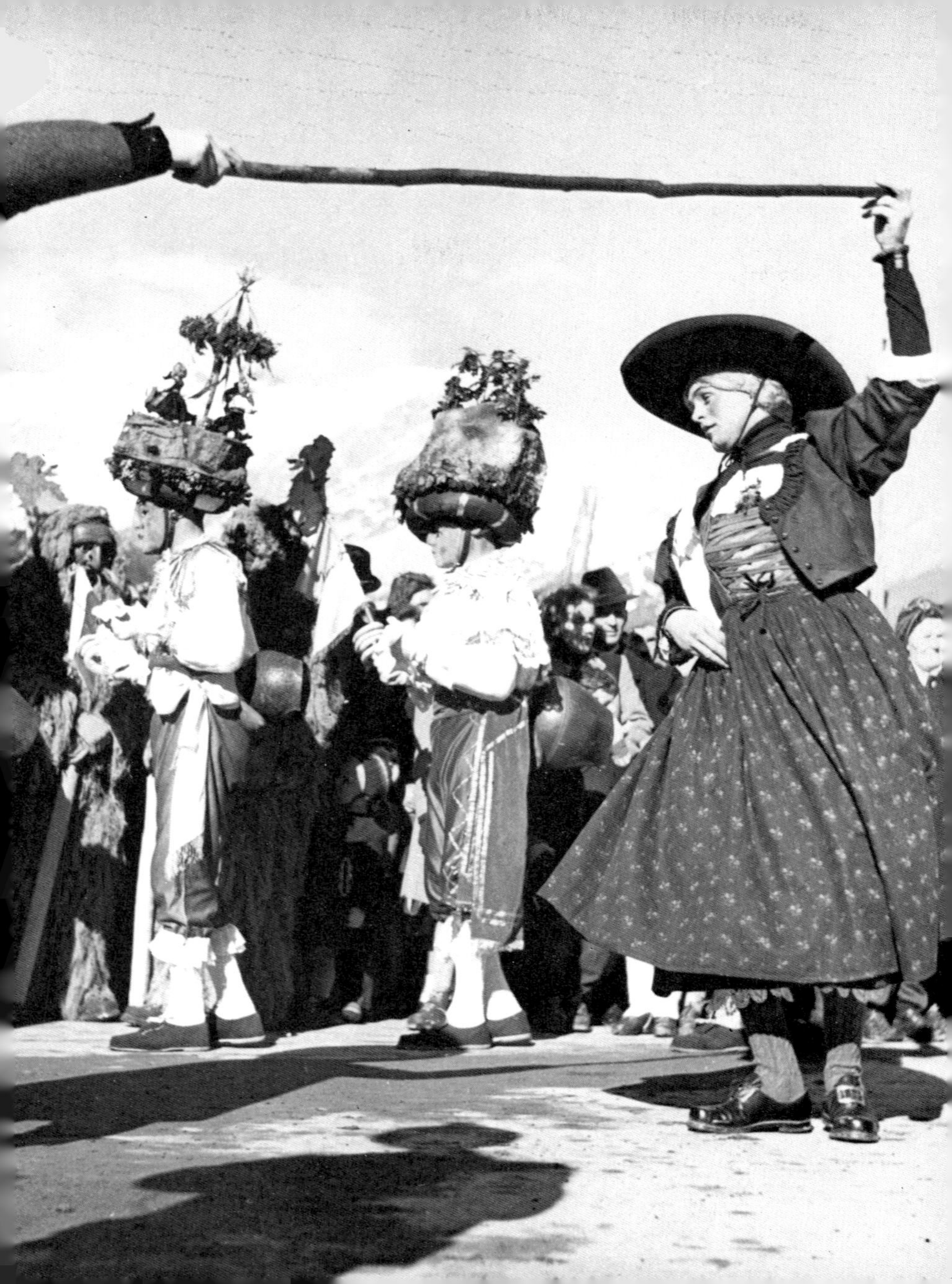

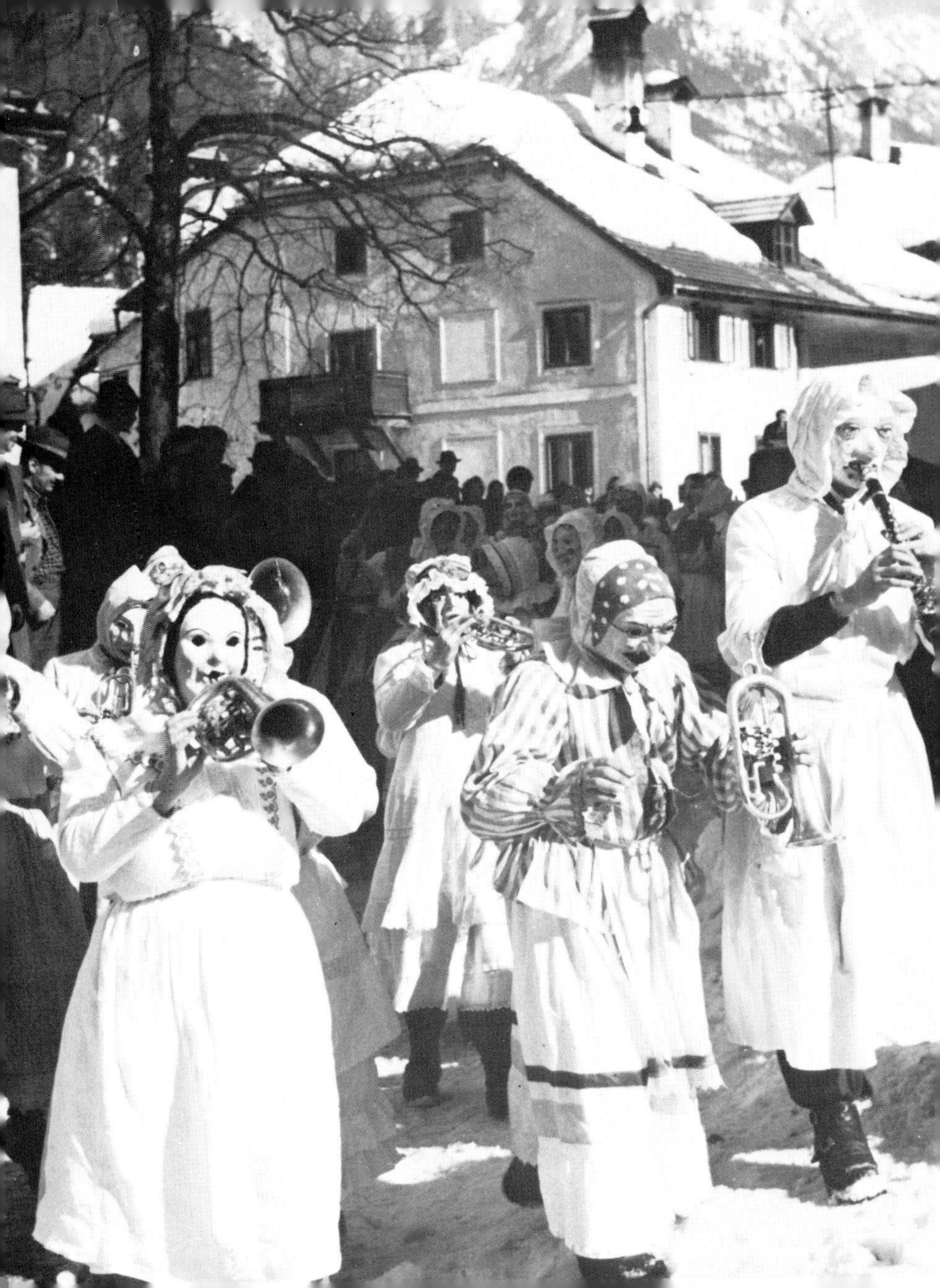

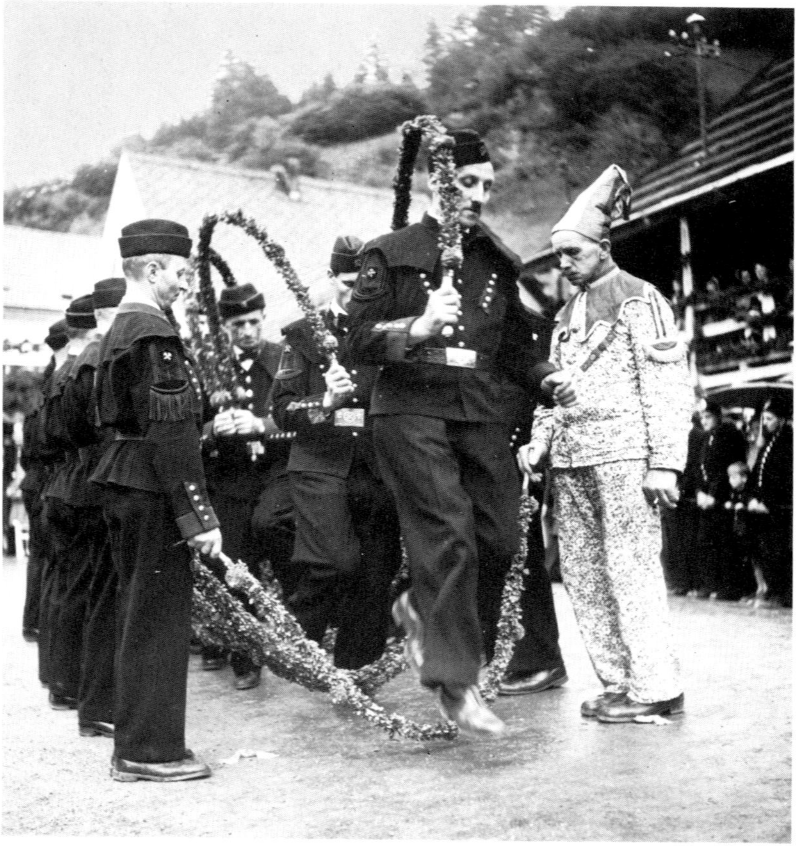

Oben: Hüttenberger Reiftanz, Kärnten.
Links: Die Trommelweiber beim Ausseer Fasching.
Folgende Seiten: Slowenische Mädchentracht aus dem Gailtal, Kärnten (links).
Kufenstechen in Feistritz im Gailtal, Kärnten (rechts).

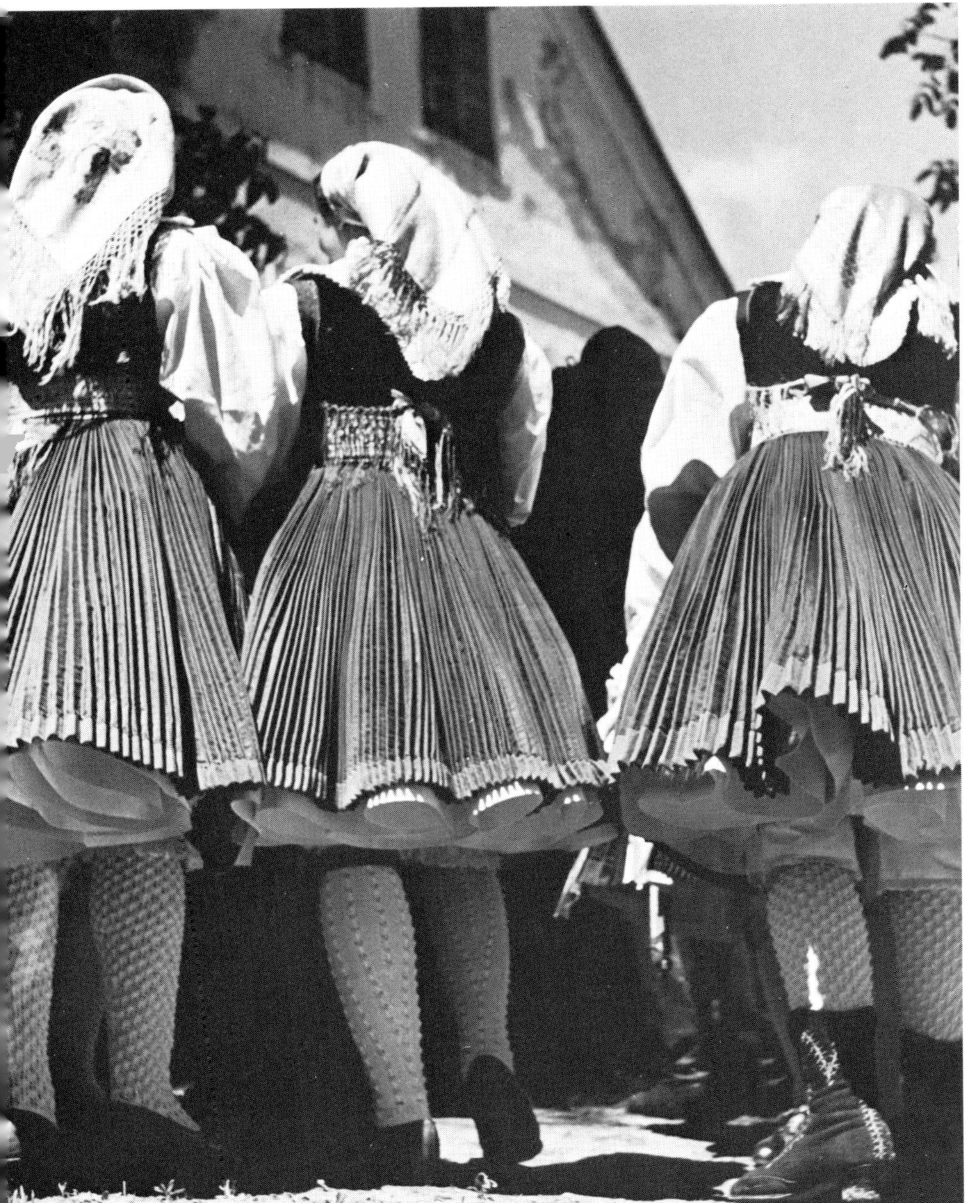

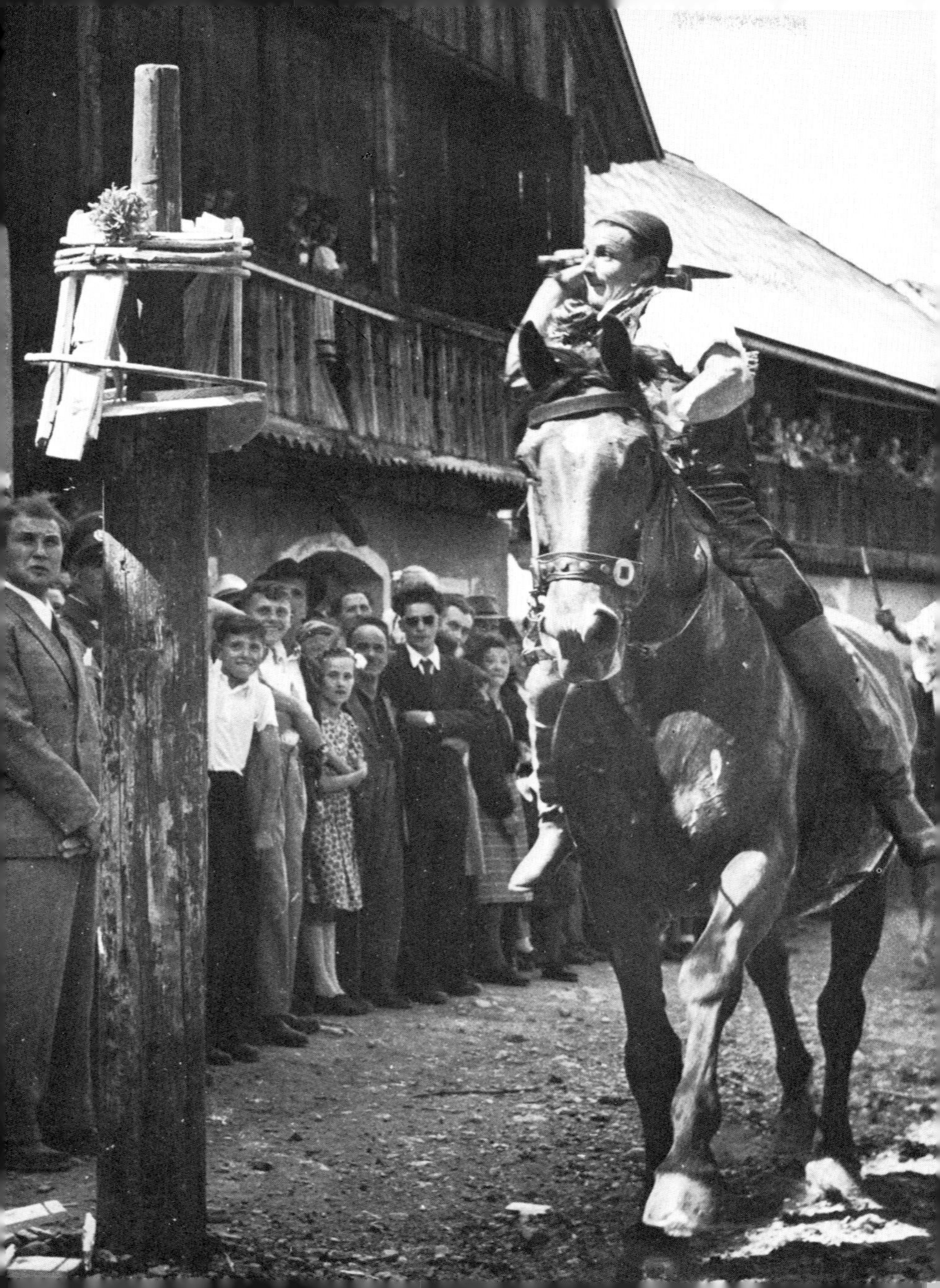

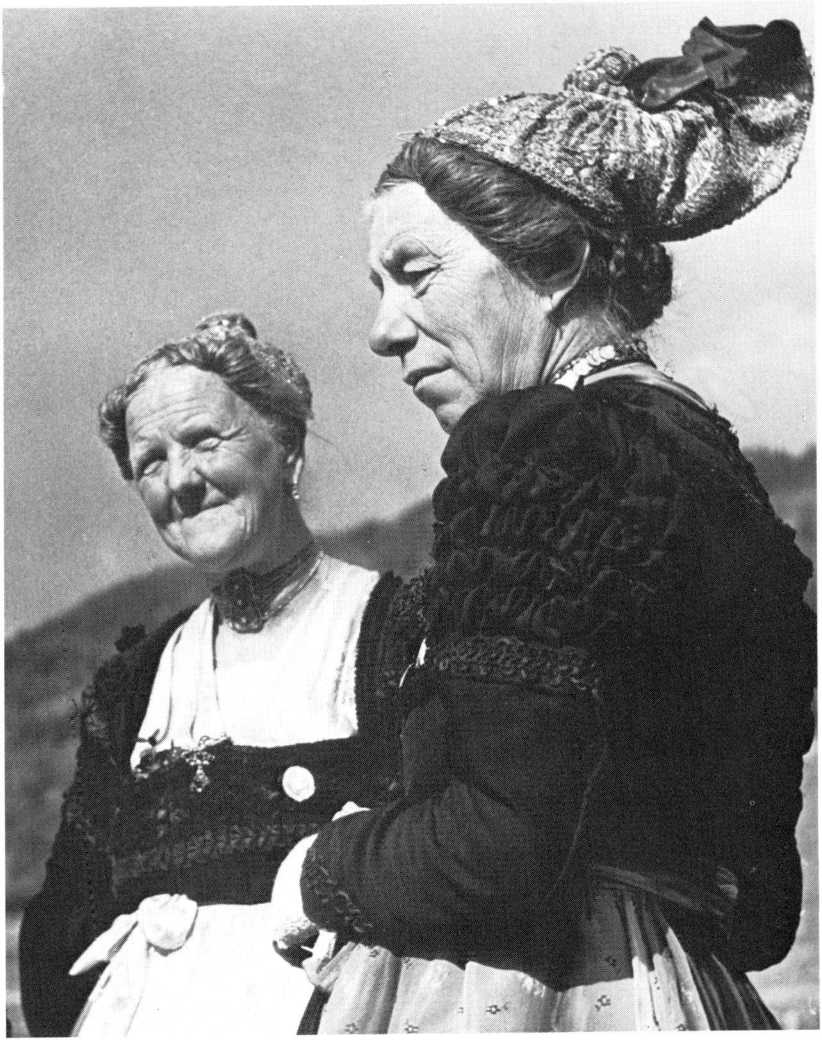

Oberösterreichische Tracht mit Goldhauben.
Rechts: Samsonumzug in Tamsweg, Lungau.

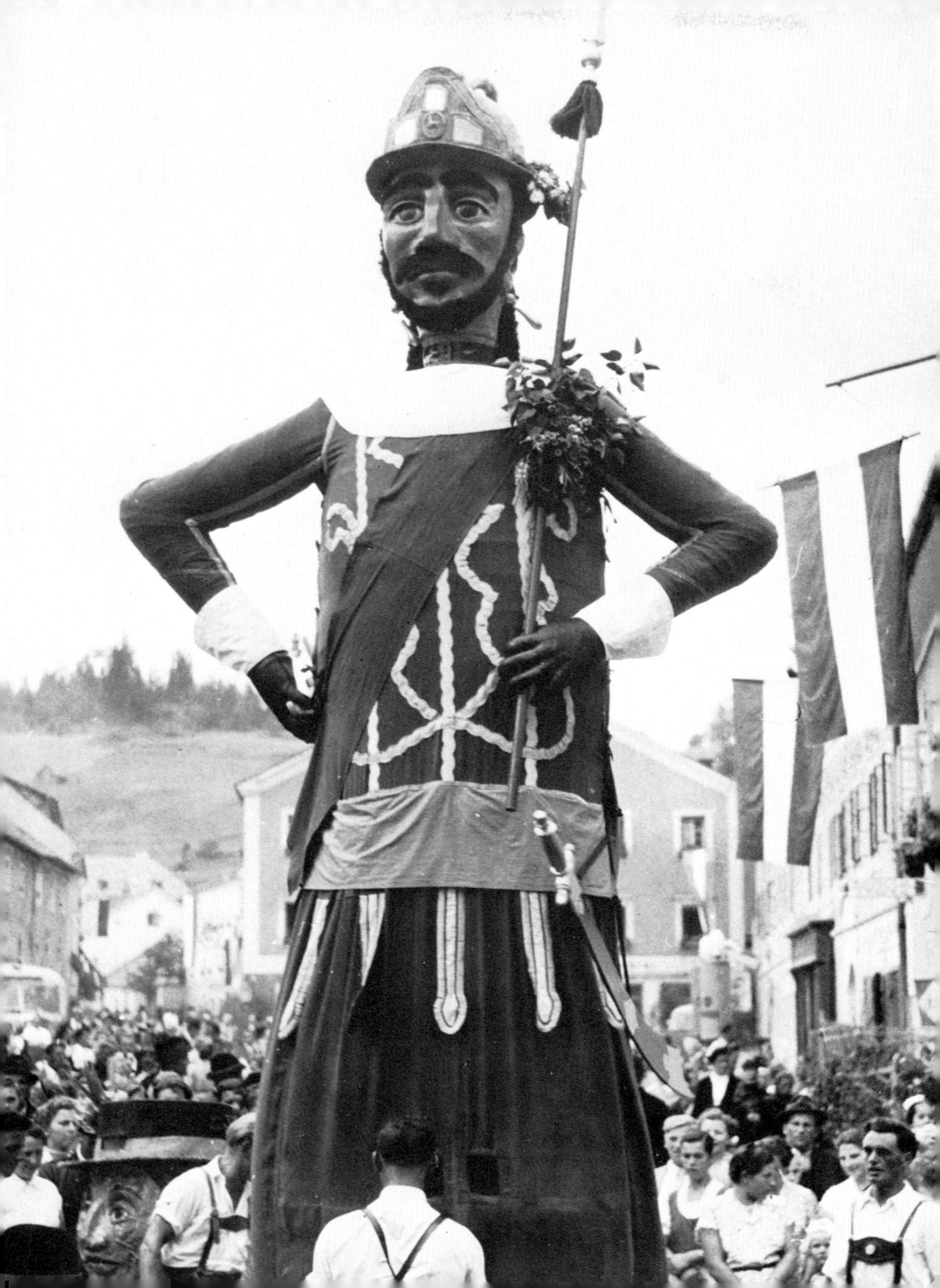

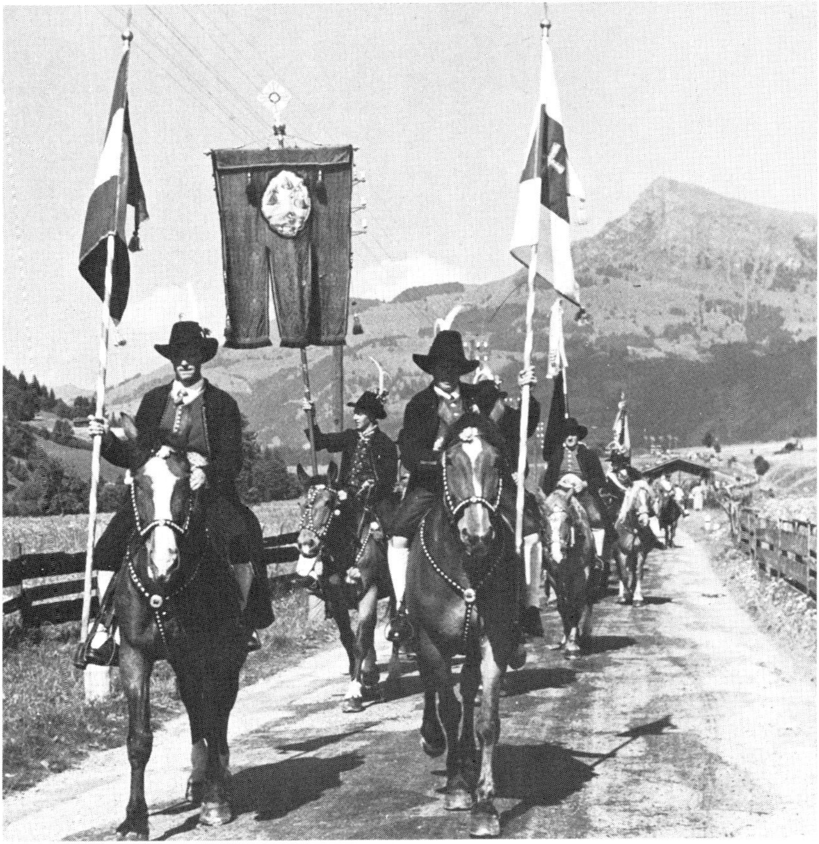

Antlaßritt in Brixen im Tal, Tirol.
Rechts: Tanz der Jakobischützen in St. Jakob am Thurn bei Salzburg.

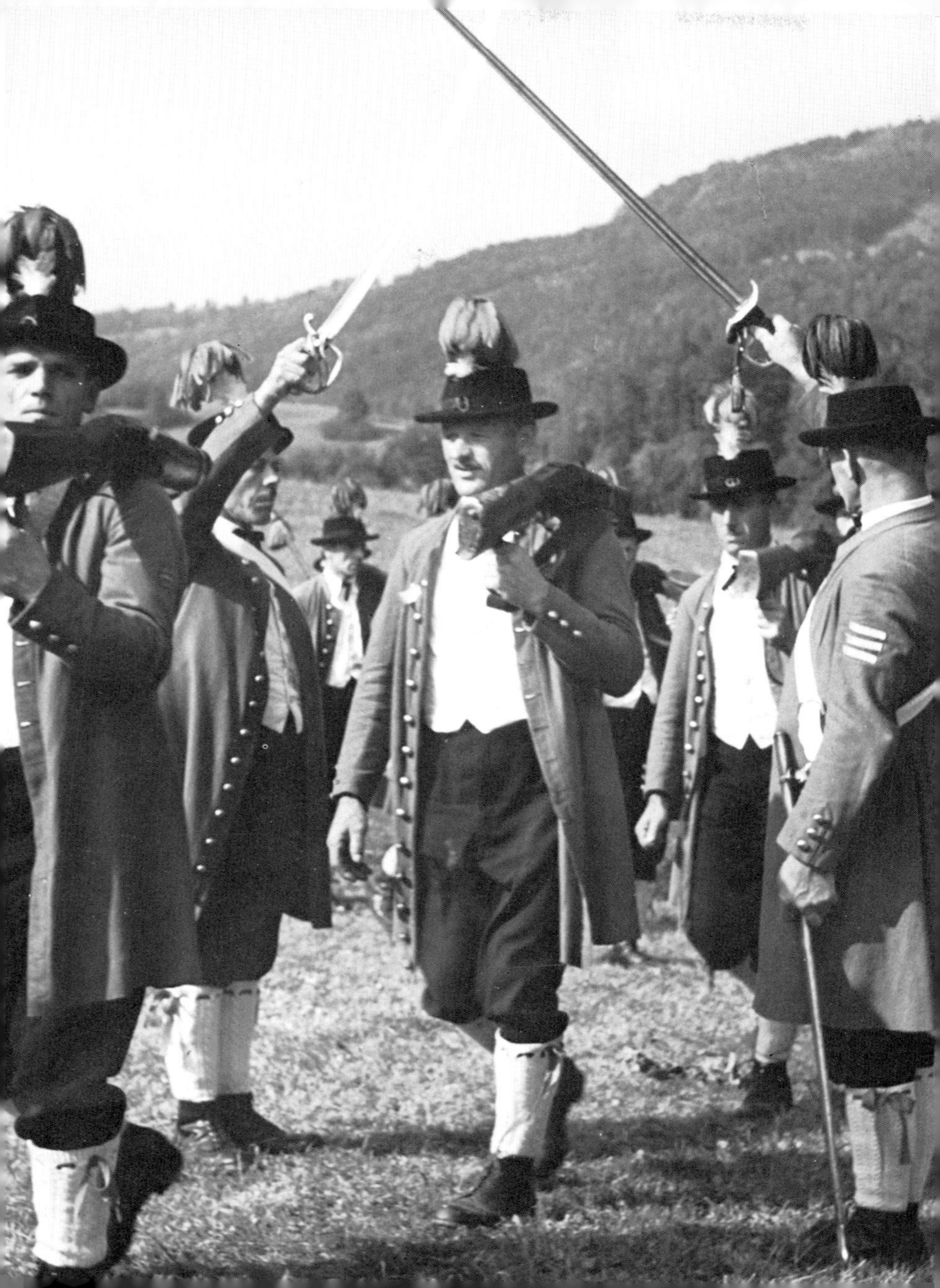

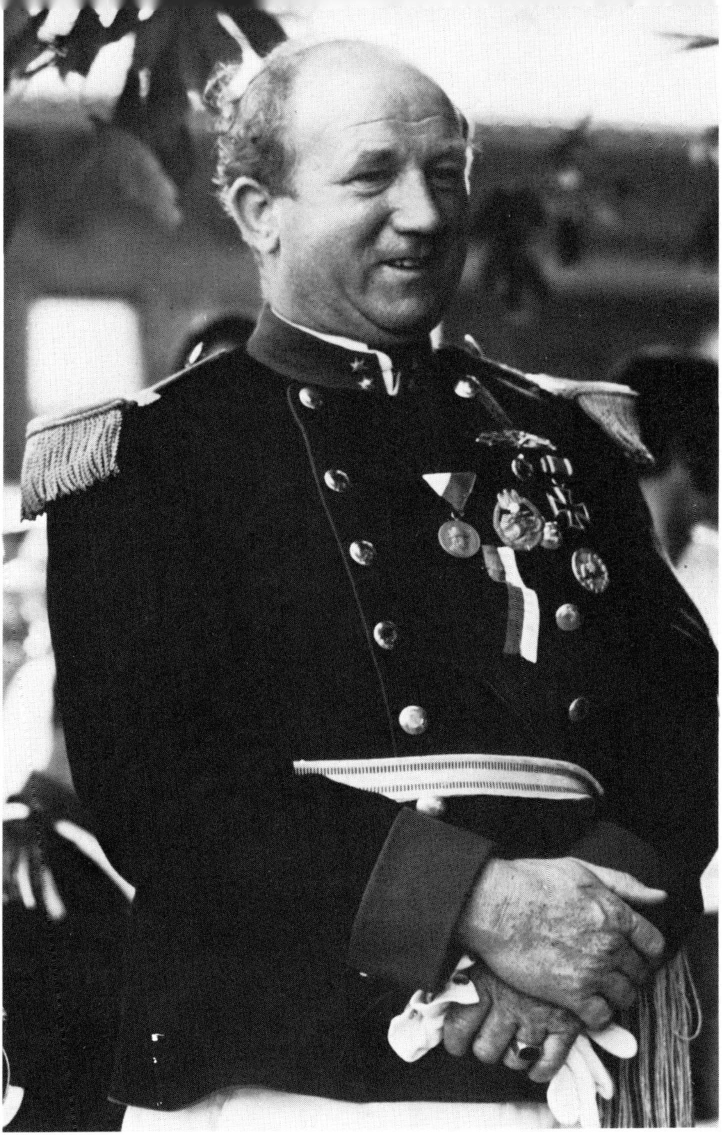

Schützenhauptmann aus Grödig bei Salzburg.
Rechts: Alte Tracht aus dem Ausseerland, Steiermark.

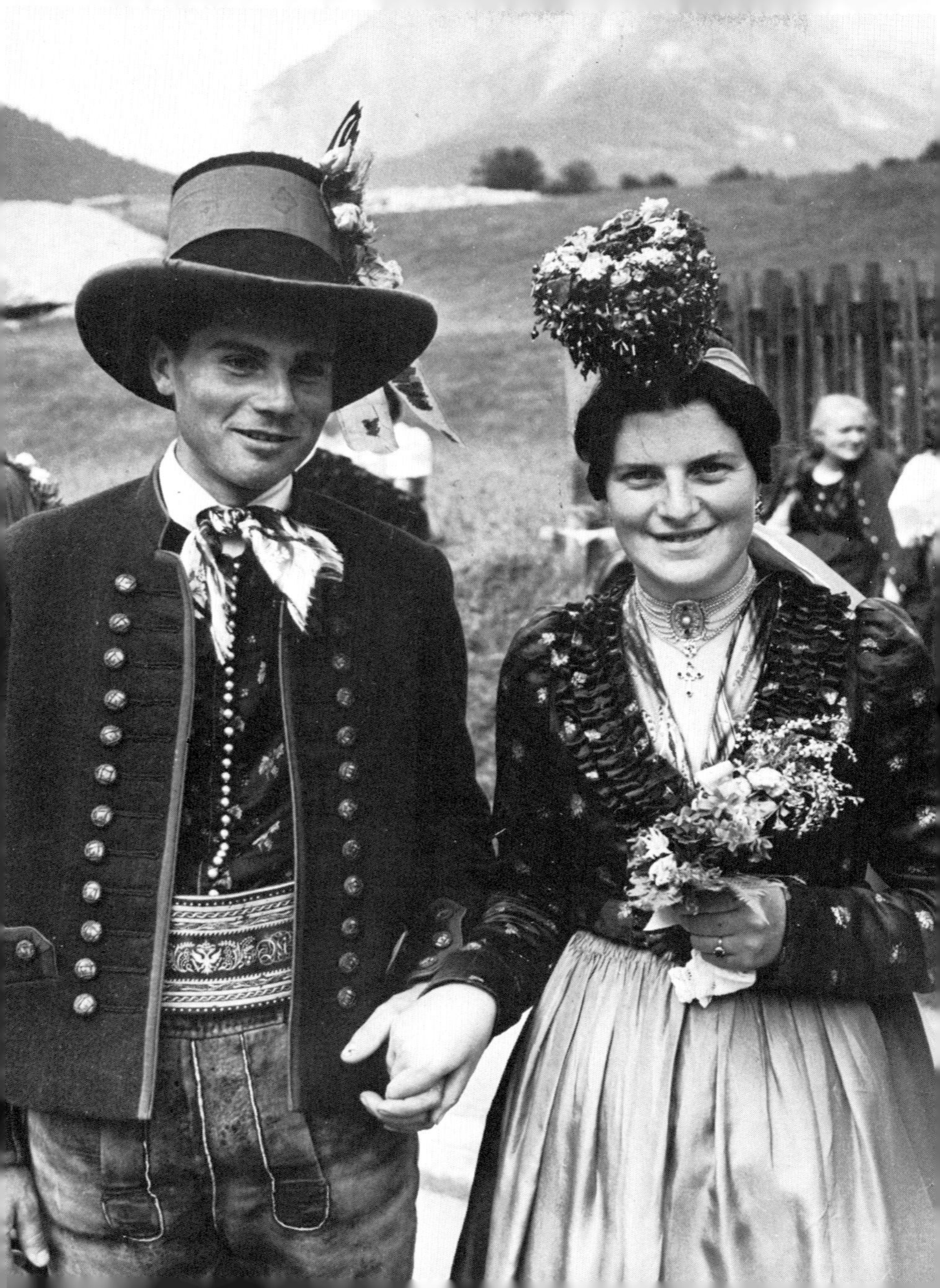

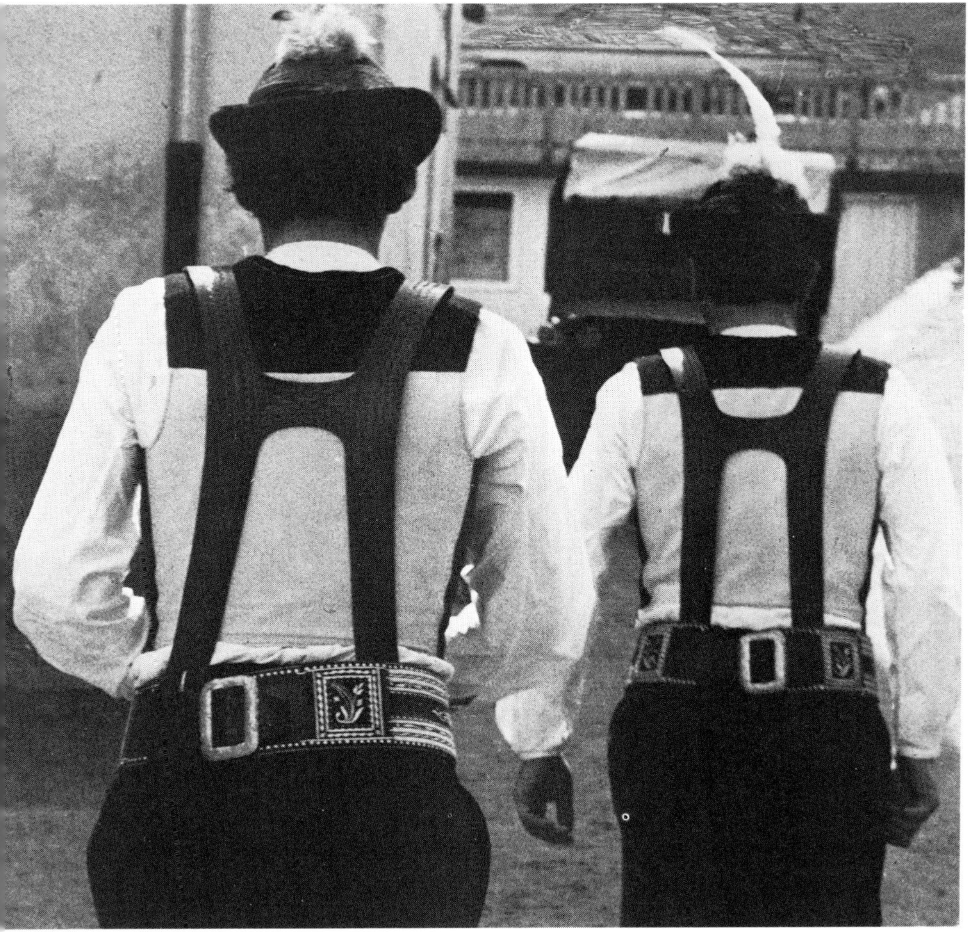

Sarntaler Bauern am Sonntag, Südtirol.
Rechts: Viehhüterin aus Kals in Osttirol in ihrer Arbeitskleidung.

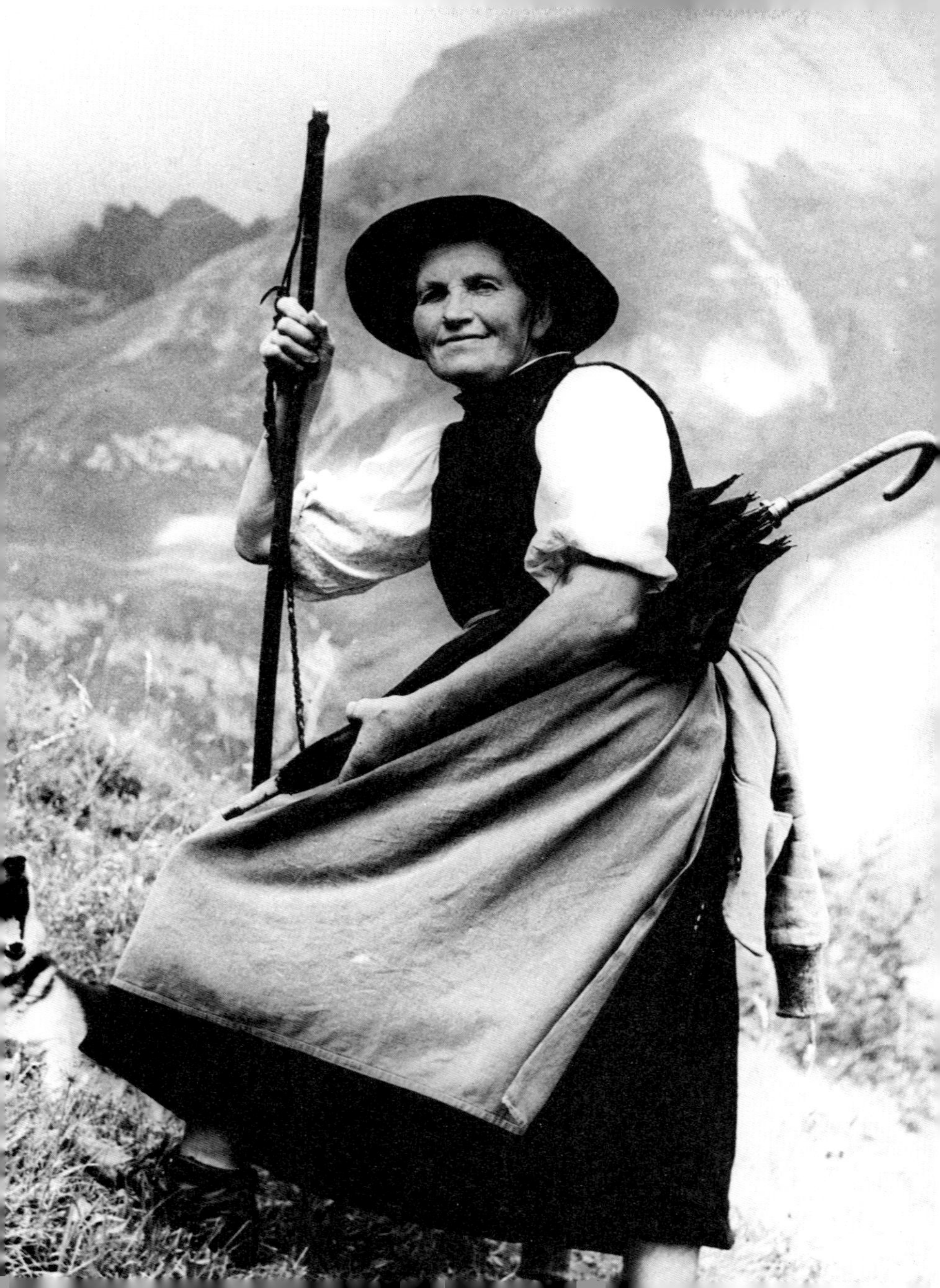

Unten: Alte Tracht vom Grundlsee, Steiermark.
Rechts: Trommler der Schützenkompanie aus Finkenberg im Zillertal, Tirol.
Folgende Seite: Strohschabmänner und Teufel in Mitterndorf, Salzkammergut.

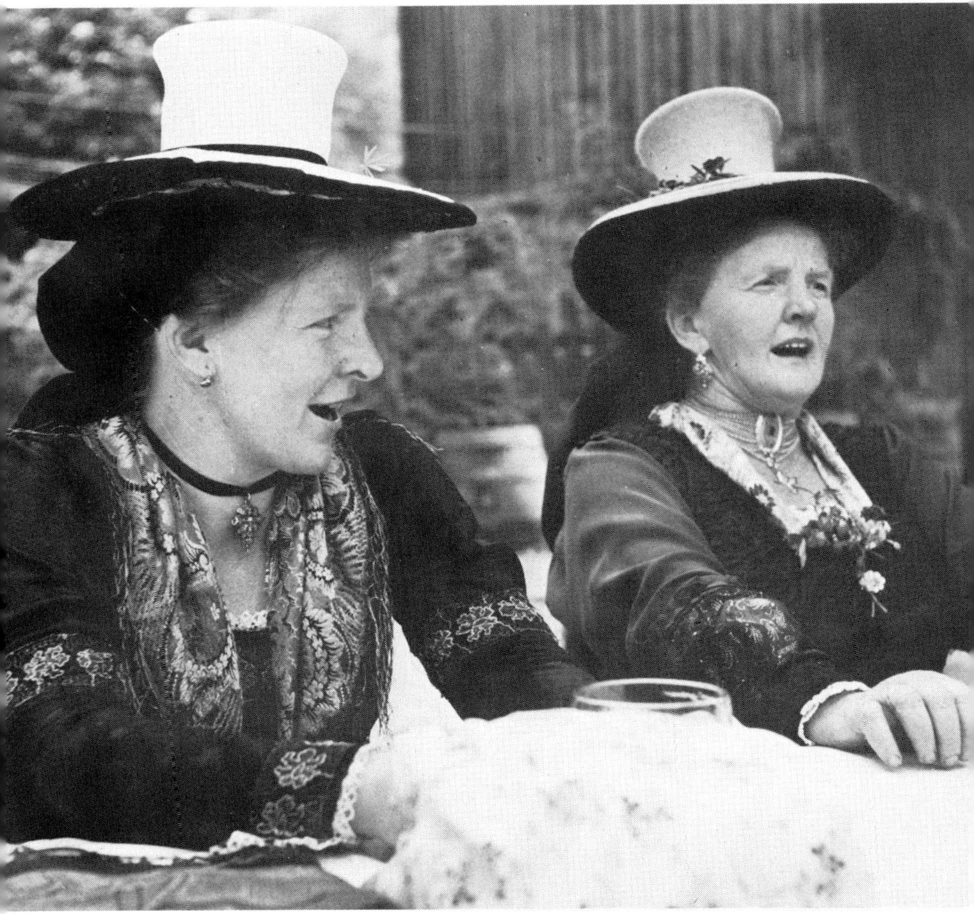

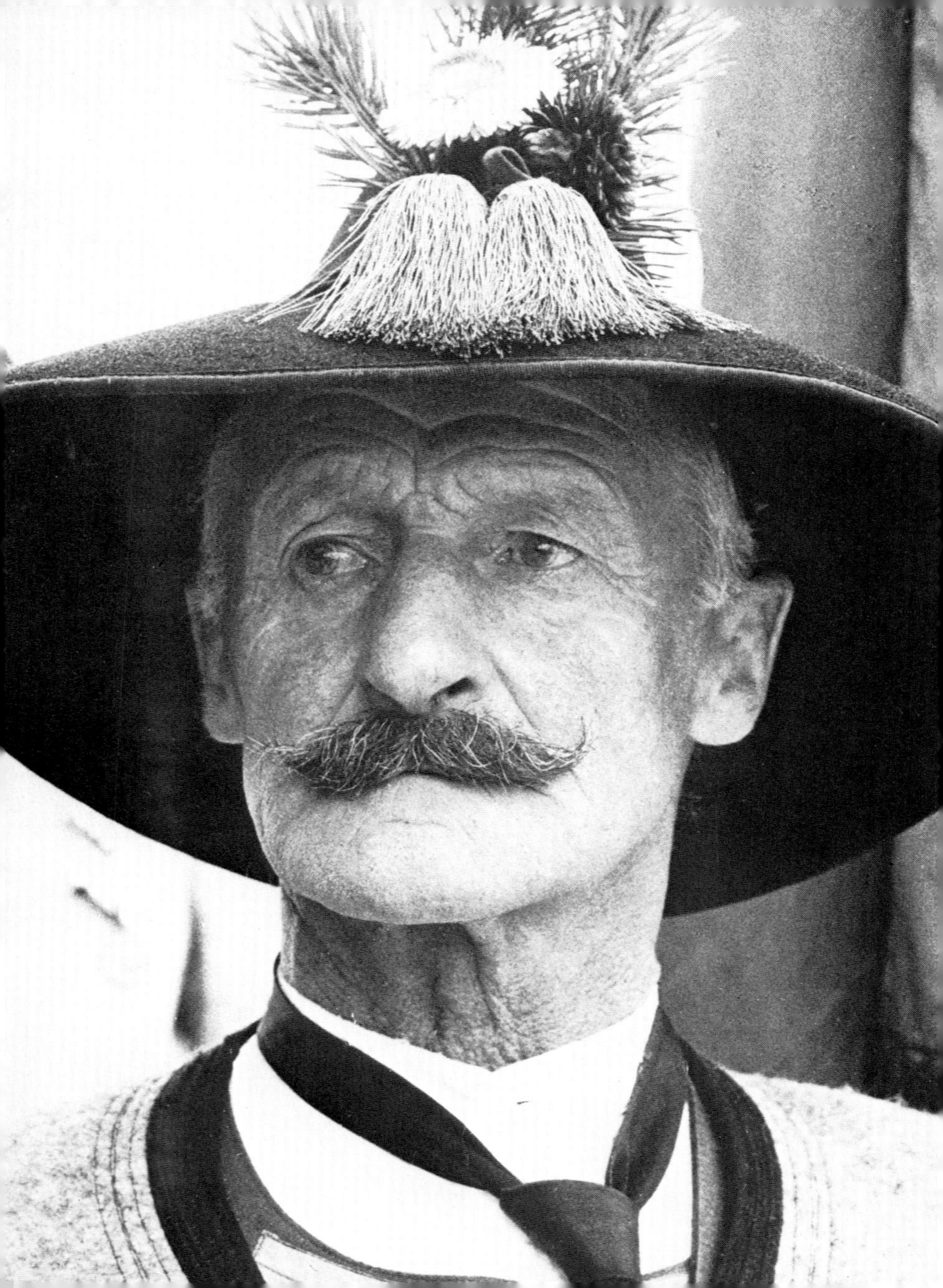

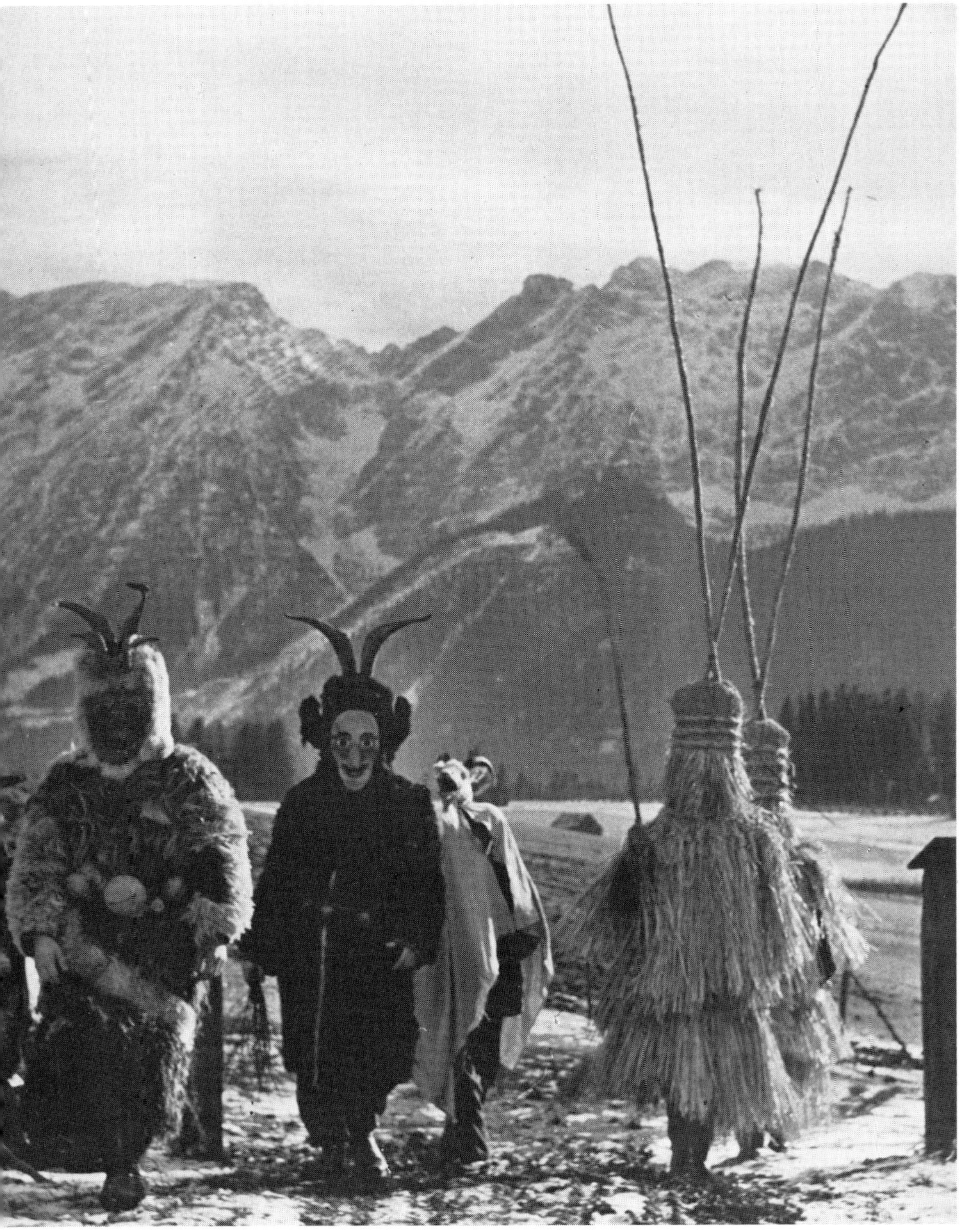

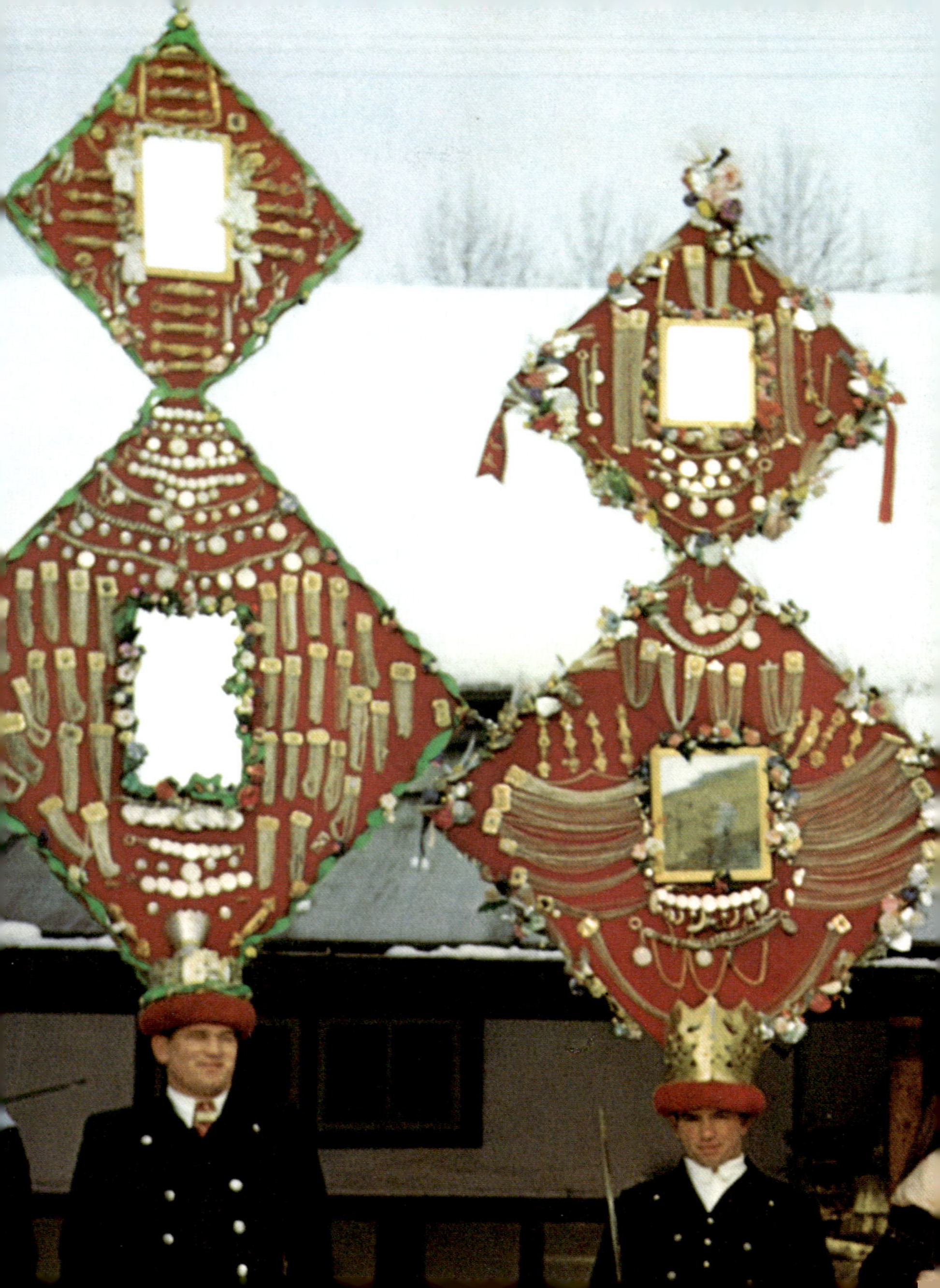

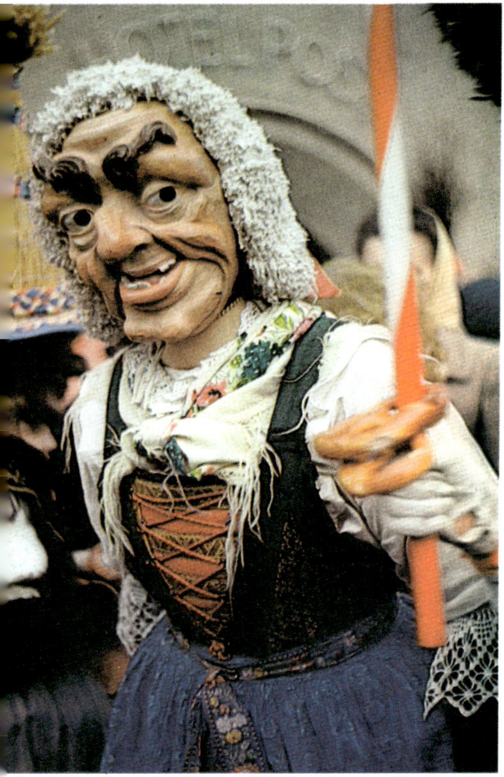

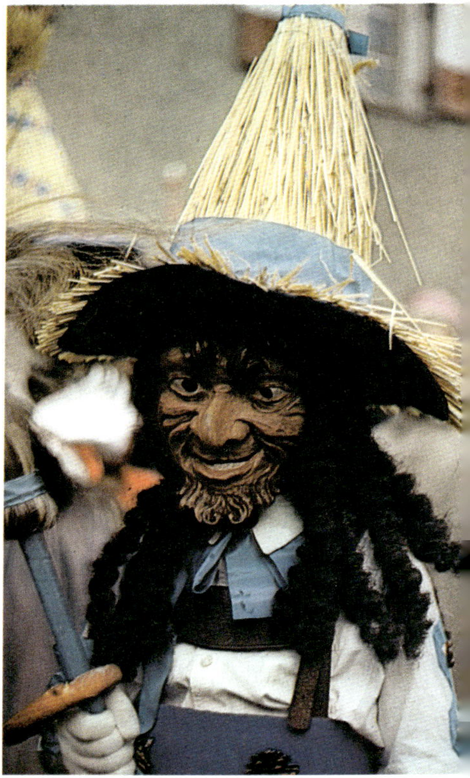

Vorhergehende Seite: Tafelperchten aus St. Johann im Pongau.
Oben: Hexe und Laggescheller vom Imster Schemenlaufen.
Rechts: Gruppe der Scheller und Roller vom Imster Schemenlaufen.

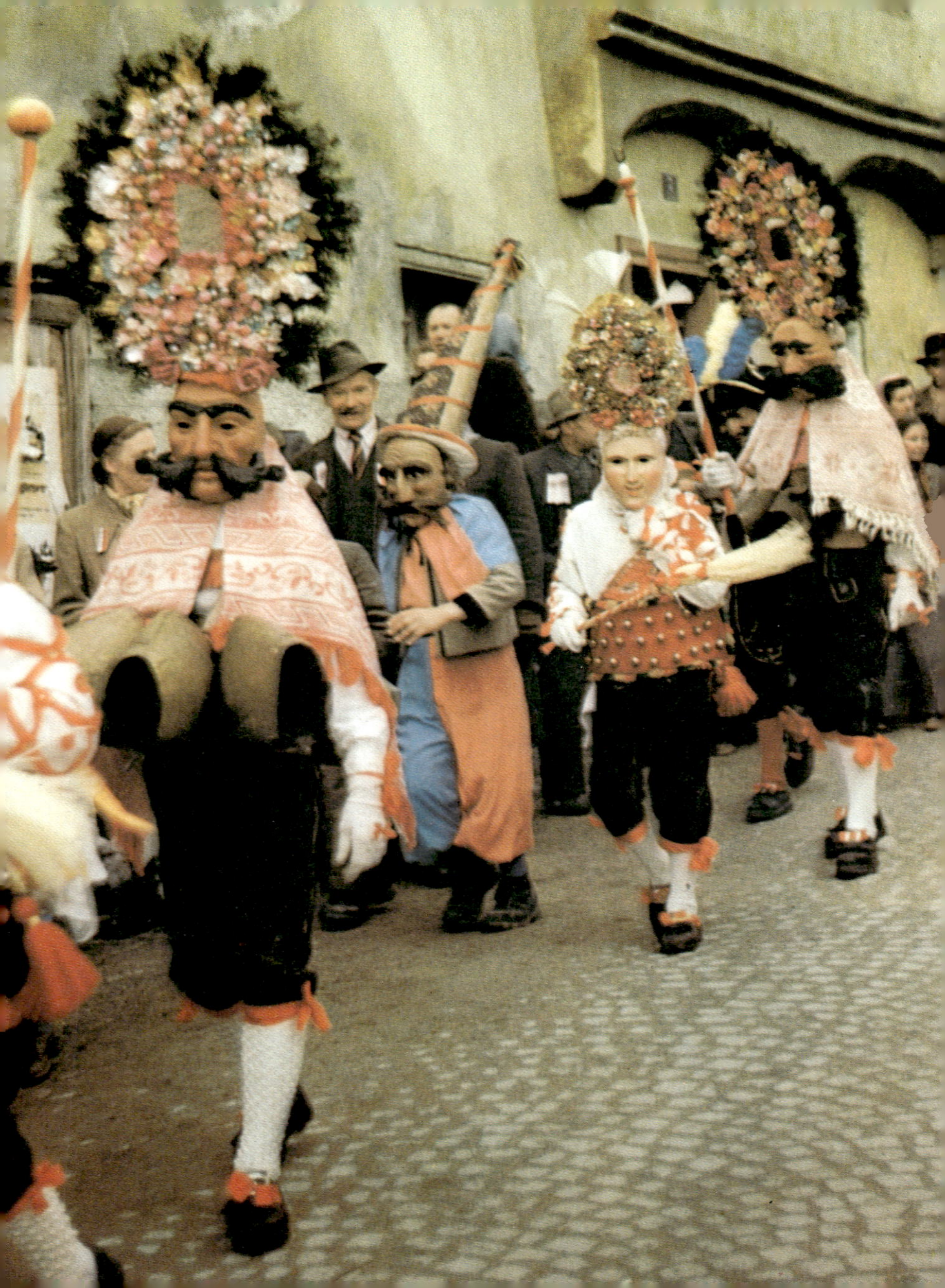

Rechts: Tanzende Altartuxer und Hütltuxer vom Mullerlaufen in Thaur bei Innsbruck.
Unten: „Flinserln“ vom Ausseer Fasching.

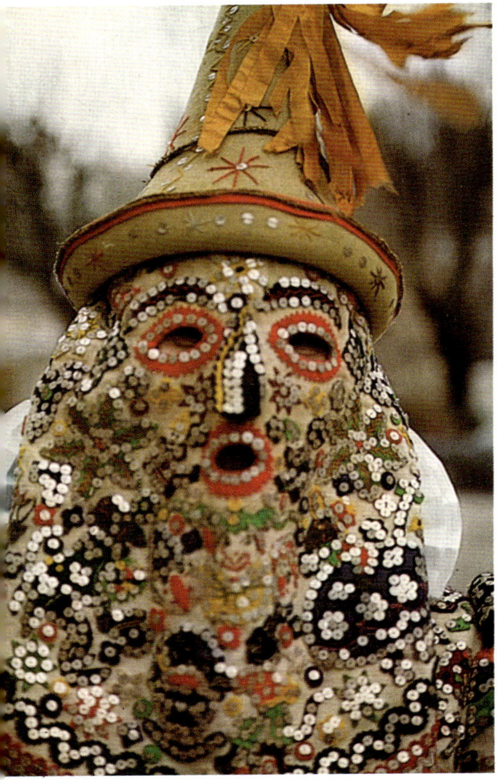

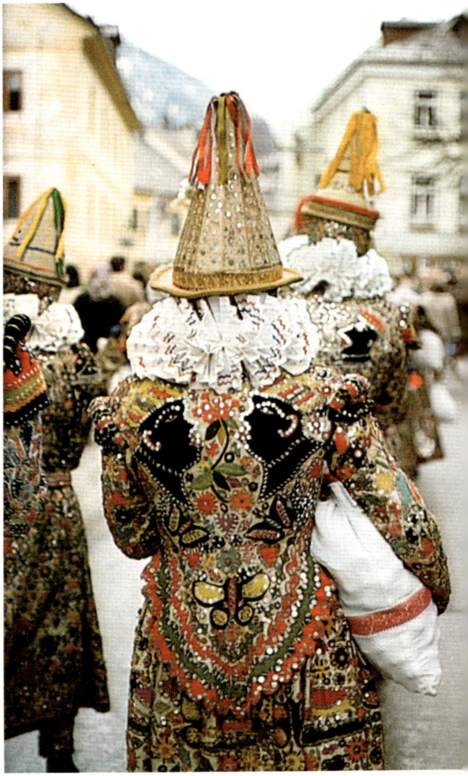

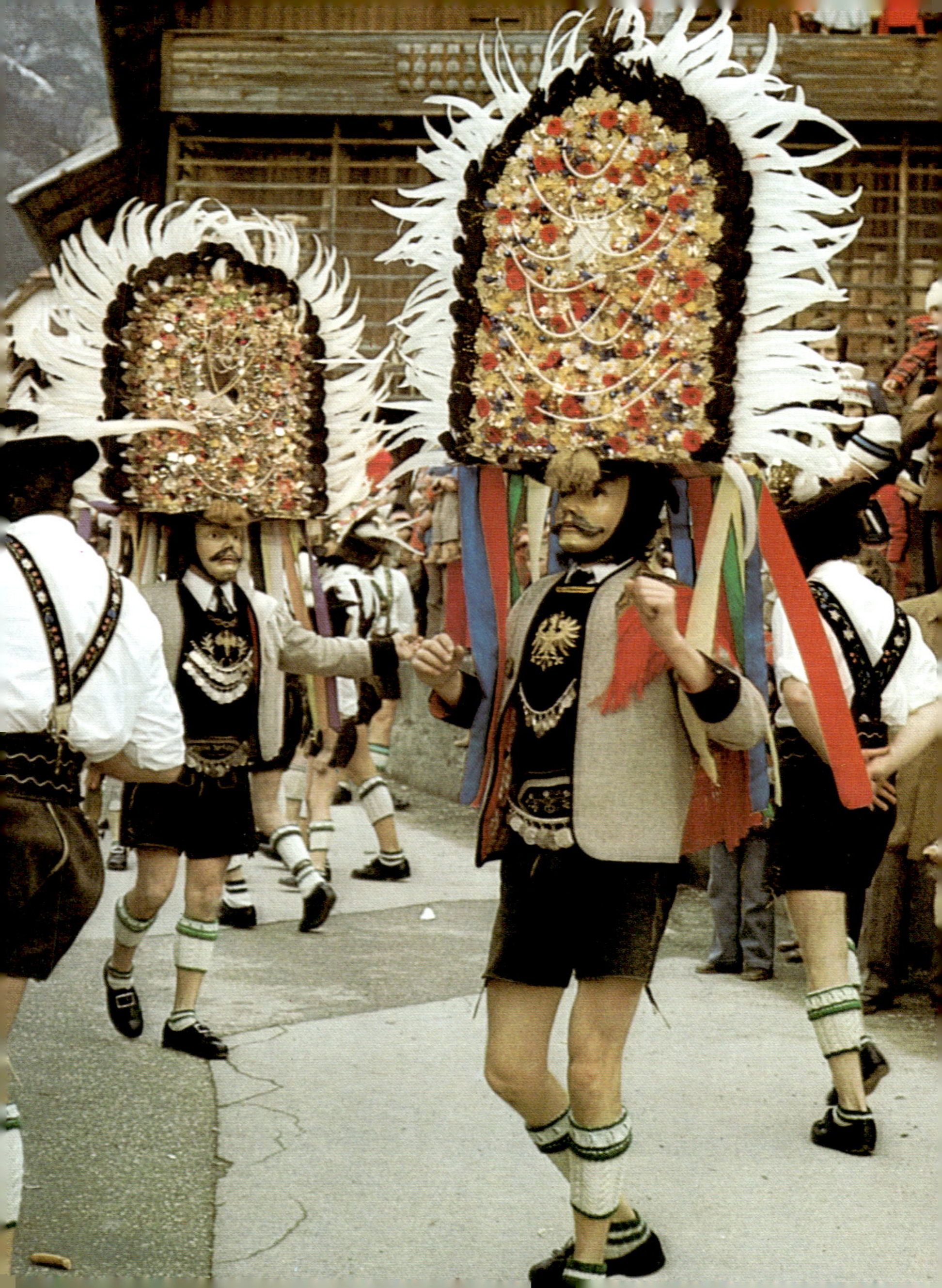

Rechts: Faschingrenner in Krakauebene.
Unten: Kehrer, Roller und Scheller vom Schellerlaufen in Nassereith, Tirol.

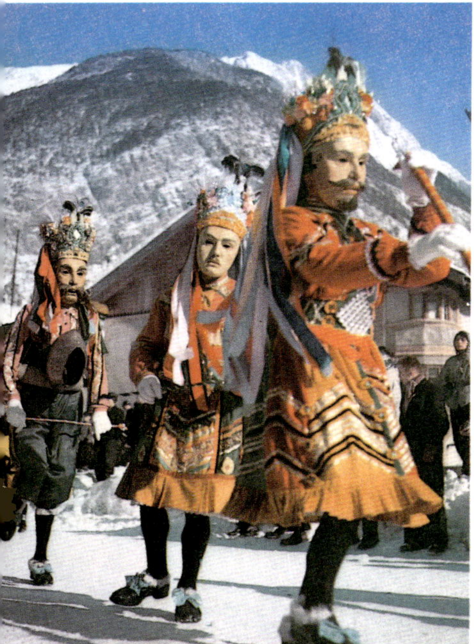

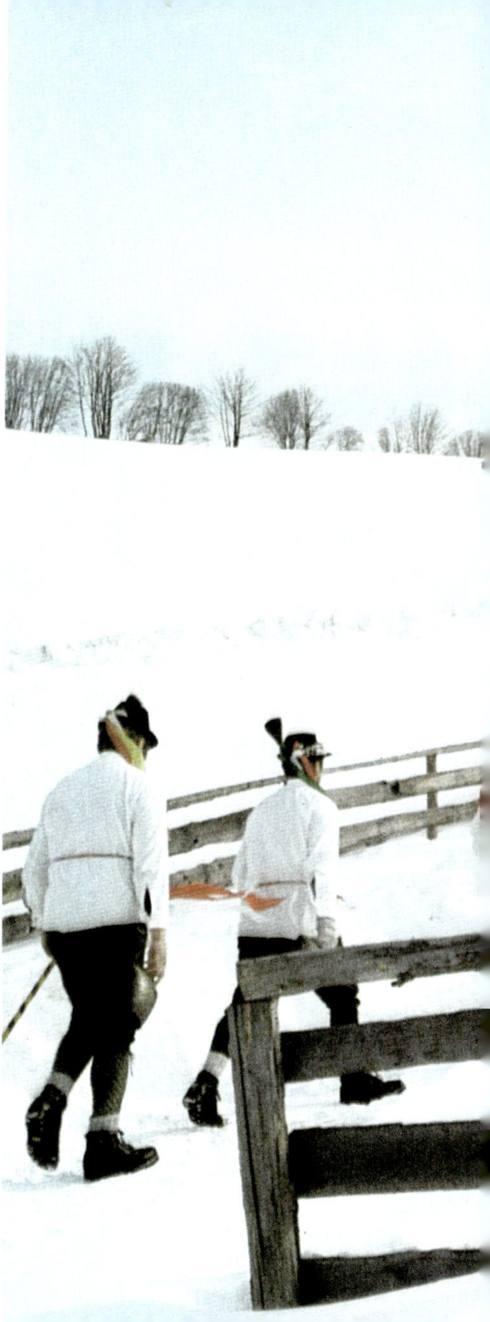

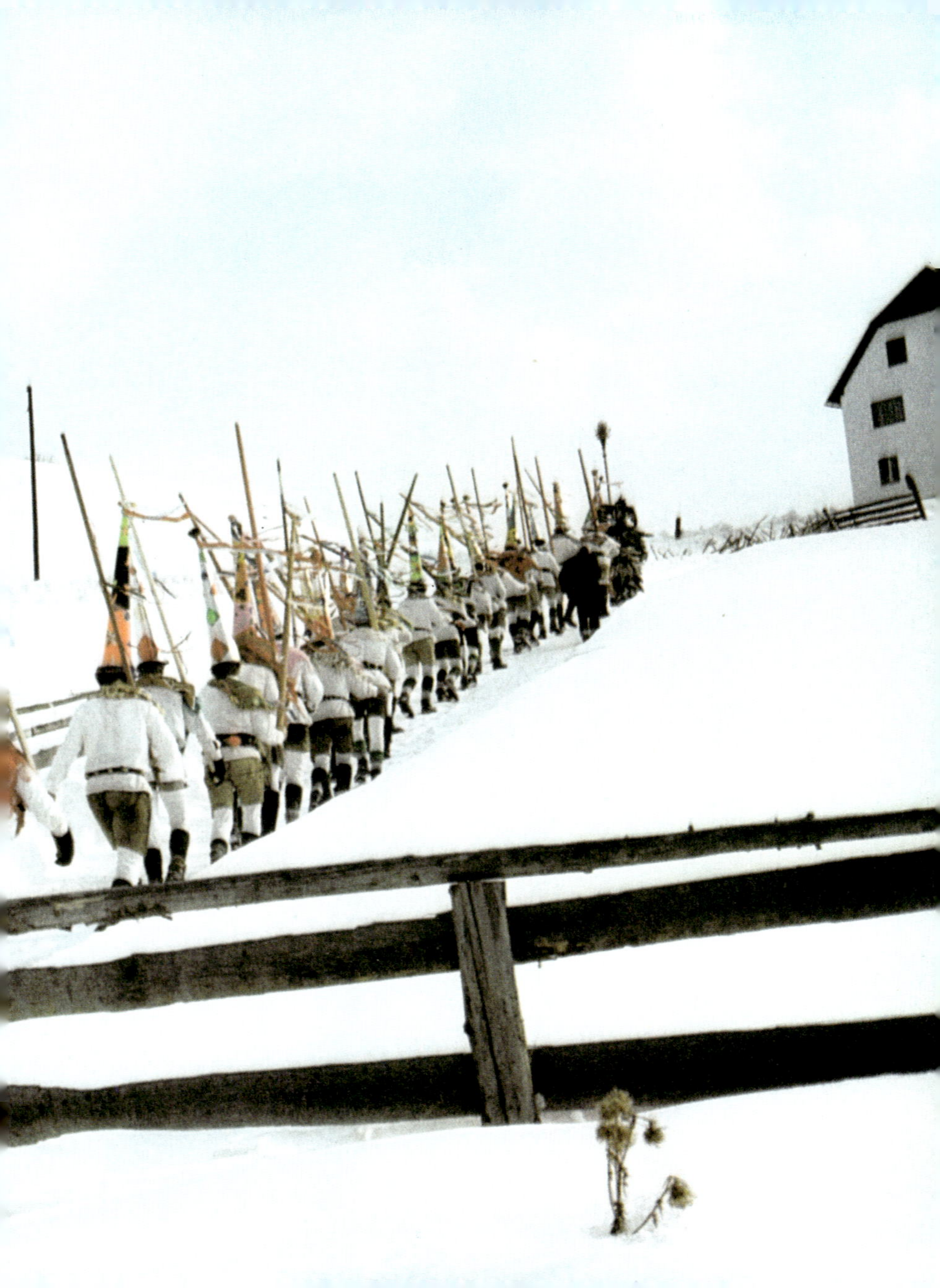

Rechts: Prangstange in Zederhaus im Lungau.
Unten: Tiroler Schützenhüte.

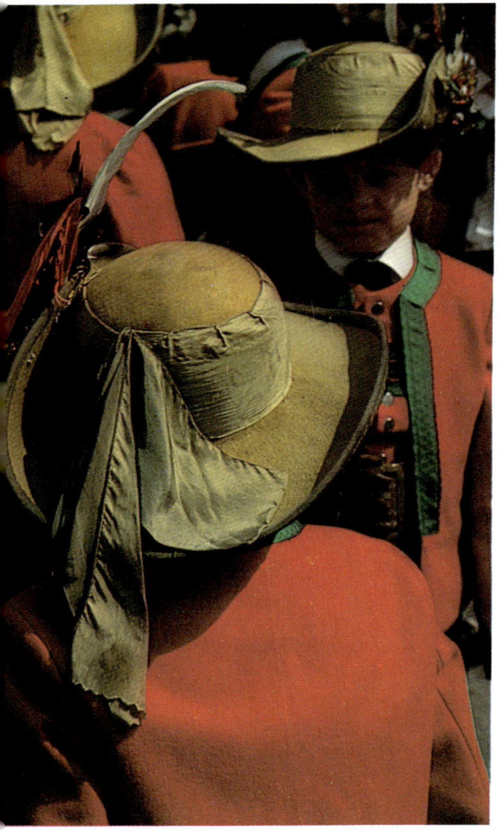

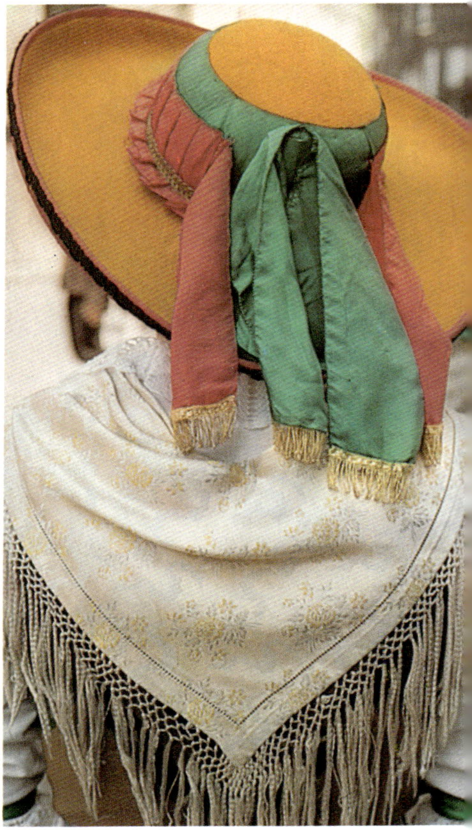

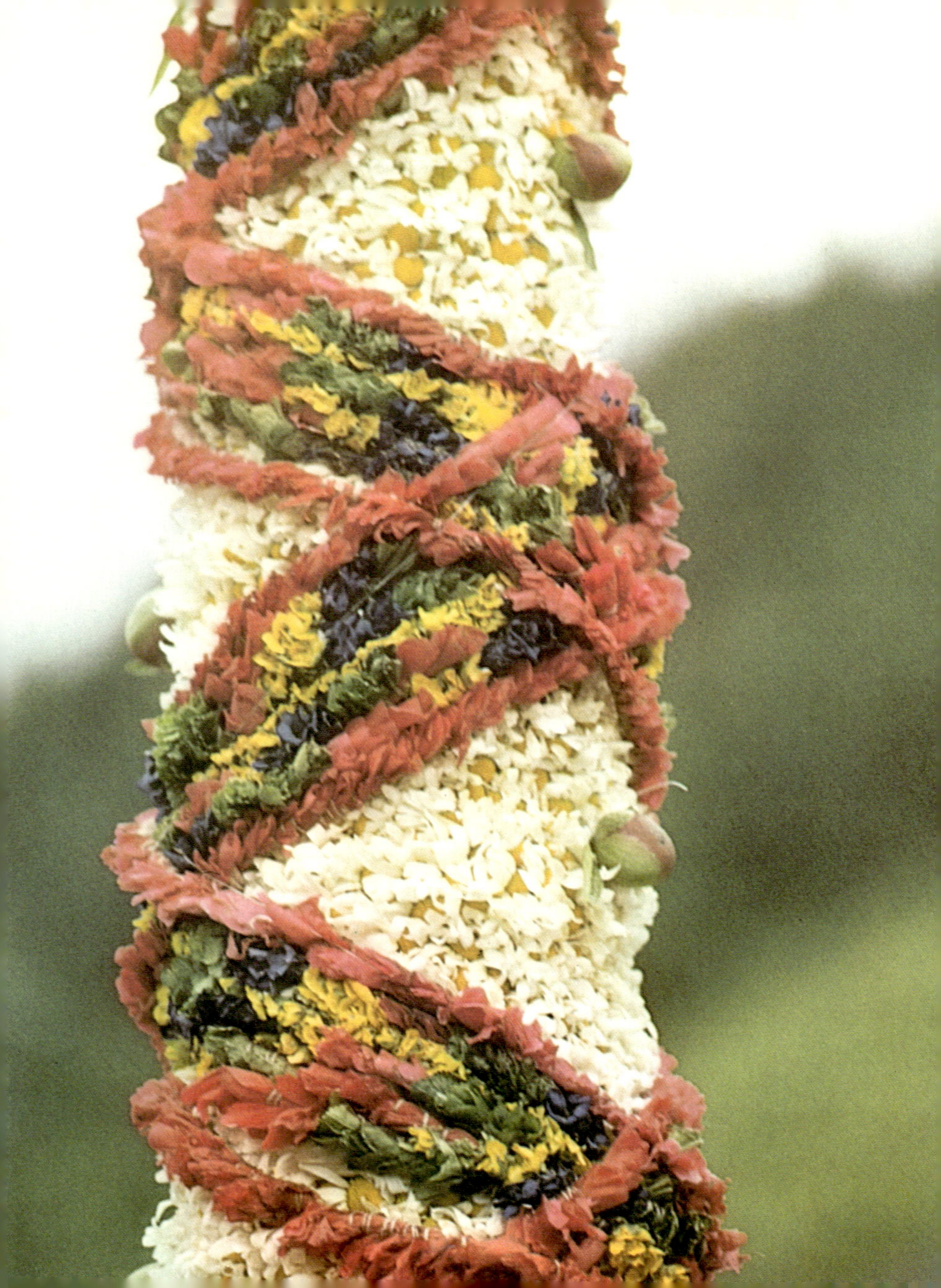

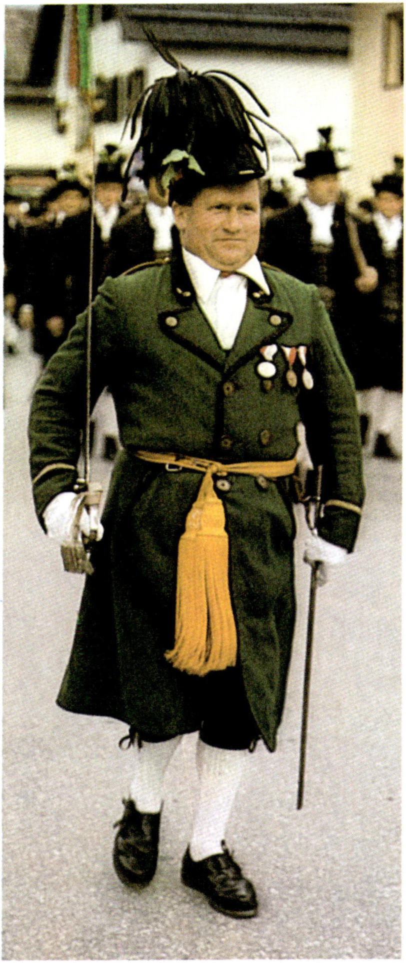

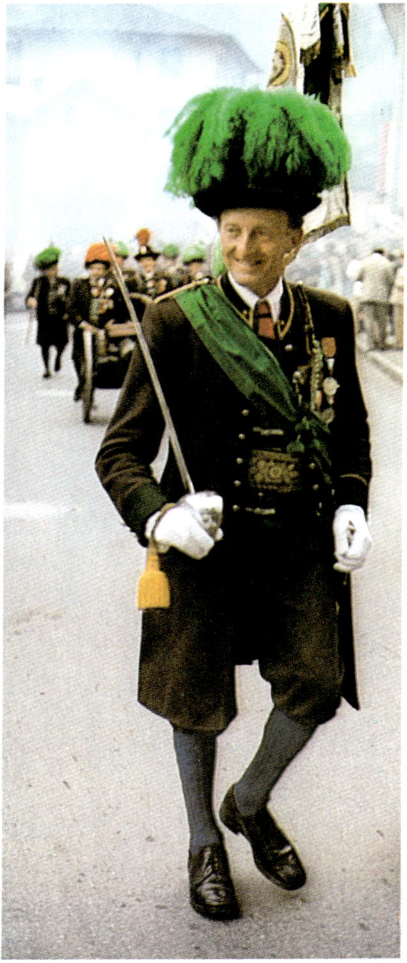

Oben: Schützenleutnants aus Salzburg.
Rechts: Die Leitkuh des Waagerbauern aus Mittersill im Pinzgau beim Almabtrieb.

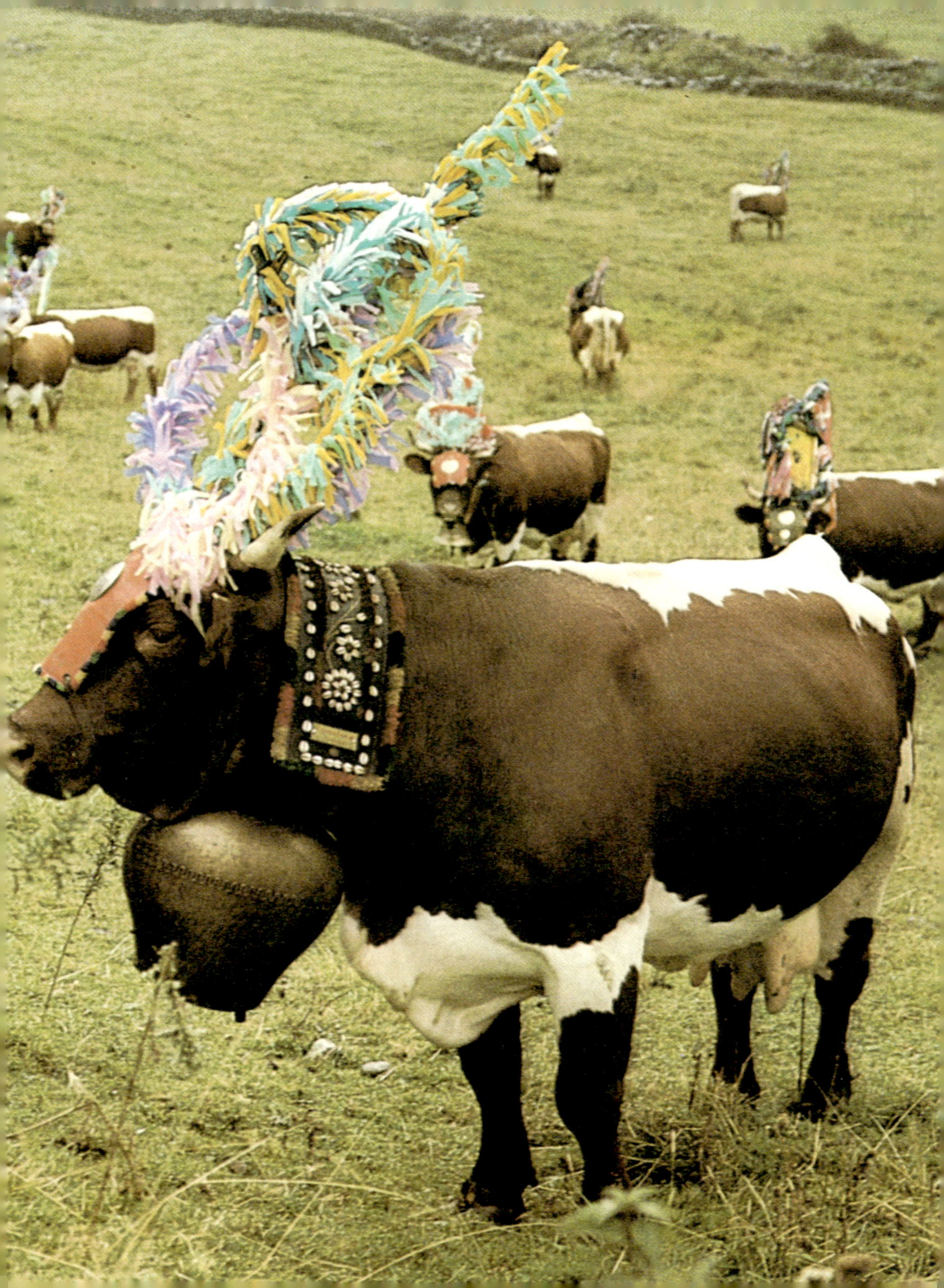

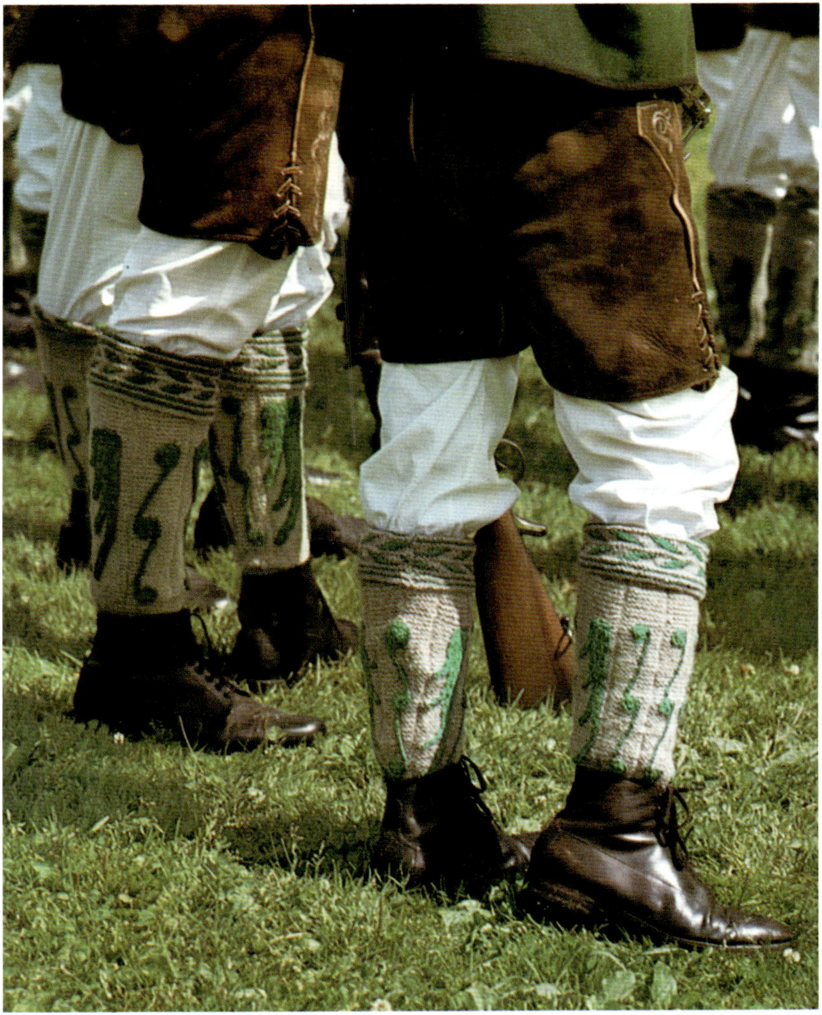

Oben: Wagrainer Schützen mit den alten Wadenstutzen.
Rechts: Federkielbestickter Gürtel eines Tiroler Schützen.

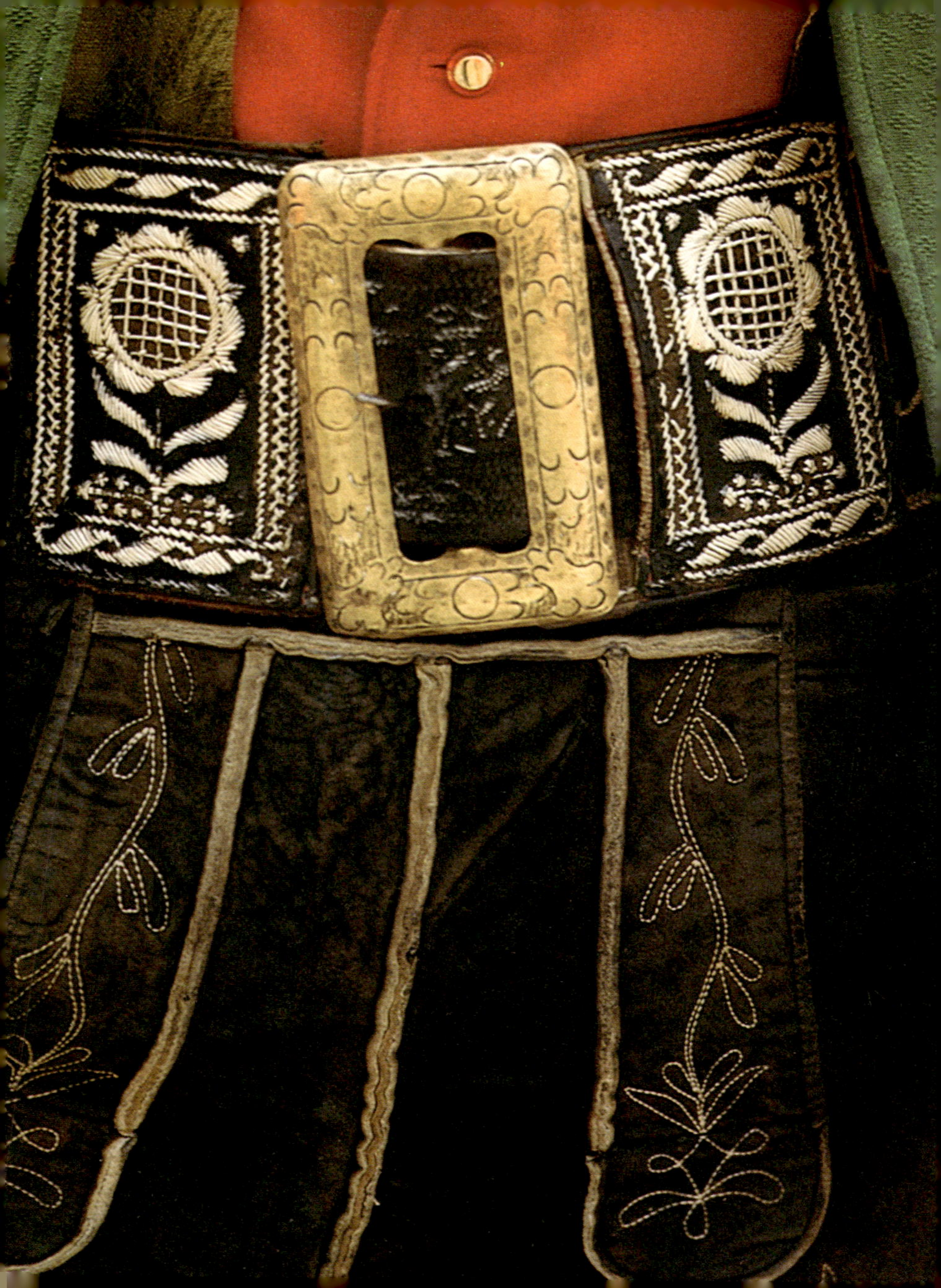

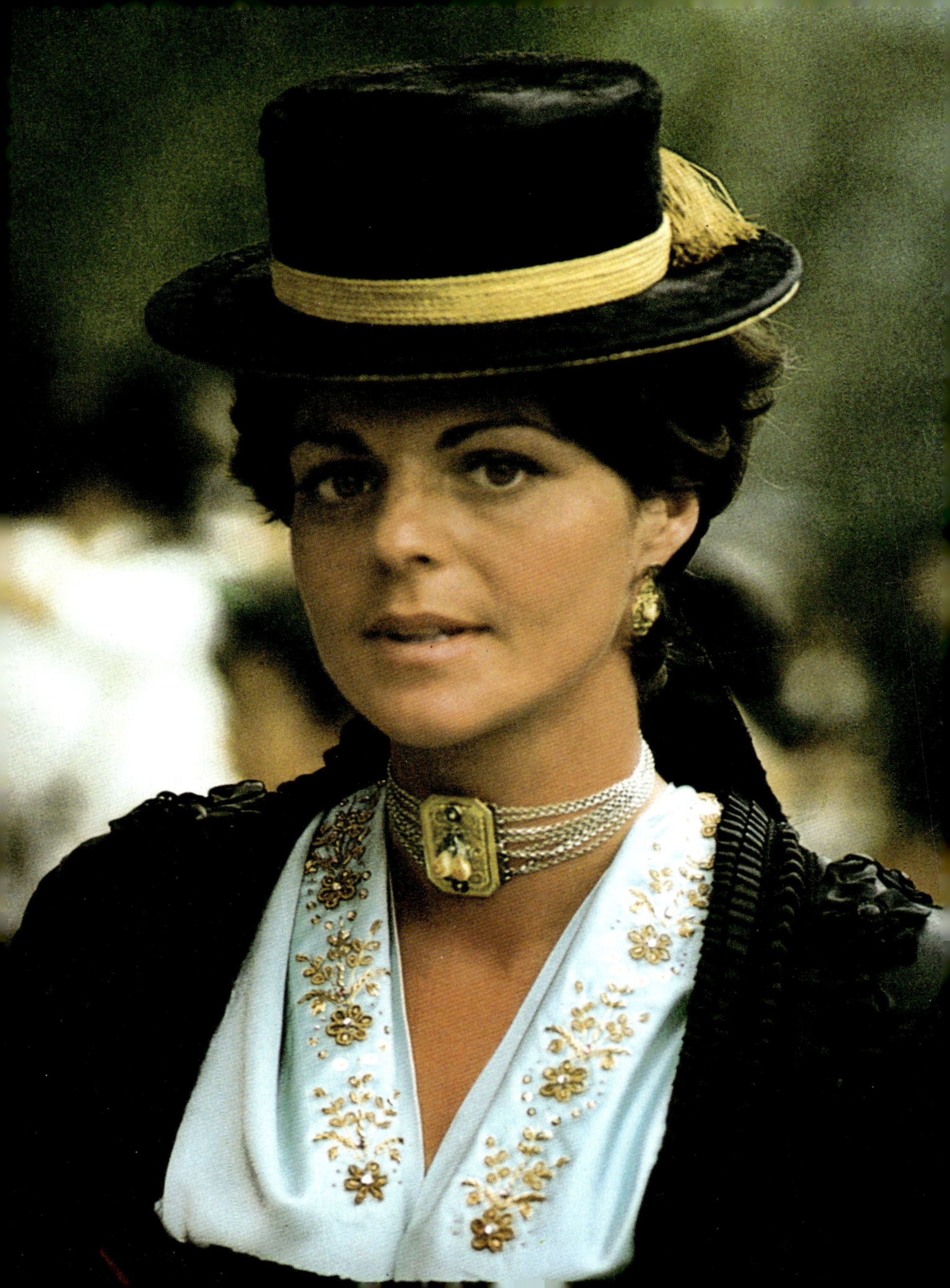

Links: Anna Brachmayr vom Trachtenverein „Die Zauchenseer".
Unten links: Osterbuschen vor der Kirche in Goldegg im Pongau.
Unten rechts: Palmesel in Thaur bei Innsbruck.

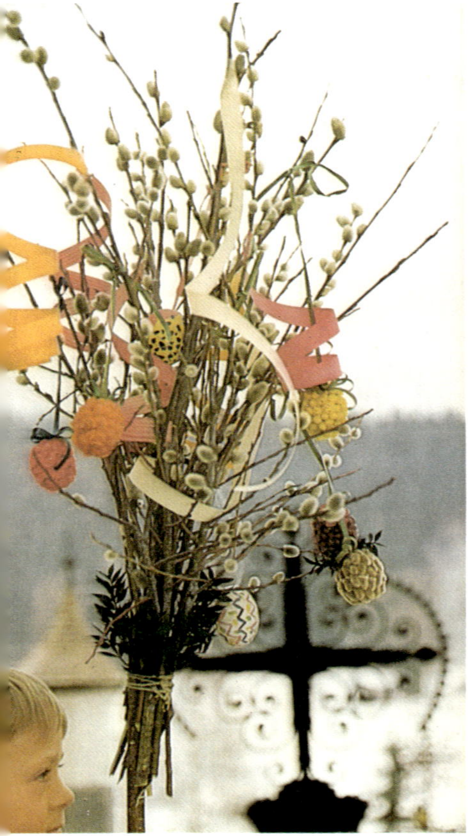

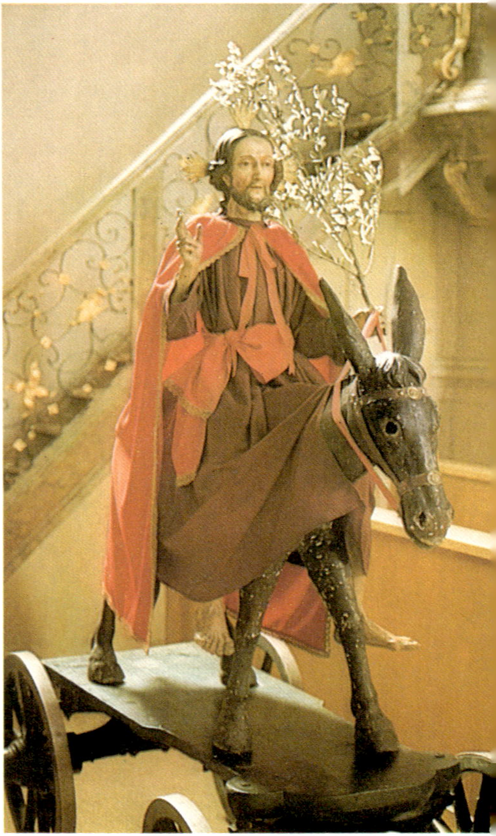

Rechts: Die Prangstangen von Zederhaus im Lungau.
Unten: Krippe vom Krippenbauer Schläffer, Gasthof Seehof in Goldegg, Pongau.

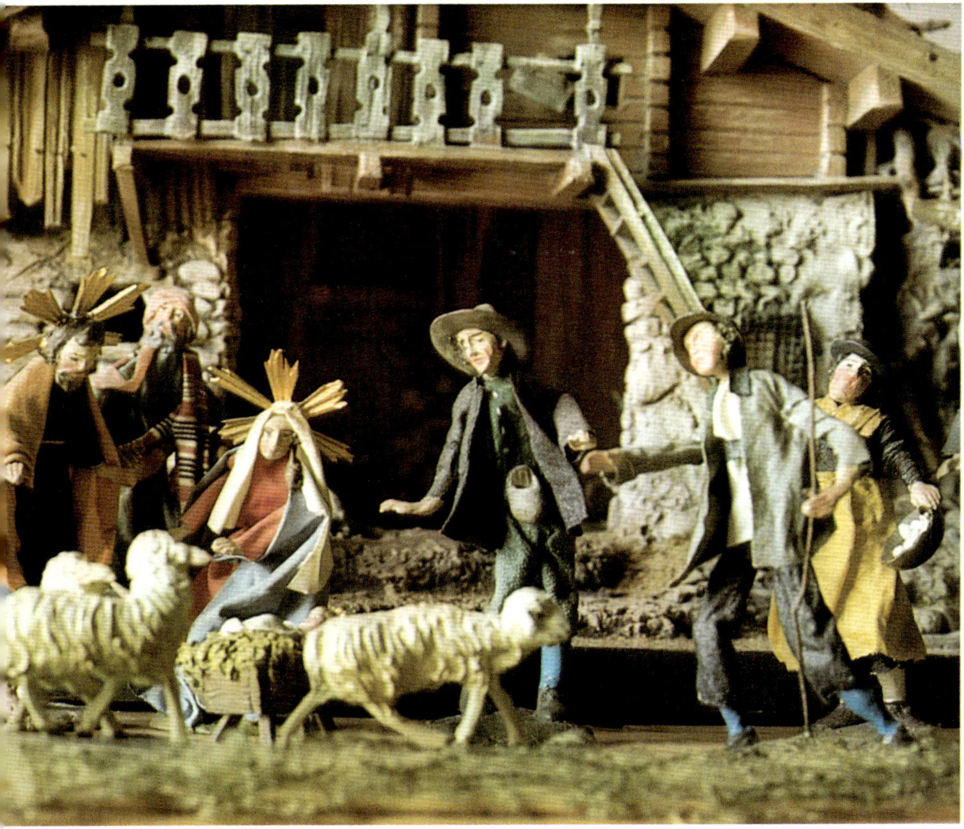

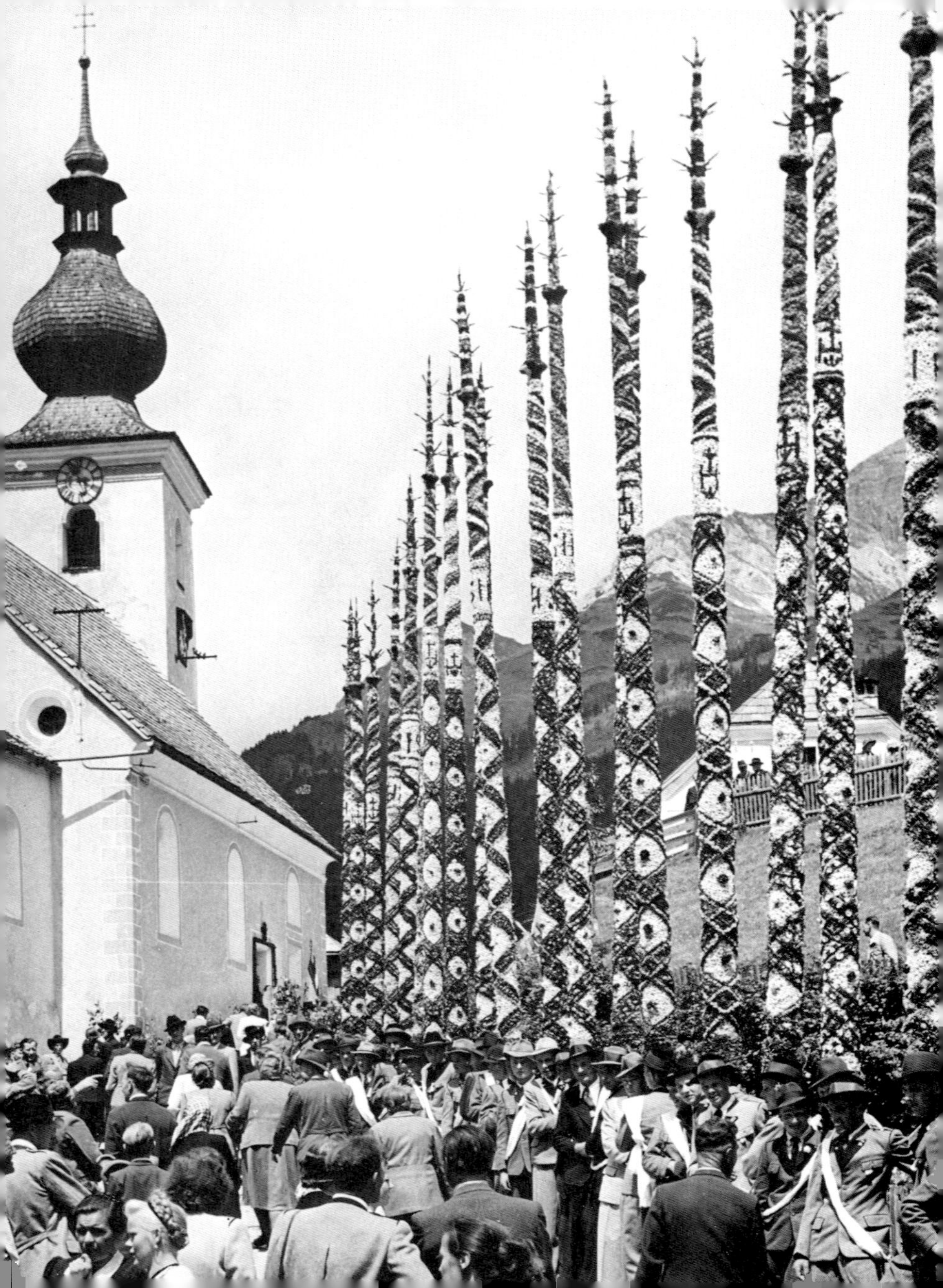

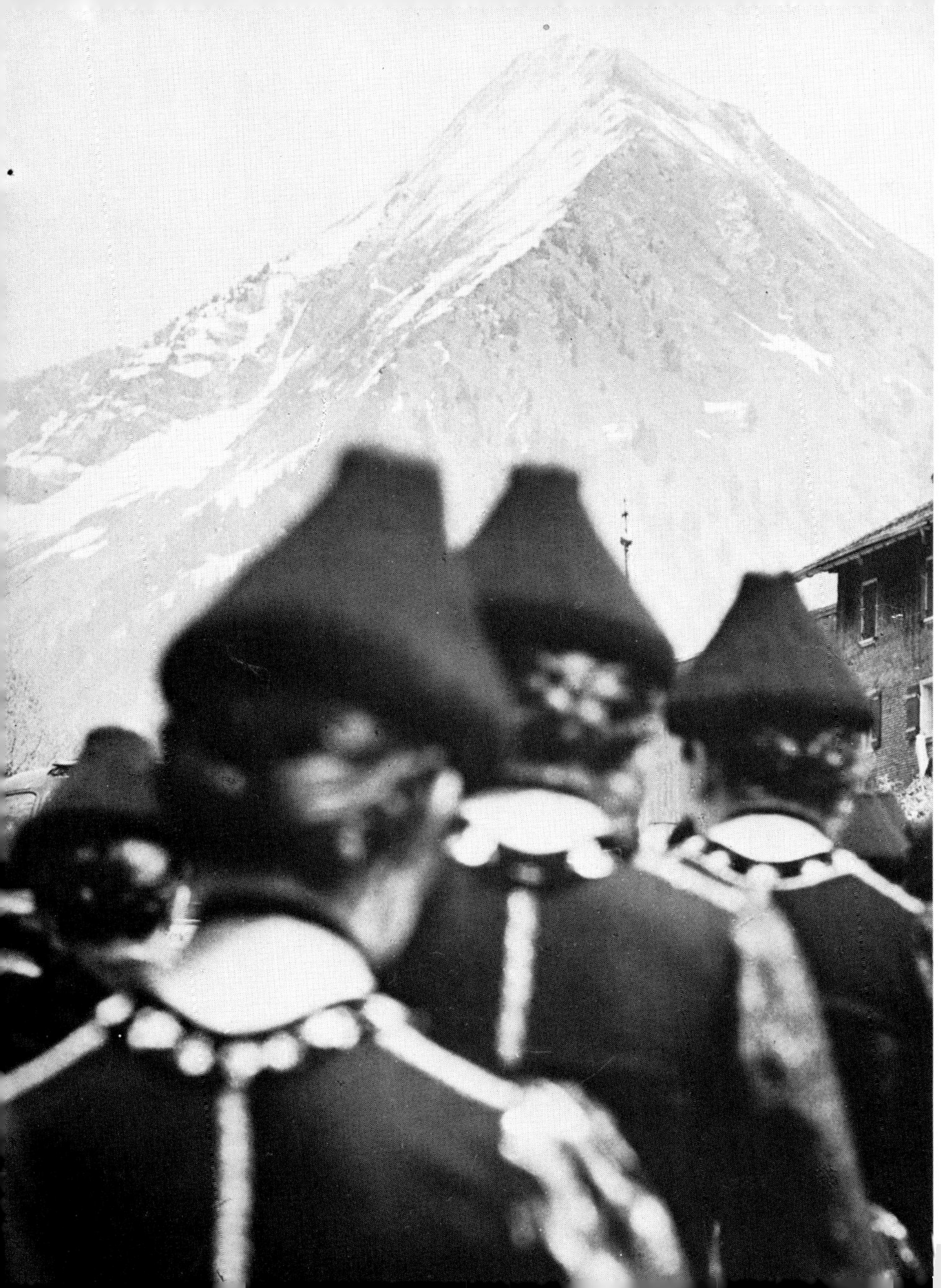

Links: Bregenzerwälderinnen in Tracht beim Fronleichnamsumzug.
Unten: Sternsinger in Heiligenblut am Großglockner.
Folgende Seite: Seeprozession zu Fronleichnam in Hallstatt.

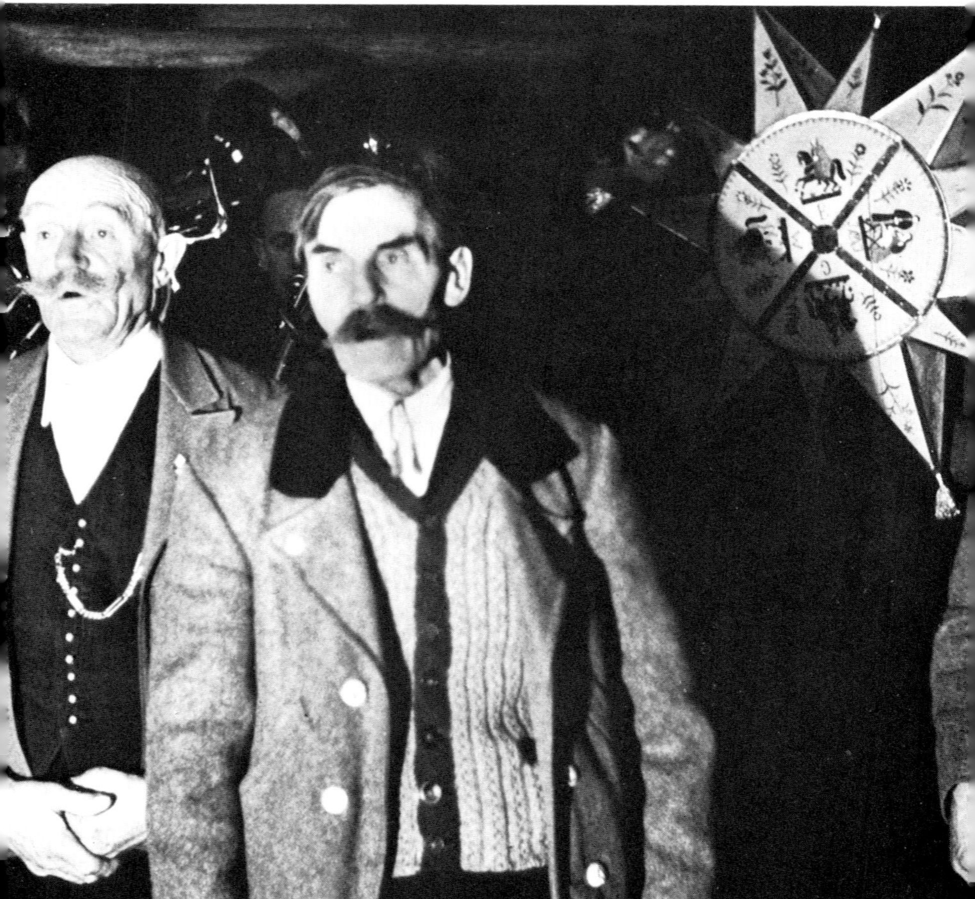

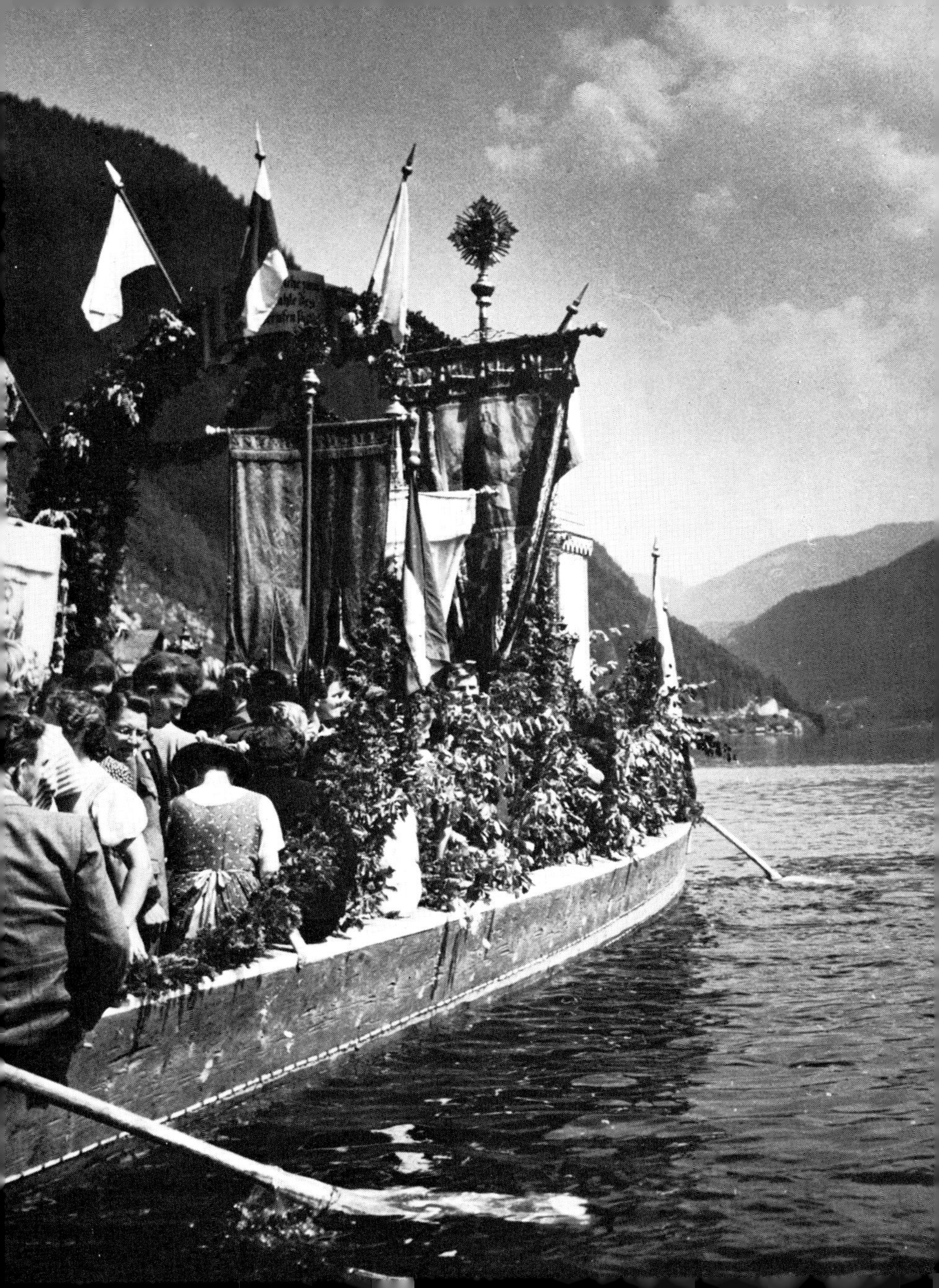

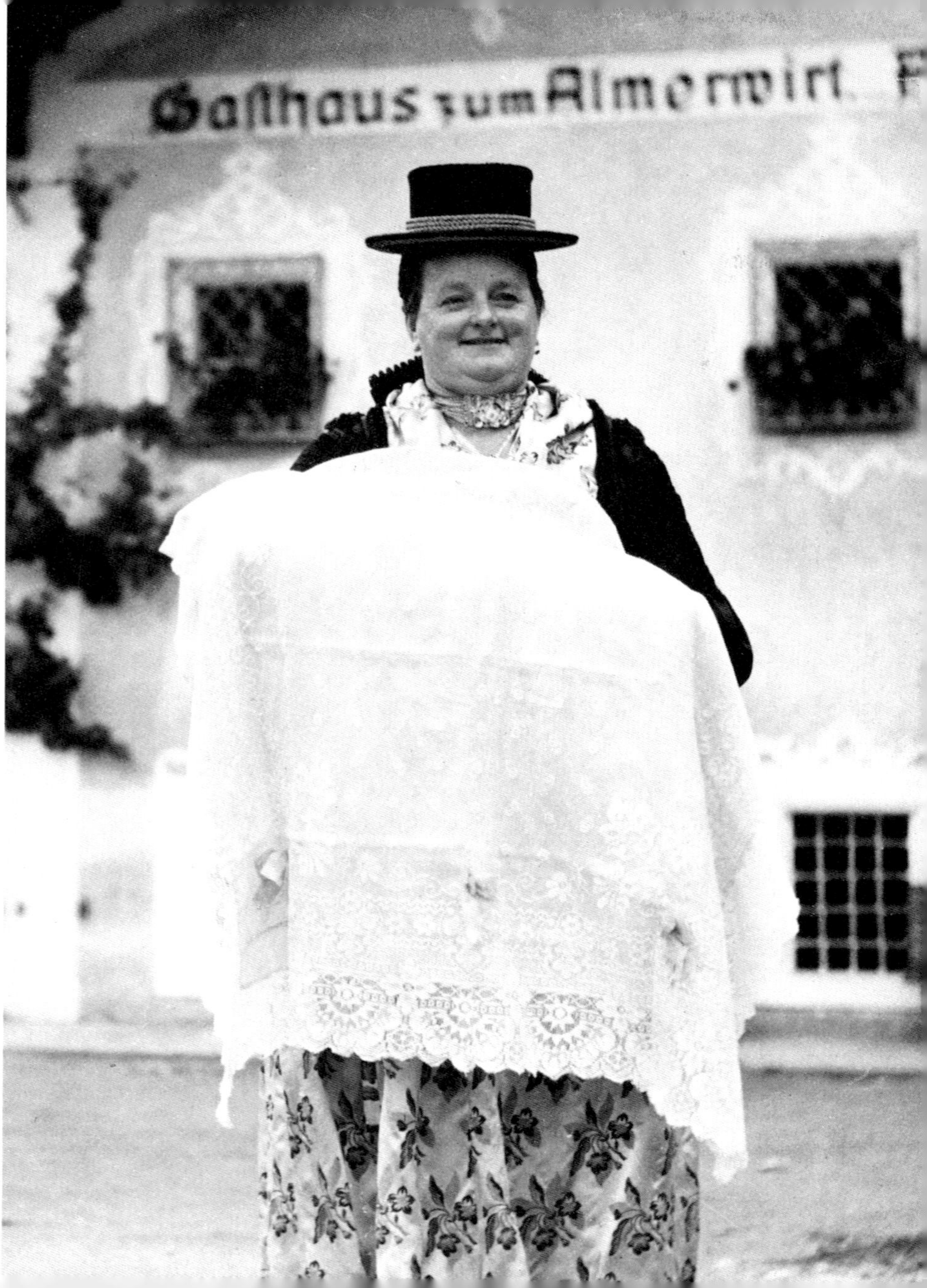
Gasthaus zum Almerwirt

Vorhergehende Seite: „Godl" in Maria Alm, Salzburg.
Rechts: Goldene Hochzeit in Finkenberg im Zillertal, Tirol.
Unten: Bäuerinnen in Sonntagstracht in Goldegg, Pongau.

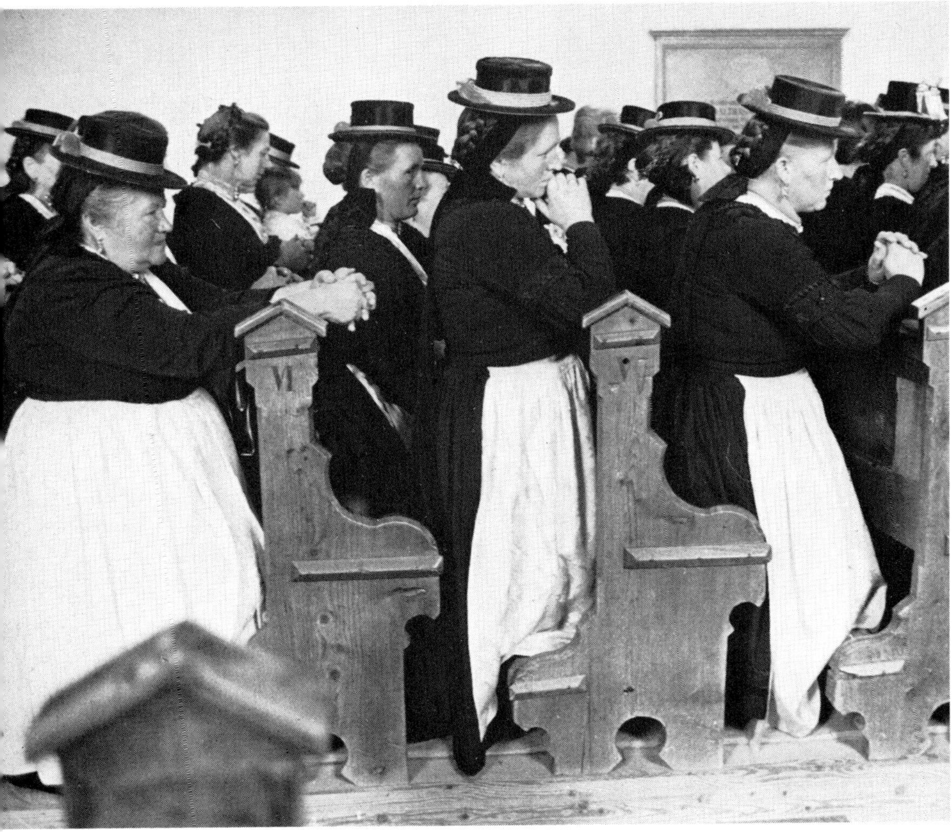

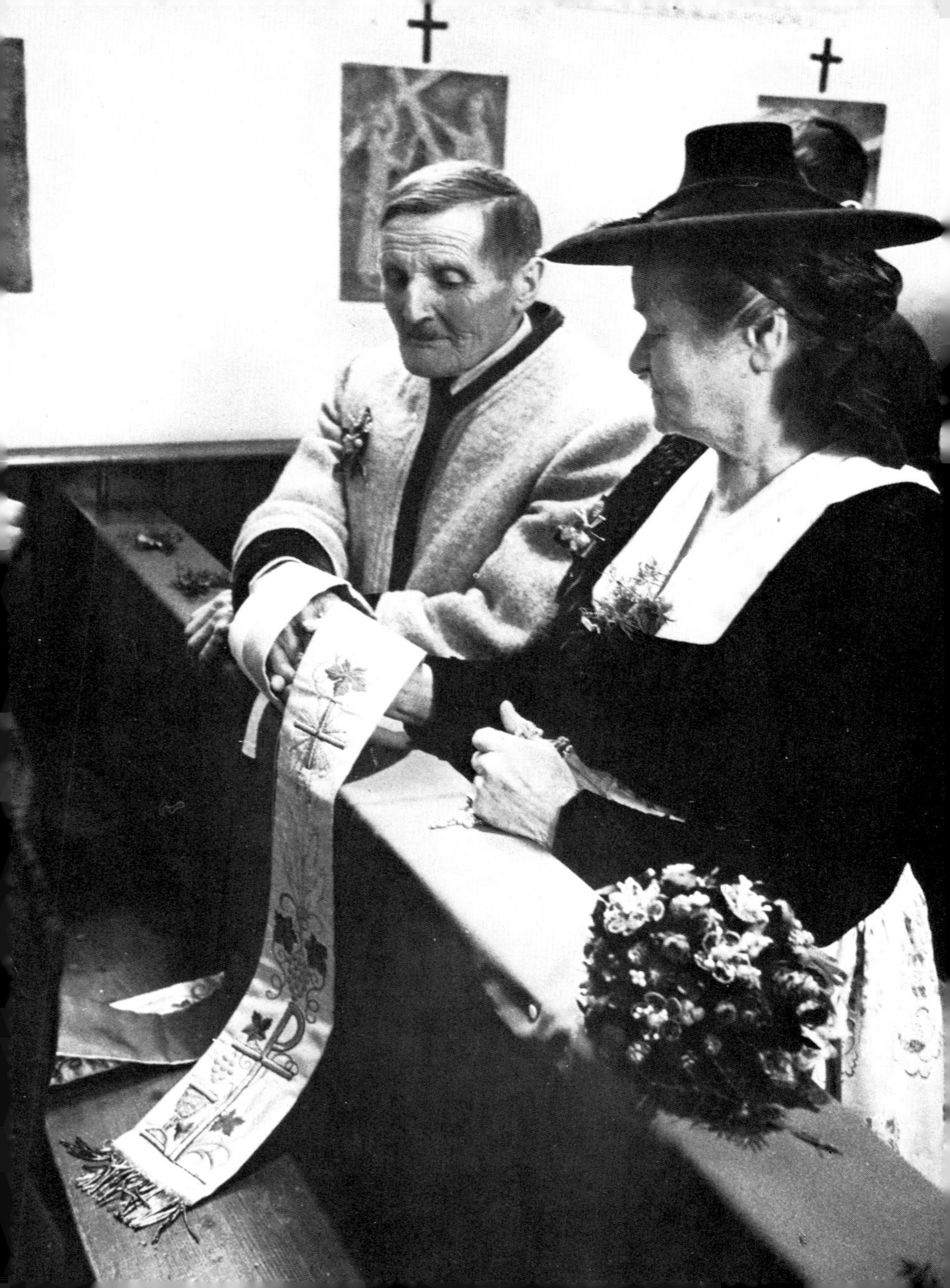

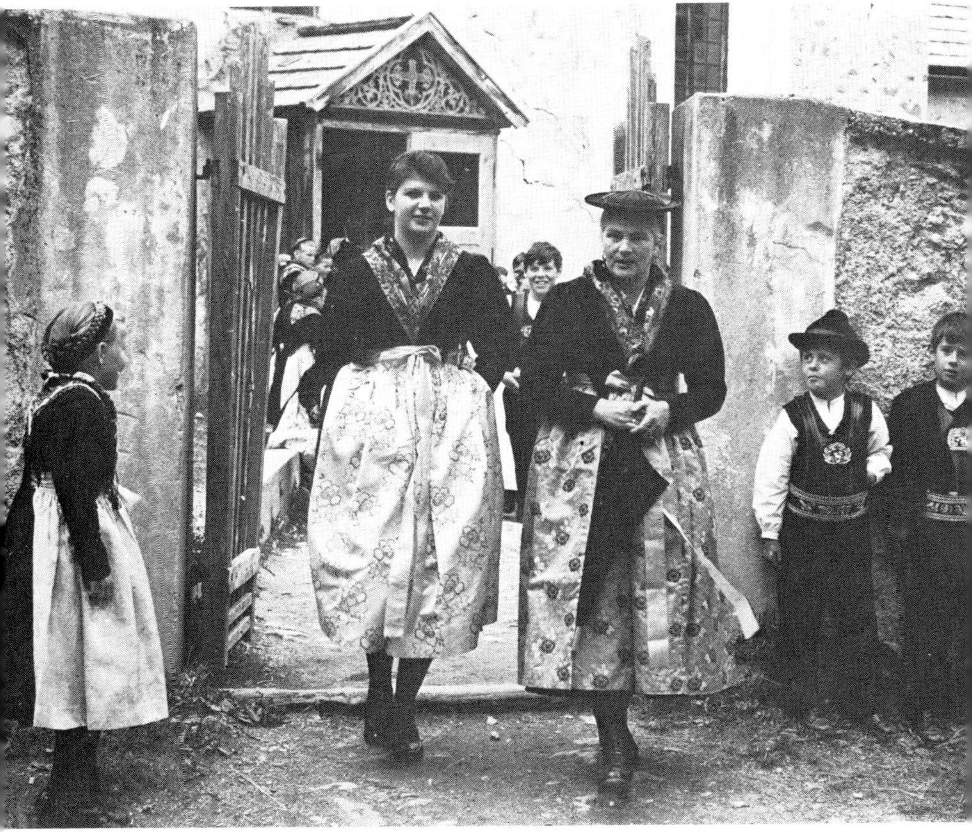

Vor der Kirche in Durnholz im Sarntal, Südtirol.

Bäuerliche Baukunst

Vielfältig wie die Landschaften Österreichs sind die Formen seiner Häuser, sein ländliches Bauen. Die Umwelt bestimmt weitgehend das Aussehen des Hauses: Nicht nur sein Arbeitsgerät, seine Küchengeräte, seine Einrichtung baute sich der Bauer selbst, sondern in früheren Zeiten auch sein Haus. Als Baustoff verwendete er das Material, das die Landschaft rundum bot, und deshalb stehen auch die alten Bauernhäuser mit ihrer Umgebung in so besonderem Einklang. In den waldreichen Gegenden Westösterreichs, im Gebirge, stand das Holz unbeschränkt zur Verfügung. Und da es am Haus beileibe nicht so schnell verwitterte, wie es im Wald nachwuchs, herrschte nie Mangel, auch wenn Holz zusätzlich noch als Brennmaterial Verwendung fand. Heute müssen die Schlägerungen genau eingeteilt werden, damit unsere Berge nicht verkarsten, keine Lawinen drohen und der Wasserhaushalt nicht gestört wird, denn die Industrie, vor allem die Erzeugung von Zellulose und Papier, verschluckt die Wälder tonnenweise.

Wie ein Holzhaus auch bei extremen Wetterbedingungen standhält, sehen wir daran, daß in den Gebirgstälern noch sehr viele Almhütten und Scheunen stehen, die mit ihrer Jahreszahl im Firstbalken auf das 17. und frühe 18. Jahrhundert verweisen.

Im Osten Österreichs, das wesentlich waldärmer war, herrschte früher das Lehmhaus und heute noch das Ziegelhaus vor. Reste der ersteren Bauart sehen wir im südlichen Burgenland in den Weinkellern am Eisenberg und bei Heiligenkreuz. Hier wird Flechtwerk aus Ruten und Ästen mit Lehm verkleistert, das Dach ist aus Stroh, und es ist staunenswert, wie diese Bauart Hitze oder überhaupt Temperaturschwankungen abhält. Sonst könnte man es nicht gerade als Weinkeller benützen.

Um beim Holz zu bleiben: Landschaften, in denen vorwiegend langwüchsige Nadelhölzer vorkommen, vor allem Fichte und Lärche, haben eine besondere Form des Holzhauses, den Blockbau, begünstigt, während bei überwiegendem Laubholzvorkommen der Ständer- oder Fachwerkbau führend ist.

Den einfachsten Blockbau sehen wir bei den Heuhütten auf Wiesen und Almen im Gebirge. Rundes Langholz ist übereinander gelagert, sodaß es eine Wand bildet, die Enden stehen vor und sind auf die einfachste Art, in Form der Überkämmung, miteinander verbunden. Behauenes Langholz fand für Stall- und Wohnbauten Verwendung, die Fugen wurden dadurch auf ein Mindestmaß reduziert und bei Wohnbauten mit allen möglichen Mitteln wie etwa Moos, Werg, Lehm gedichtet. Eine besonders schöne Form sehen wir noch an einigen Bauernhäusern in Kärnten, im Metnitz- und im Gurktal, wo die Fugen mit weißem Lehm verschmiert sind, was einen reizvollen Kontrast zu dem braunen Holz bildet und dem Haus seinen eigenen Charakter gibt. Die überstehenden Enden der Blockbalken, „Schrotköpfe“, „Fürköpfe“ oder „Kegel“ genannt – die Bezeichnung wechselt je nach Landschaft –, sind nur bei der einfachen, verschränkten Verbindung vorhanden. Die Entwicklung der Zimmermannskunst führte von einfachen Überblattungen an den Gebäudeecken bis zu kunstvollen Schwalbenschwanzverzinkungen und letztlich zum „Klingschrot".

Beim Einbinden von Zimmerwänden in die Außenwand wurden die Balkenköpfe, also das Ende des Balkens, der in der Außenwand steckte und die Verbindung herstellte, als Zierglieder gestaltet. Nachdem man sie nicht mehr als Vorkopf aus der Wand ragen ließ, bildeten sie an und für sich ein ornamentales Muster. Es reizte die Zimmerleute, das einfache Muster in phantasievolleren Formen auszuführen, und so entstand das beliebte Ziermotiv des „Malschrots", wie man diese Verzinkung nennt. (Im Bildteil sieht man ein solches Balkenende in Herzform.) Daneben gab es die verschiedensten Formen, stilisierte Kirchen und Werkzeuge, Jahreszahlen, bis zur Wiedergabe der Initialen des Hofbesitzers. Dieser „Malschrot" ist das Schönste, was die Holzbaukunst im kleinen Bereich geschaffen hat, und auch das technisch Interessanteste. Man muß sich vorstellen, daß nicht nur der Balkenkopf diese Formen zeigte, sondern auch das Loch im Balken der Außenwand in der gleichen Form und Größe sozusagen „ausgeschnitzt" oder „ausgestochen" werden mußte. Dazu diente ein eigenes Werkzeug. Der Blockbau ist schon in vorgeschichtlicher Zeit in den Alpen nachgewiesen, die einwandernden Bayern und Alemannen brachten wohl den Ständerbau mit, aber die einfache Herstellung und die bessere Wärmedämmung des Blockbaues gaben diesem den Vorzug.

Fachwerk findet man außer im Rheintal in Österreich kaum. Dafür sind Bundwerkformen vor allem an Giebeln von Tiroler Häusern oft zu sehen und haben über das Land hinaus weite Verbreitung gefunden. Eine Besonderheit sind die Bundwerkscheunen im Innviertel, wie eine solche im Bildteil zu sehen ist. Die ganze Front dieses mindestens dreißig Meter langen Baues ist einschließlich der Stadeltore ornamental geschnitzt. Die Nägel der Zierbänder sind aus Zwetschkenholz und ergeben sich wiederholende Malkreuze. Über den Toren sind farbige Sprüche gemalt.

Das Charakteristikum der alten Gebirgshäuser ist neben dem Laubengang an der Vorderseite oder an drei Seiten des Hauses das flache Dach. Diese beiden Merkmale sind es auch vor allem, die in den Bauordnungen verschiedener Bundesländer als Grundforderung für „landesübliches Bauen“ verlangt werden.

Das flache Dach, von alters her mit Holzschindeln gedeckt und zum Schutz gegen Stürme mit Steinen beschwert, hatte den Vorteil, im Winter den Schnee zu halten, dessen dicke Haube wieder Schutz vor der Kälte bot. Die Dächer ragten weit vor, weil das Regenwasser vom flachen Dach langsamer ablief und der Wind das Wasser an die Holzwände geschleudert hätte. Die Grundkonstruktion des Daches ist das Pfettendach oder das Sparrendach. Vorwiegend ist das erstere. Dabei liegen die Balken, welche die Dachstangen und die Dachhaut tragen, eben die Pfetten oder Pfettenpfosten, direkt auf den Giebelwänden auf und ragen sehr weit vor. Das Dach überdeckt damit auch den Laubengang. Die Pfettenköpfe sind meist kunstvoll geschnitzt, und wo sie nicht in Tierköpfen enden, ist das Hirnholz mit Brettern vor Verwitterung geschützt. Das Schmuckbedürfnis der Bevölkerung und der Sinn für Schönheit haben selbst diese unscheinbaren Details liebevoll gestaltet. Diese „Pfettenbretter“ ragen weit über den Pfostenkopf, den sie schützen sollen, nach unten und haben meist eine reizvolle Form, oft aber sind sie ganz reich ornamental ausgesägt. Die Windlade, das Brett, das die Kante des Daches schützt, ist nicht gerade geschnitten, sondern weist verschiedene Muster auf.

Auch der Laubengang des alpenländischen Hauses, der nicht nur an der Giebelfront, sondern an den beiden anderen Seiten bis zum Scheunenteil reichen kann und hier zum Trocknen von Wäsche und Feldfrüchten dient, ist in seiner Gestaltung ein schmückender Bestandteil. Die Brüstungen der Lauben sind mit breiten Brettern verschalt, die im Laufe des 19. Jahrhunderts in einer Art Laubsägearbeit mit den reizvollsten Mustern versehen wurden. Diese Bretter wurden immer senkrecht verwendet, zur besseren Abweisung von Regen und Schnee. Plötzlich tauchen nun Kassettenformen auf den Brettern der Laubengänge auf, wie man sie von Türfüllungen und Holzdecken in alten Stuben kennt. Wenn heute Bretter waagrecht angebracht sind, in großer Breite und kassettiert, so ist das weder landesüblich noch ist es schön, höchstens im Sinne eines Illustriertenstils; außerdem sind sie funktionsuntüchtig, weil die Bretter durch die waagrechte Faserlage rasch verwittern.

Die Laubengänge sind in allen Gegenden des österreichischen Alpenlandes zu finden, sie prägen entscheidend das Bild ganzer Landstriche. Im Tiroler Unterland mit seinen großen Einhöfen sind die über drei Seiten laufenden Lauben mit ihrem Blumenschmuck ein wesentlicher Bestandteil der Häuser, und man kann fast sagen, sie symbolisieren das

Land Tirol. Die alten Holzhäuser haben noch mehr zu bieten: die kunstvoll geschnitzten Mittagsglocken – die „Freßglocken“ – auf dem Dach, die in ihren einfachen Formen sehr modern anmutenden Gitter in den kleinen Fenstern, die kunstvoll gestalteten Türen, Giebelzierat und anderes mehr. Selbst das Dach, neben dem flachen auch als steiles Satteldach und vor allem als Walmdach ausgebildet, trägt mit seiner Form zum Gefühl der Geborgenheit bei, das man beim Anblick dieser Häuser hat. Eine reizvolle Spielart ist in Kärnten das Schopfwalmdach.

Das Holzhaus ist nicht für sich allein vorherrschend, stärker wird der Alpenraum von der Mischform beherrscht, nämlich Untergeschoß oder Teile desselben aus Stein und Obergeschoß oder nur oberster Teil aus Holz. Diese Vereinigung von weißgekalktem gemauertem Teil mit grünen Fensterläden und dem dunkelbraunen Holzteil ist besonders reizvoll. Hier gibt es vor allem in Tirol schöne Verbindungen mit gemauerten Erkern, Lauben und Giebelbundwerk.

Dr. Pöttler, der verdienstvolle Schöpfer des Freilichtmuseums in Stübing in der Steiermark, wo die schönsten Bauernhöfe aus allen Gegenden Österreichs noch zeitgerecht vor ihrem Verfall oder ihrer Zerstörung wieder aufgestellt wurden, sagt über den Holztyp des Tiroler Unterlandes, einen Mischtyp, sinngemäß:

„Er zählt sicher zu den ansprechendsten, schönsten und vollkommensten Hausformen der Alpenländer. Das stets zweigeschossige Haus mit dem Wohnteil der Sonne zugekehrt und ursprünglich ein Blockbau, ist heute häufig in gemischter Bauweise oder als Mauerbau anzutreffen. Der formschöne und vielgestaltige Bundwerkgiebel hat wesentlich zur geschlossenen und architektonisch vollendeten Form dieses Hauses beigetragen. Bei gezimmerten Obergeschossen gibt es an drei Seiten den Holzgang, die ‚Labn‘ oder ‚Schrot‘, im Sommer üppig mit Blumen geschmückt, der den freundlichen, gastlich wirkenden Charakter dieser Häuser stark mitbestimmt.“

Da wir nun die Holzhäuser ausführlich geschildert haben und auch zu einem Hoftyp gekommen sind, dem Einhof, soll eine kurze Aufzählung der wichtigsten Hofformen, unabhängig von Ziegel- oder Holzbau, erfolgen. Nach wissenschaftlichen Forschungen ist der *Gruppen- oder Haufenhof* die älteste Form. Er findet sich in Kärnten und in der Steiermark, aber auch noch über der Grenze in Ober- und Niederösterreich. Ich sah sehr schöne Höfe im Kärntner Oberland, die Gebäude waren bestimmt nicht wie ein Haufen zusammengewürfelt, sondern standen funktionell als Gruppe angeordnet. Der Name besagt, daß die Wirtschaftsgebäude lose um das Wohnhaus gruppiert sind. Es finden sich die Scheune, der Stall, der Fleischkasten – in Salzburg und Oberösterreich Troadkasten, im Ausseer Land Feldkasten genannt –, eine Holzhütte, ein Backofen, eine Selchhütte (Sölch) und etwas seitab ein Bienenhaus mit buntbemalten Fluglöchern. Das Ganze wirkt wie ein kleines Dorf. Als Aufbewahrungsorte für Getreide und Feldfrüchte sind die Feld- oder Troadkästen heute weitgehend funktionslos geworden. Aber in Kärnten konnte ich feststellen, daß viele Fleischkästen noch zur Aufbewahrung der geräucherten Speckseiten verwendet werden.

Beim *Paarhof* stehen Wohngebäude und Stall meist parallel nebeneinander. So kann man es zumindest sehr oft an Berglehnen sehen. Der Giebel ist zum Hang gestellt. Im Stallgebäude ist auch die Scheune untergebracht. Die Anlage schließt nicht aus, daß zumindest ein Backofen oder ein Getreidekasten daneben steht. Paarhöfe gibt es im ganzen Alpengebiet neben den anderen Formen.

Während diese beiden Gehöfttypen schon aus prähistorischer Zeit bekannt sind, ist der *Einhof* wahrscheinlich jünger. Wohnteil und Stadel bzw. Stall sind unter einem Dach vereinigt, entweder in der Firstrichtung nebeneinander, wobei sie durch eine Tenne getrennt sind, die durch das ganze Haus läuft, das sogenannte Mittertennhaus. Es können sich aber auch beide Teile hintereinander unter einem Dach befinden, meist ein Mittelflurhaus und ein Stadel. Beim Einhof sind die Arbeitswege kürzer, und vor allem muß man bei schlechtem Wetter das Haus nicht verlassen. Das Gebiet der Einhöfe verschiedener Prägung reicht von Tirol bis ins obere Ennstal.

Daneben gibt es die *Regelhöfe*, eine Form, bei der Wohnhaus und alle Wirtschaftsteile nach genauen Regeln zusammengebaut sind, und zwar um einen gemeinsamen Wirtschaftshof bzw. Innenhof. Dazu zählen der *Vierkanter*, *Dreikanter* und die *Drei-* und *Vierseithöfe*. Der eindrucksvollste Bauernhof ist für mich trotz aller Schönheiten der Berghöfe doch der Vierkanter. Wie diese Höfe meist ohne Nachbarn im Hügelland sitzen, wie allein ihre Größe und Mächtigkeit ein reiches und behäbiges Bauerntum zeigen, ist unübertroffen. Die klassische Form beinhaltet alle Gebäude unter einem Dach, mit einem gleichhohen First um den Hof.

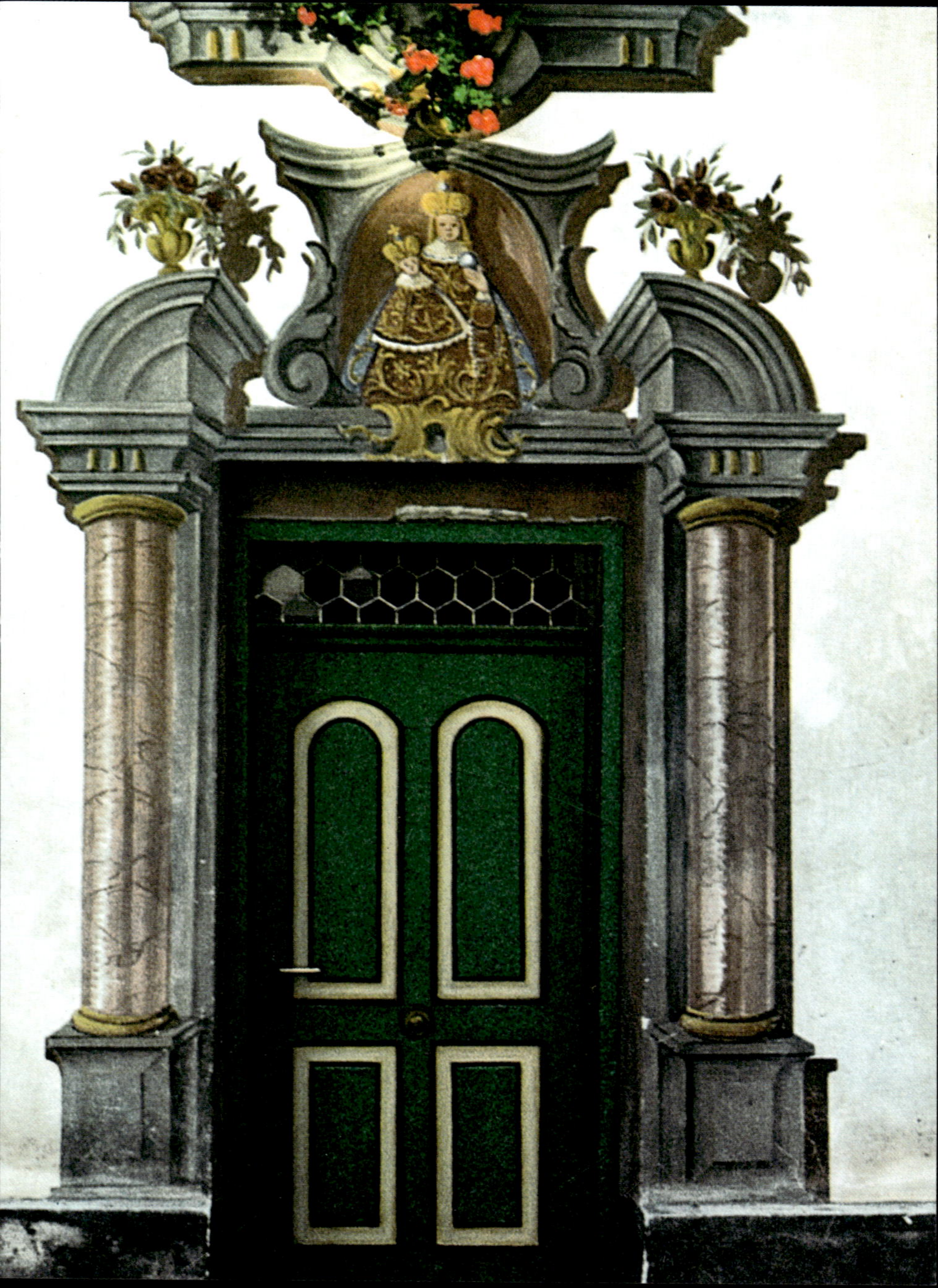

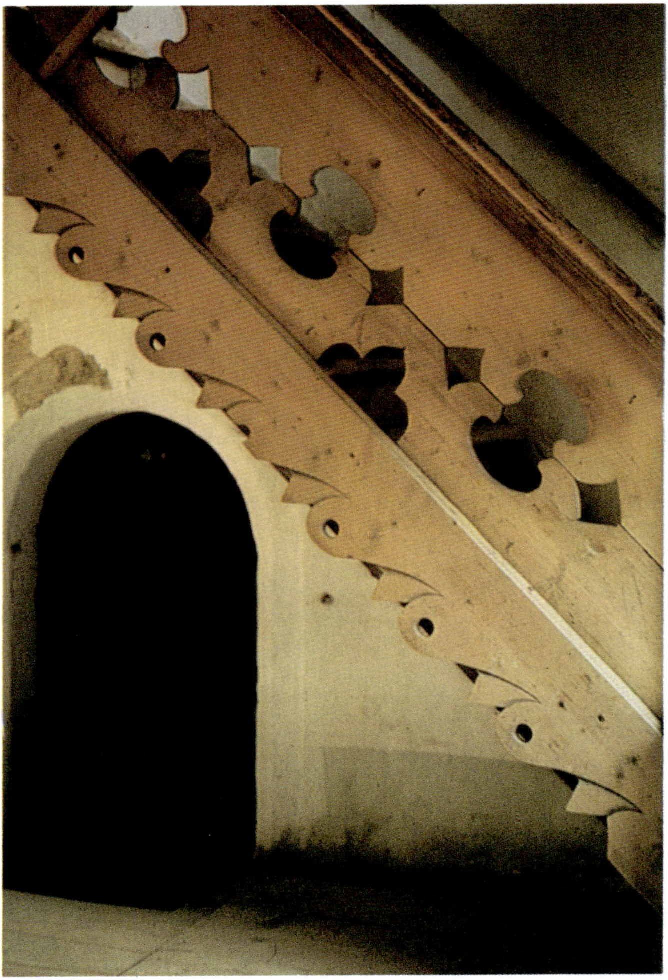

Vorhergehende Seite: Haustür eines Bauernhauses in Fulpmes im Stubaital.
Oben: Stiege im Haus des Rohrmoosbauern in Goldegg.
Rechts: Tiroler Bauernhaus, Einhof, beim Pillersee.

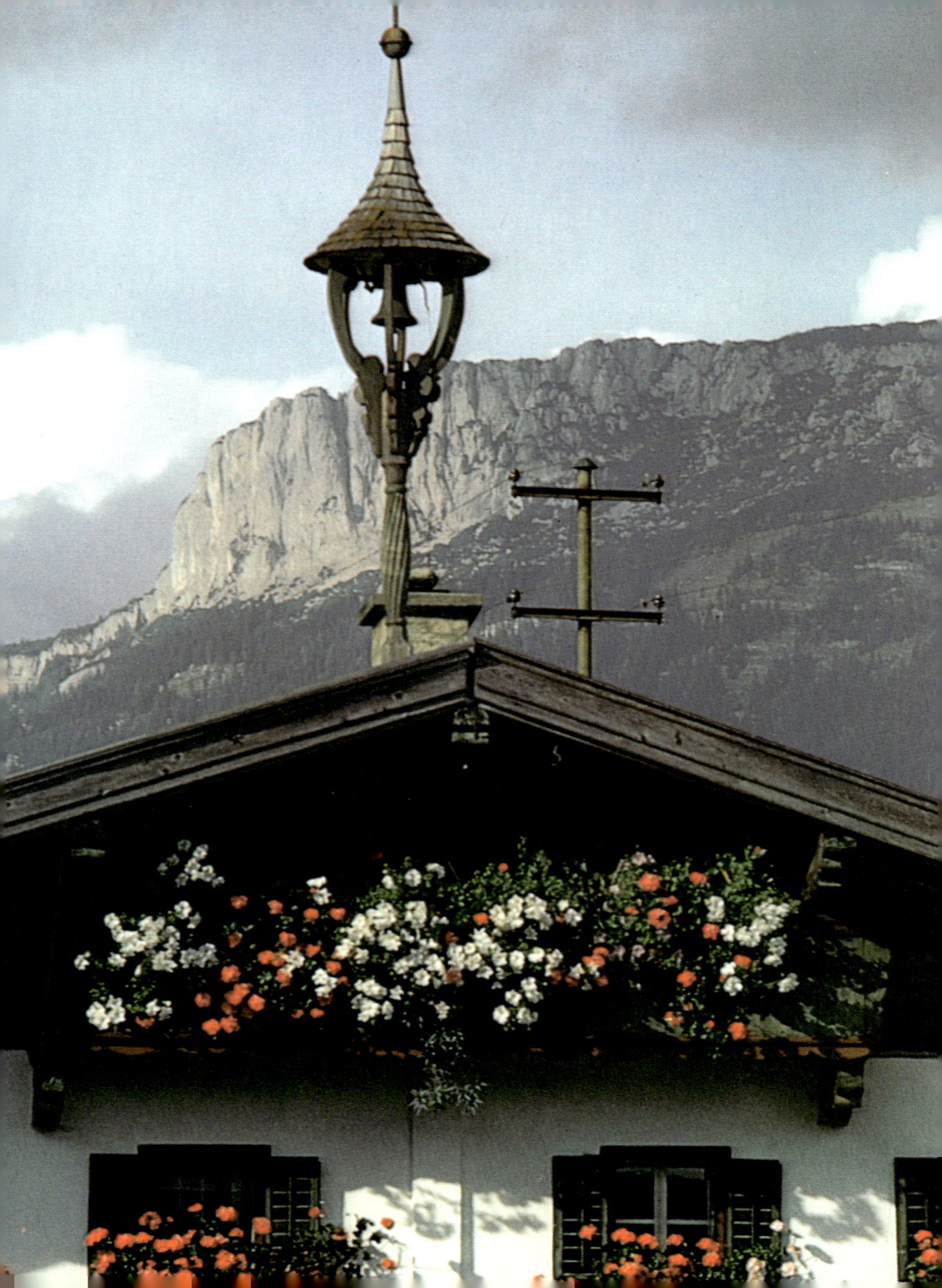

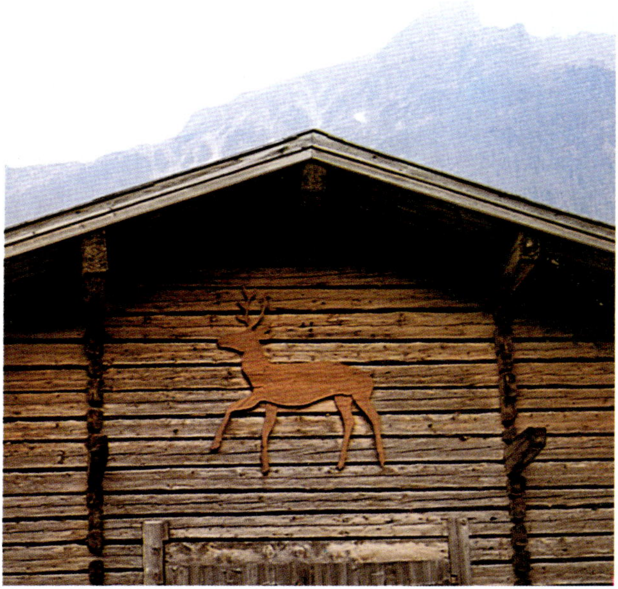

Links oben: Scheune in Krimml.
Links unten: Scheunenwand in Zederhaus, Lungau.

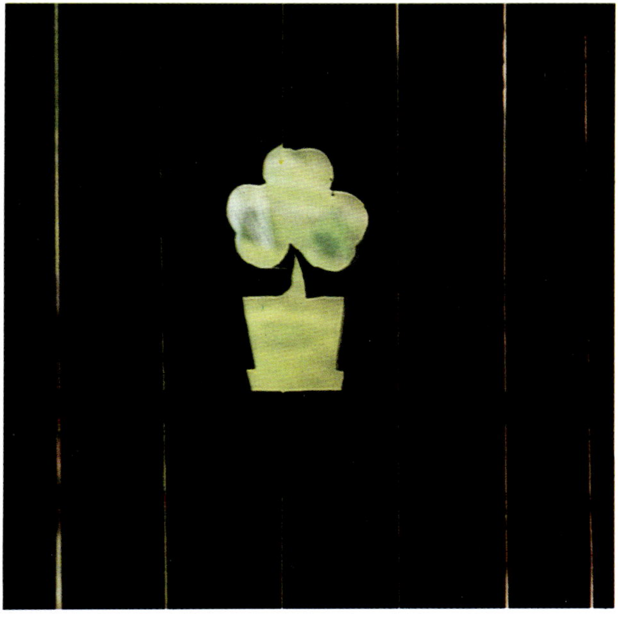

Rechts: Vierkanter in Rems bei St. Valentin, Niederösterreich, mit sogenanntem „Römischen Mauerwerk“.

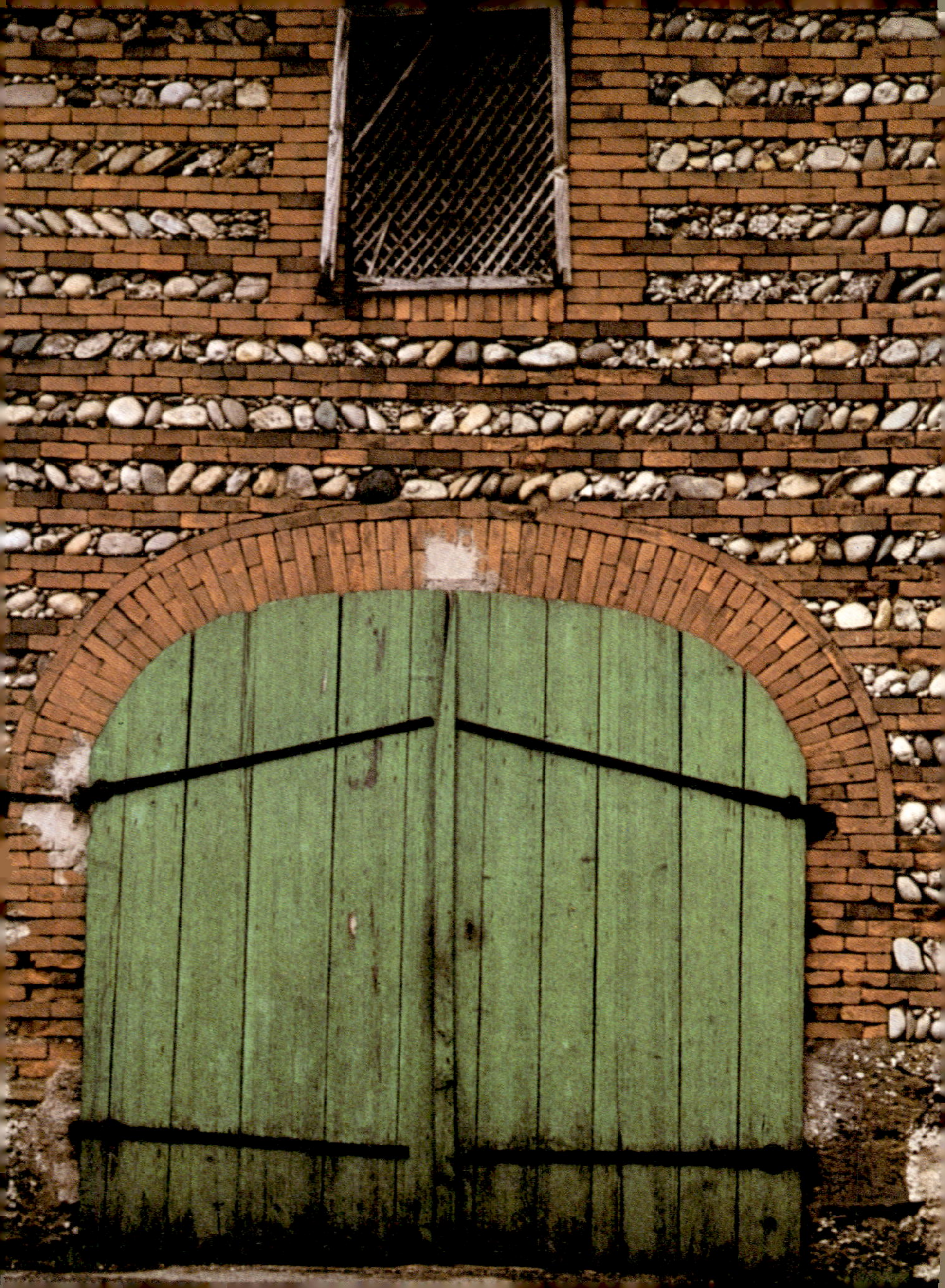

Rechts: Altes Bauernhaus aus dem Jahr 1377 in Dienten am Hochkönig.
Unten: Selbstgemachter Pfannenuntersatz in der Stube eines ehemaligen Bergbauernhofes, dem „Jaichlehen“, bei Dienten am Hochkönig.

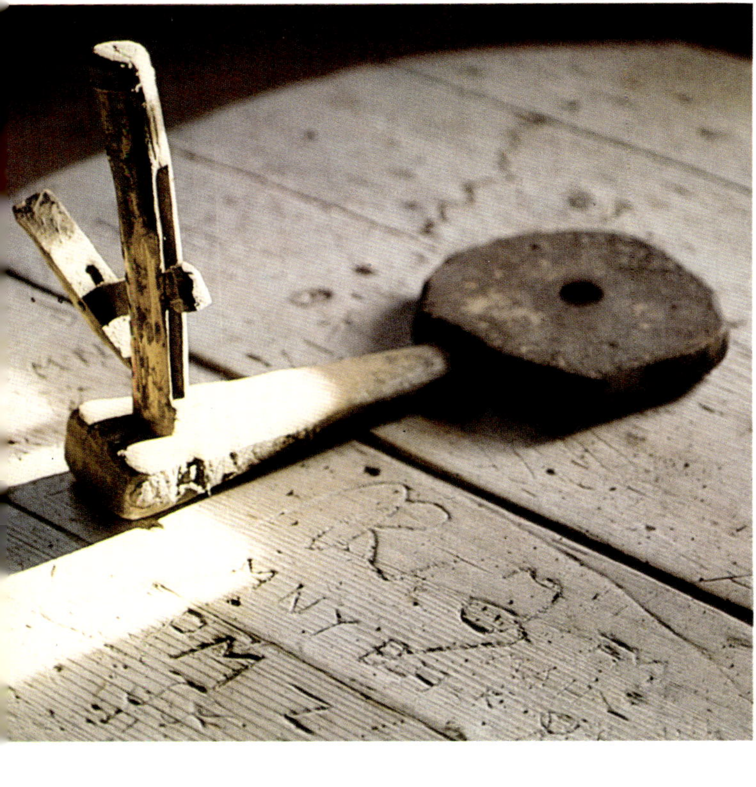

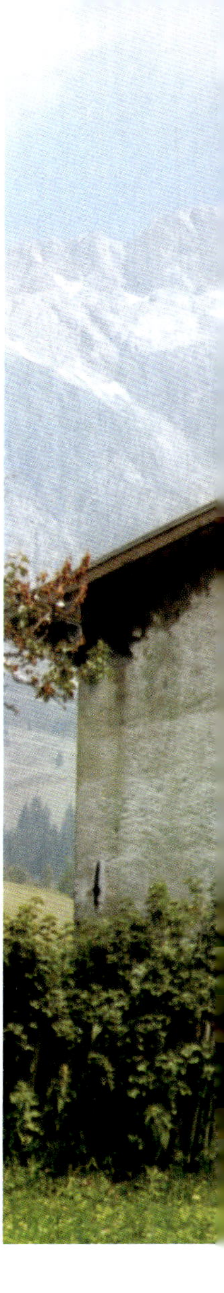

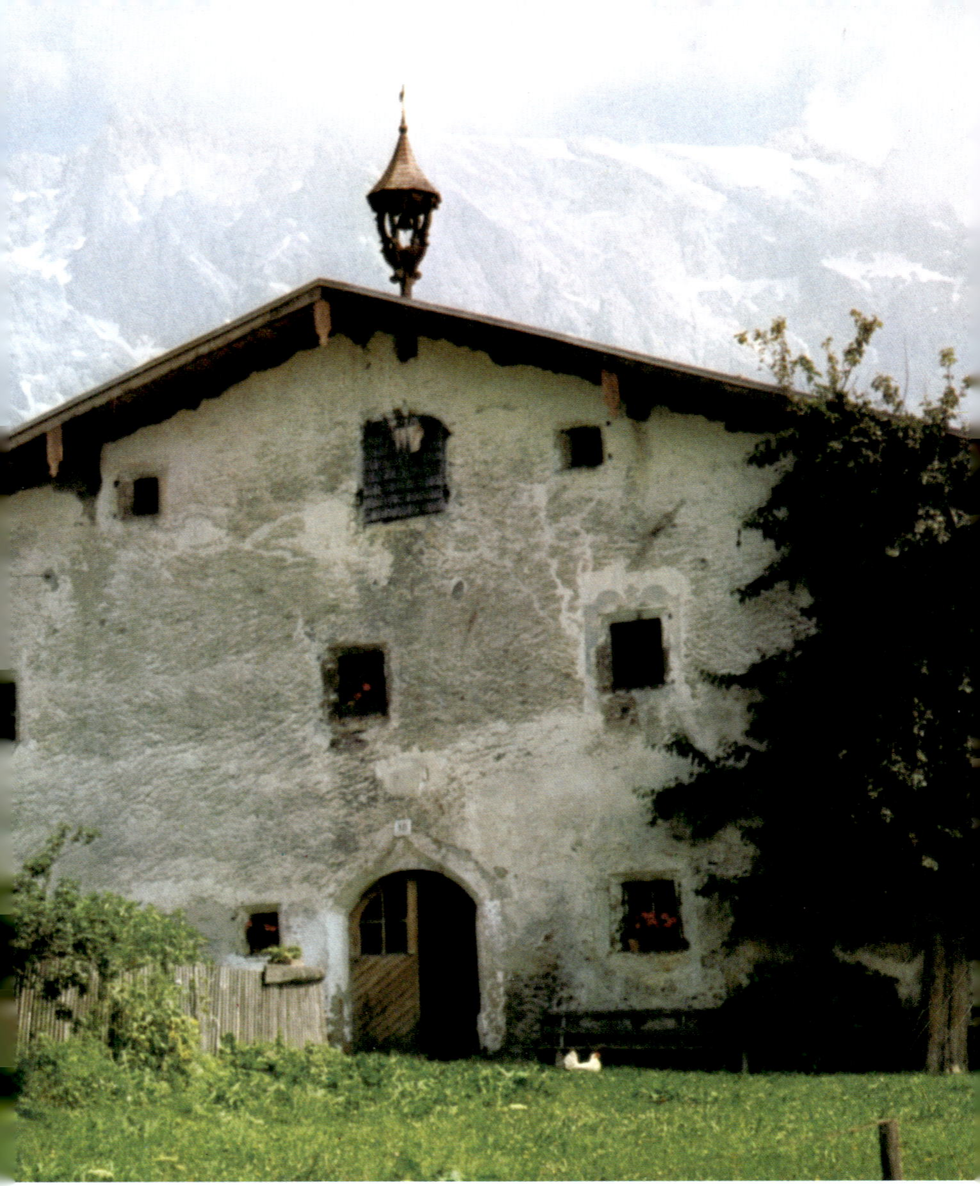

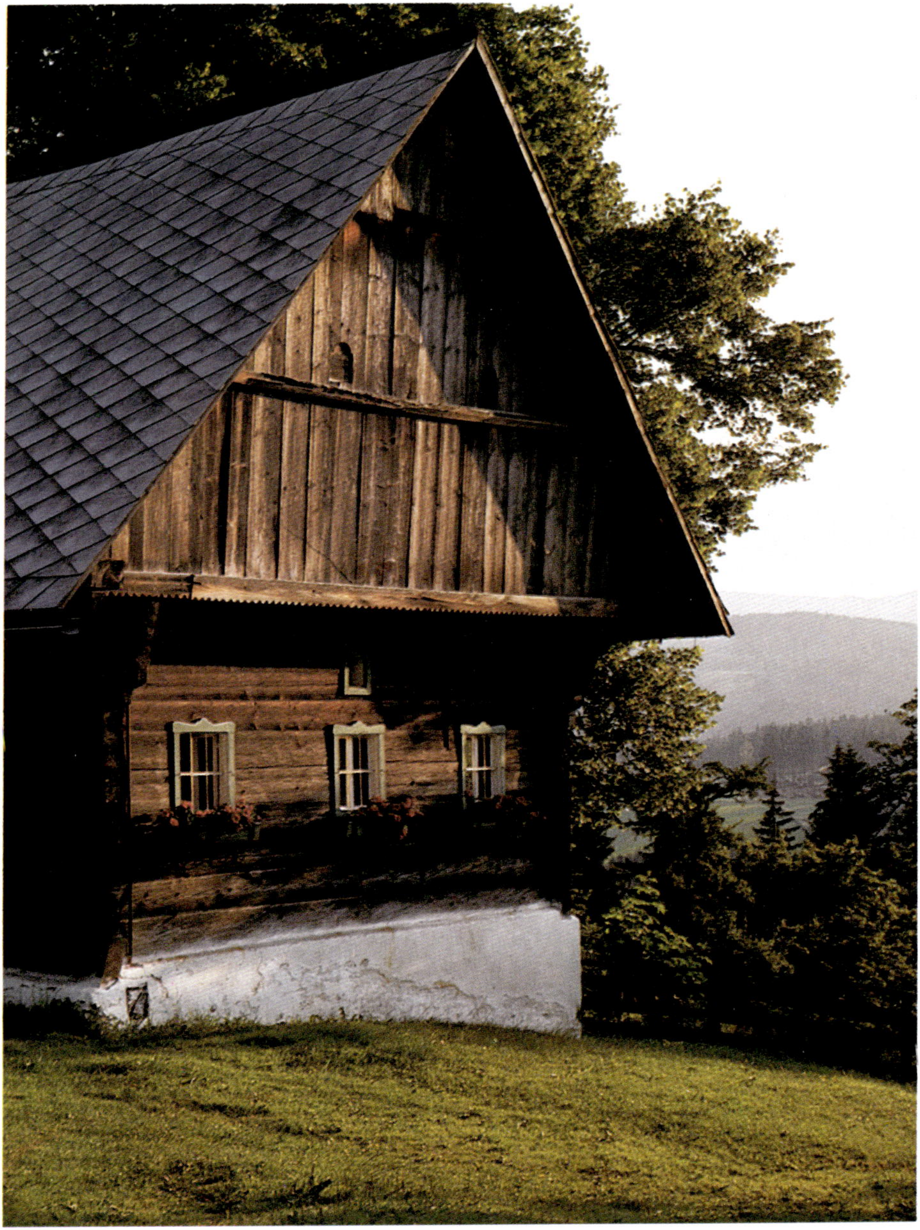

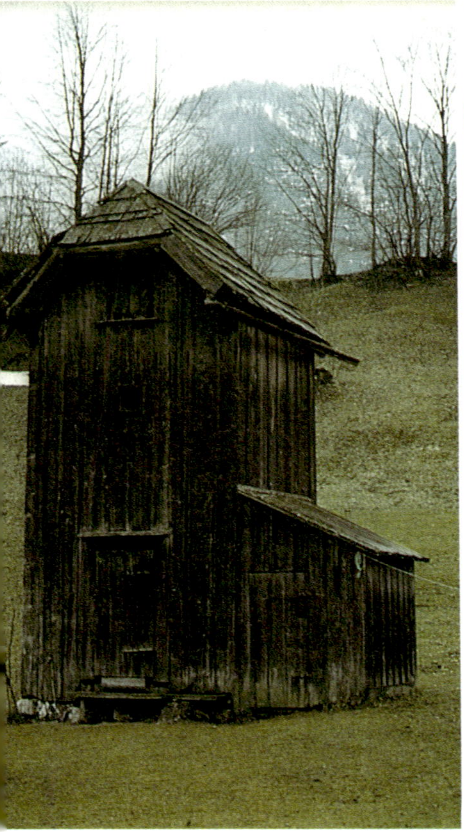

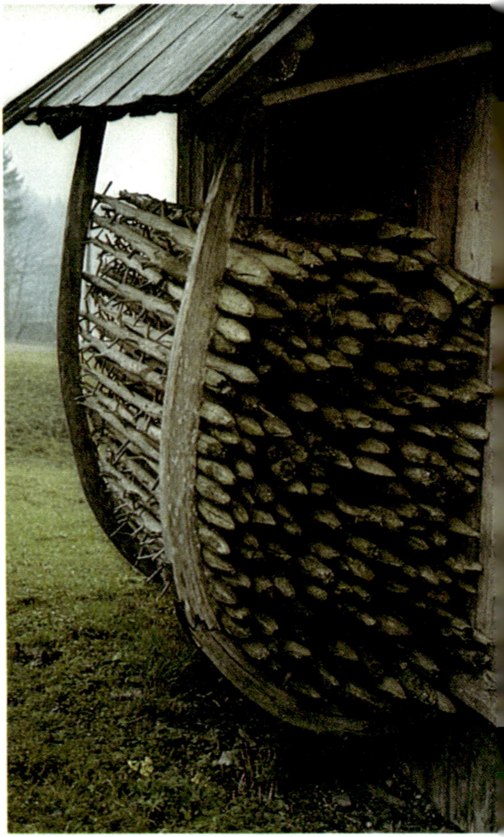

Linke Seite: Bauernhaus bei Trahütten auf der Koralpe, Steiermark.
Oben links: „Feldkasten“ bei Bad Aussee, Steiermark.
Oben rechts: „Heureiter“, an einer Heuhütte aufbewahrt, Grundlsee, Steiermark.

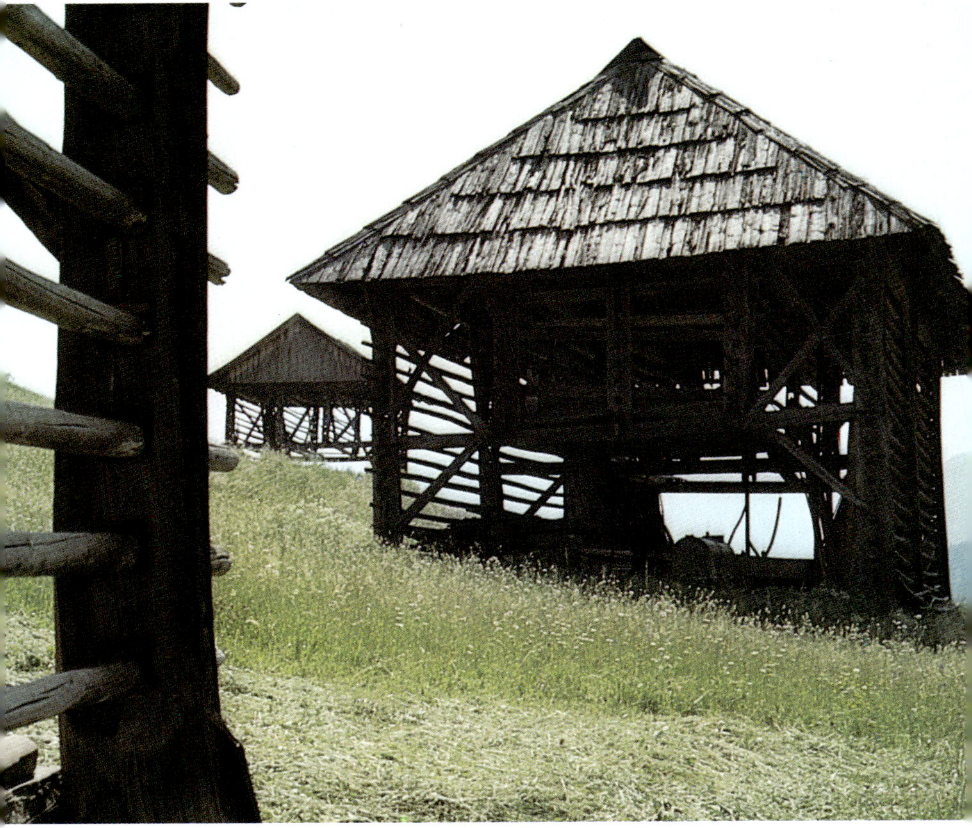

Oben: Gailtaler „Kösen“ bei Feistritz, Stadel zum Trocknen von Heu und Feldfrüchten und zum Einstellen von Fahrzeugen.
Rechts: Stadel mit Luftgitter bei Hochosterwitz, Kärnten.

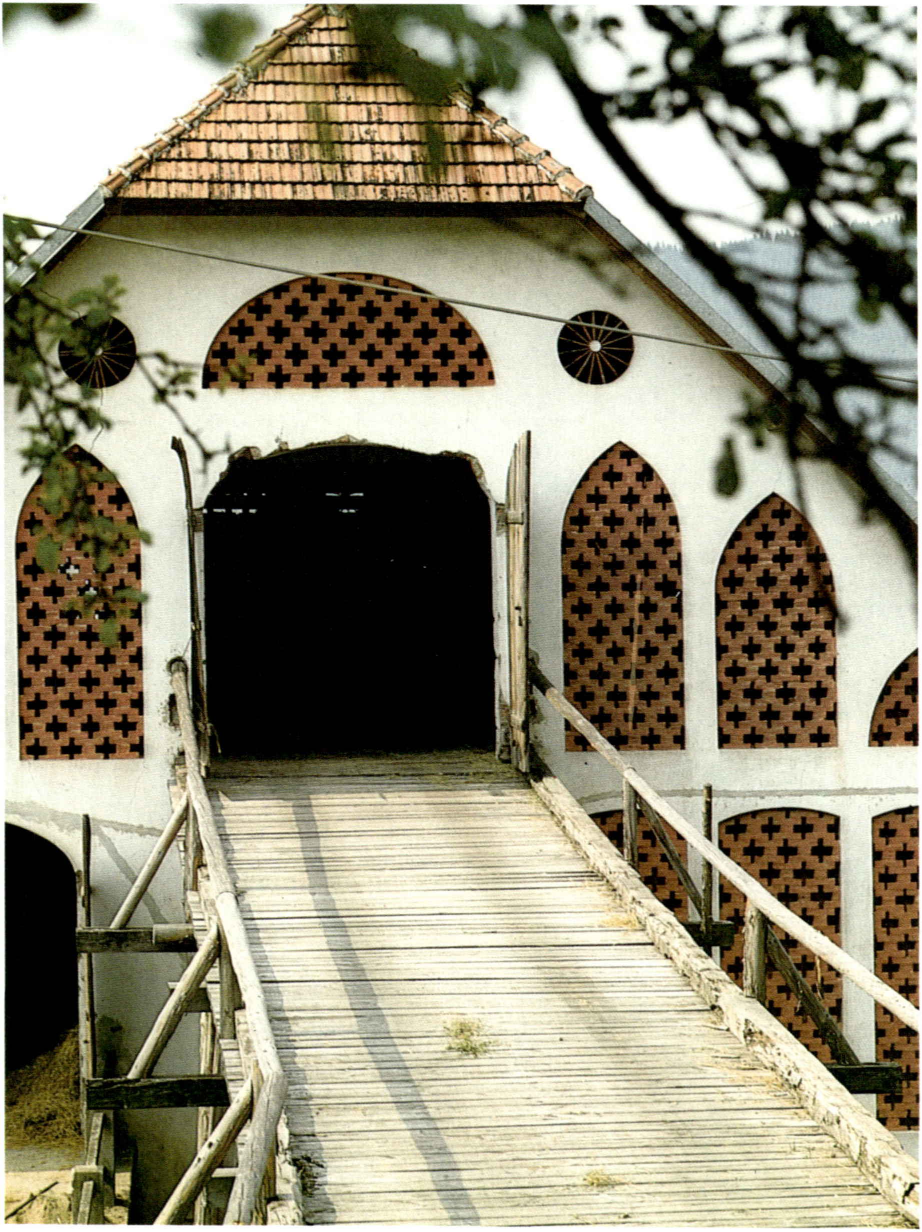

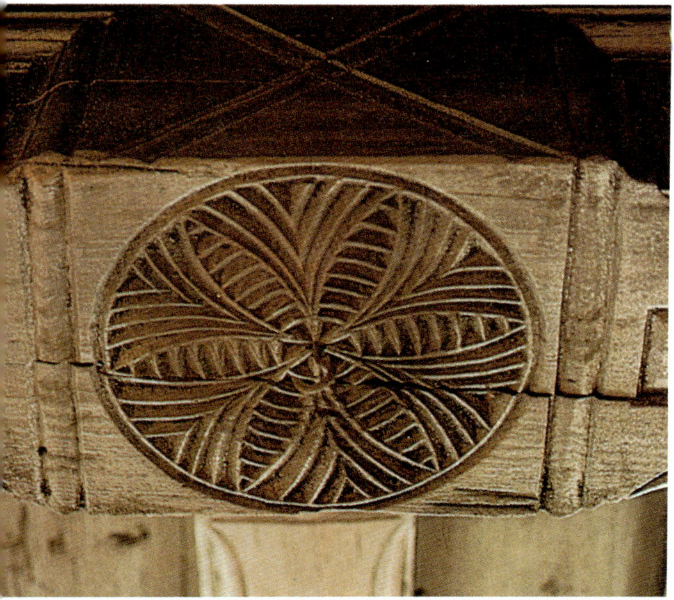

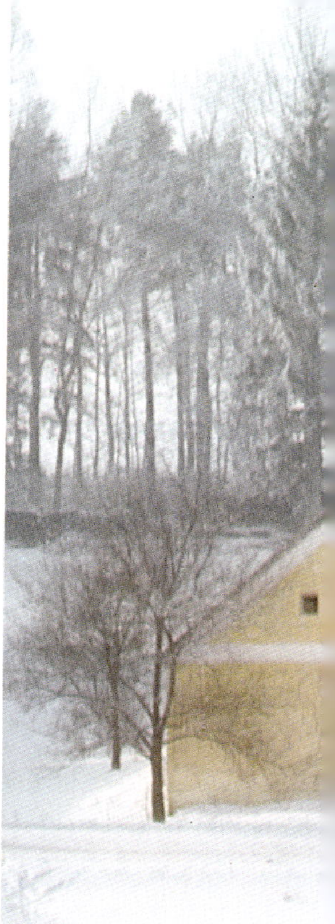

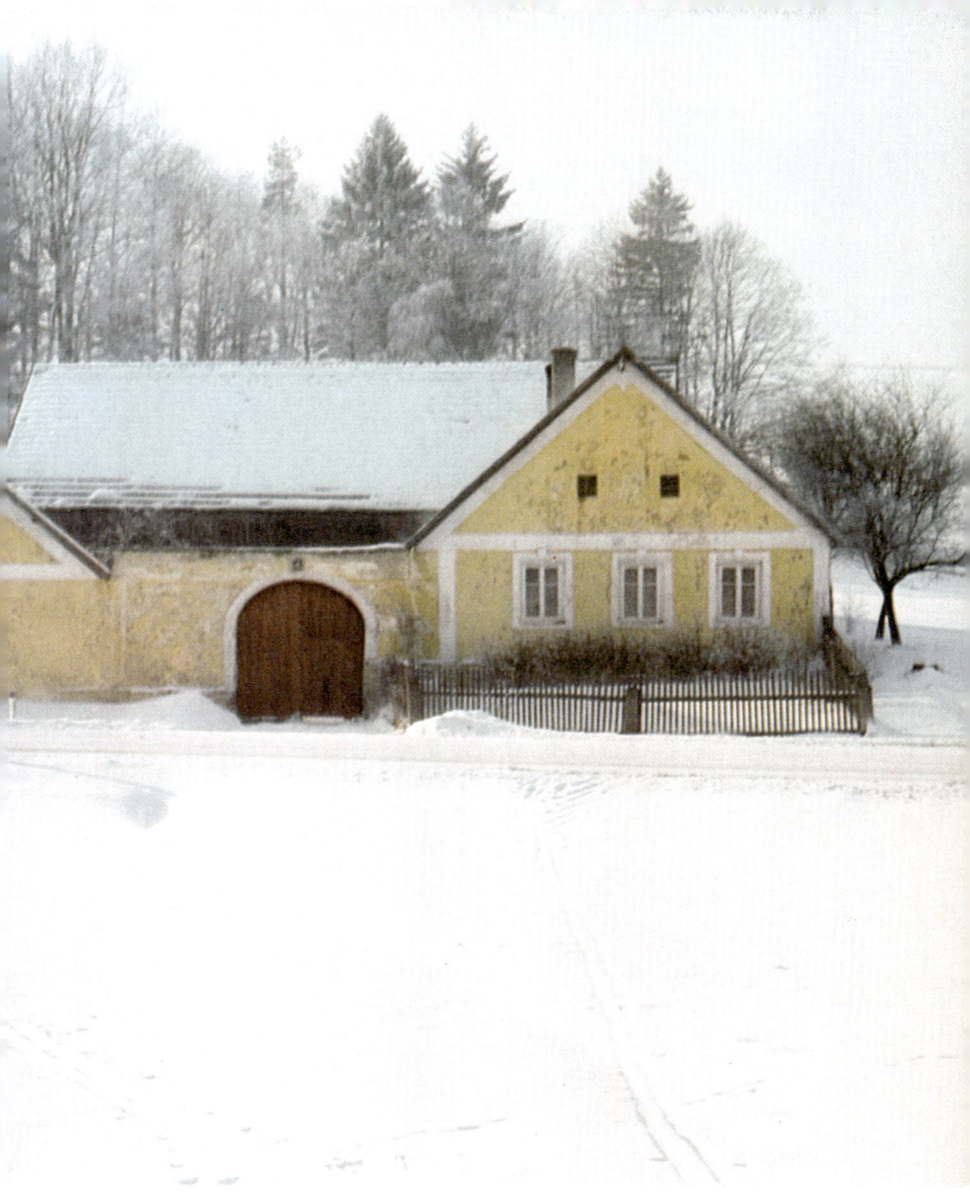

Vorhergehende Seiten: Balkendecke in einem gotischen Haus in Ybbsitz, Niederösterreich (links oben); Balkendecke in einem Gasthaus in Hollenstein, Niederösterreich (links unten); Waldviertler Bauernhaus, Niederösterreich (rechts).

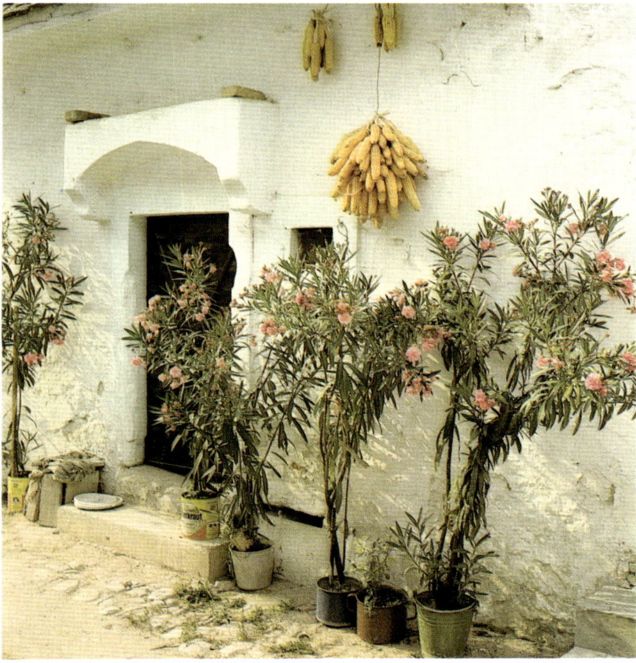

Oben: Hausgasse in Mörbisch, Burgenland.
Rechts: Hof eines Bauernhauses in Unterwart im südlichen Burgenland.

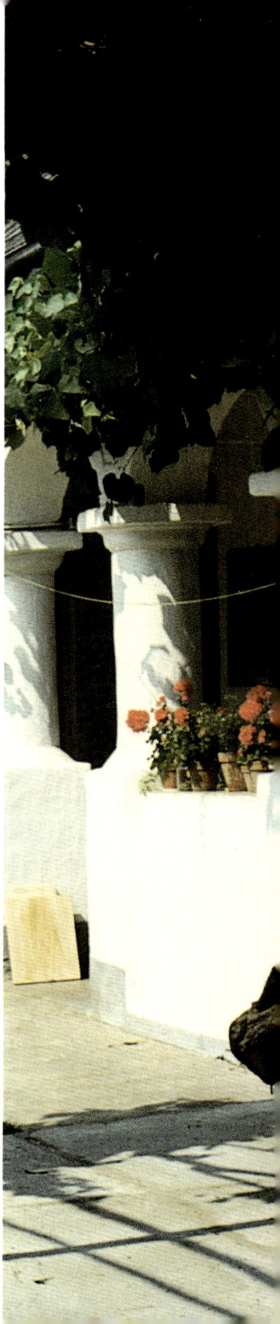

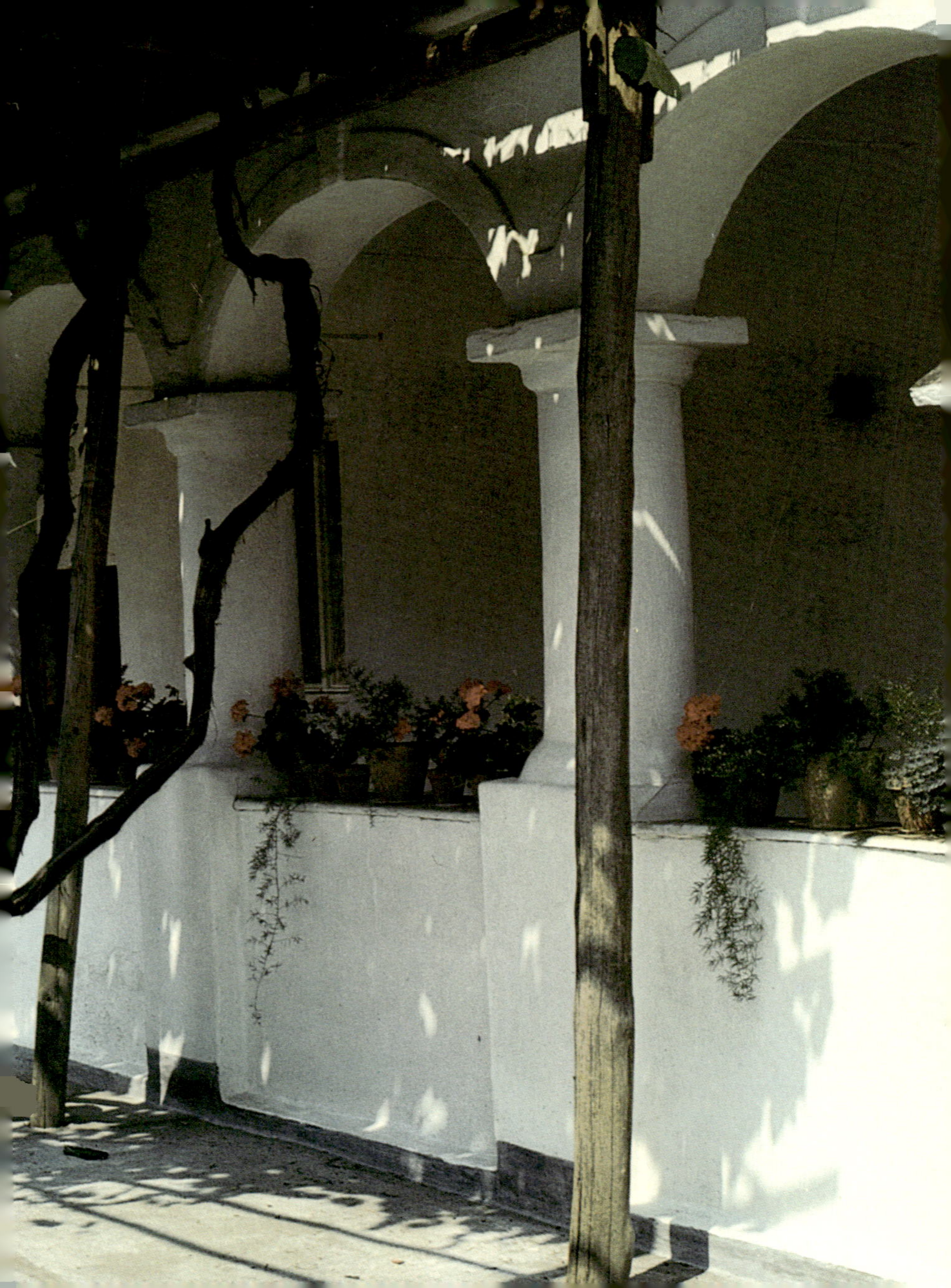

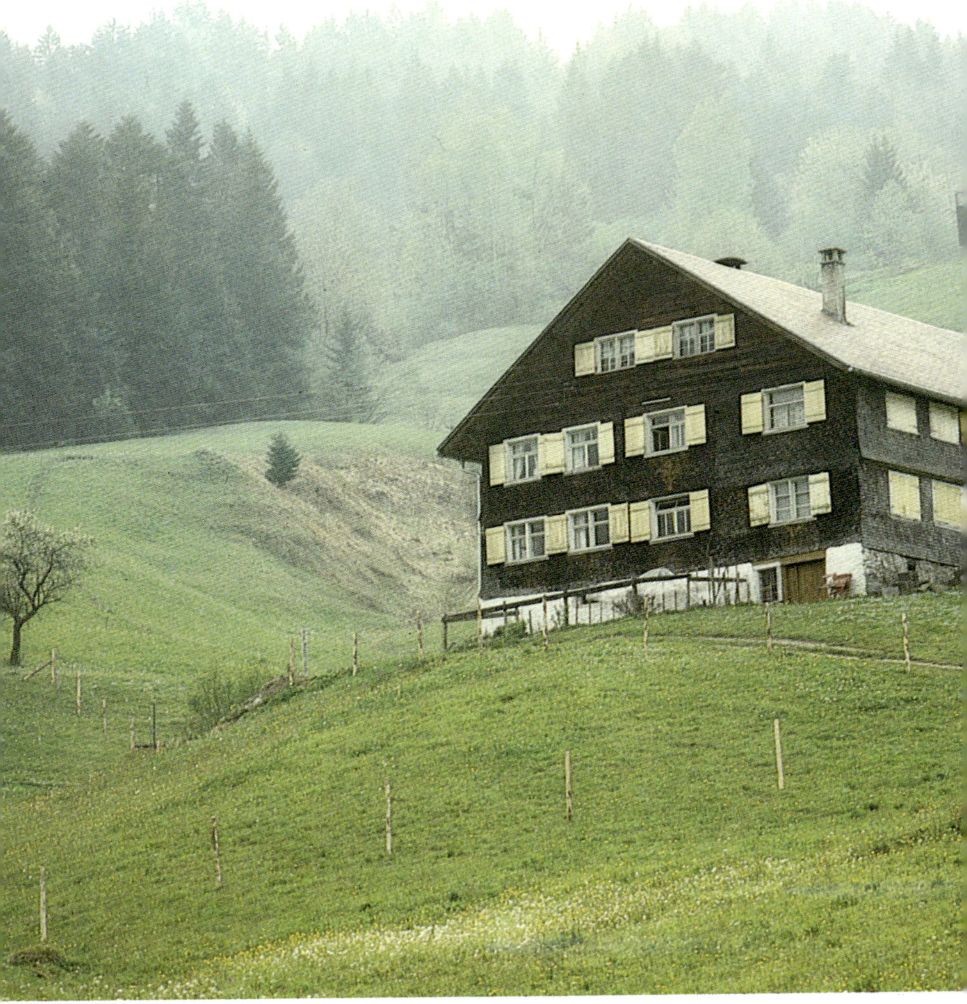

Haus im Bregenzerwald mit seinem „Schindelpanzer".

Erst wenn man einen solchen Innenhof betritt, merkt man die enorme Größe. Die prächtigsten „Exemplare“, ist man versucht zu sagen, stehen im Land um St. Florian, dort entstanden für ihre „guten Stuben“ die schönen bemalten Bauernmöbel, als „Florianer Stil“ bekanntgeworden. Die Vierkanter sind zwischen Wels, Linz, Steyr, Enns bis ins niederösterreichische Mostviertel bei Amstetten zu finden. Im Bildteil sieht man eine mitunter bestimmende Fassade dieser Höfe, das sogenannte „römische Mauerwerk“ – „murus Romanus“. Zwischen Lagen von roten Ziegeln liegen, fischgrätenartig verlegt, große weiße Flußkieselsteine im Mörtelbett, die eine unerhört dekorative rot-weiß gebänderte Fassade ergeben. Über den Türen und Stadeltoren sind meist Heiligenfiguren in Medaillonform angebracht.

Die Drei- und Vierseithöfe finden sich anschließend an das Verbreitungsgebiet der Vierkanter im Hausruck und im Innviertel. Hier sind die Gebäude auch um einen Innenhof gruppiert, jedes mit einem eigenen Dach, nur an den Ecken stoßen sie zusammen und haben dort die Einfahrtstore. Drei- und Vierseithöfe gibt es aber auch im Weinviertel, im Burgenland und in der Oststeiermark.

Der Dreikanthof ist vor allem im Mühlviertel und im Waldviertel verbreitet. Wohnhaus, Scheune und Stall bilden eine U-Form, ersteres und letzterer zeigen ihre Giebel und sind mit einem Tor, meist mit Schwibbogen, verbunden. Die drei Gebäude haben ein „gemeinsames, alle Trakte beschirmendes Dach“.

Zu den Regelhöfen zählen noch weitere Formen wie *Hakenhof*, *Streckhof* und *Zwerchhof*. Streckhof und Zwerchhof bilden den Kern der großen Straßendörfer im nördlichen Burgenland, aber auch im gesamten östlichen Teil Niederösterreichs. An den Wohntrakt, der mit dem Giebel zur Straße steht, reihen sich in einer langen Flucht unter einem First die Stall- und Vorratsräume. Die Scheune rückt oft ganz nach hinten und bildet die sogenannte „Hintergassen". Dies ist die einfachste Form des Streckhofes. Wenn man nun parallel zur Straße einen Wohntrakt baut, mit überdeckter Hofeinfahrt und womöglich einem anschließenden Speicher zum Nachbarhof, so ergibt dies den Zwerchhof, weil bei den Bauern diese Art, rechtwinkelig anzubauen, als „zwerch umi baut" bezeichnet wird.

Eine Besonderheit ist das Bregenzerwälderhaus, nicht der Form nach, diese ist ein Einhof, aber weil dieses ursprüngliche Blockhaus aus Holz, wie es auch auf dem Hundertschilling-Schein abgebildet ist, heute äußerlich kaum so zu sehen ist. Alle Häuser dieses Gebiets sind mit einem „Panzer" aus Holzschindeln überzogen, wie er auch beim Rheintalhaus vorkommt und auf Einflüsse aus der Ostschweiz zurückgehen soll.

Viele der alten Häuser tragen über der Eingangstür einen Hausspruch, der meist auf die geistige Haltung des ehemaligen Besitzers hinweist:

Wir bauen alle feste
und sind nur fremde Gäste
und wo wir sollen ewig sein
da Bauen wir gar wenig ein.

Hausspruch, Steiermark

O Jesus und Maria Mein
Segnet dieses Haus
und auch diese die da gehen
ein und aus
O Ihr Heilige Gottes mein
Ihr mecht bei Gott
unser Fürbitter sein.

Hausspruch, Hallenstein bei Lofer

Wer dir Fremdes tragt ins Haus
Tragt auch solches von dir hinaus,
Wer die Fehler von andern erzählt,
Erzählt auch die deinen der Welt.

Hausspruch, Scheffau am Kaisergebirge

Die Leute sagen immer
Die Zeiten werden schlimmer,
Die Zeiten bleiben immer,
Die Leute werden schlimmer.

Hausspruch, Kirchberg im Brixental

Weiße Raben, schwarzer Schnee,
Keusche Jungfern, blauer Klee,
Treue Freunde in den Nöten,
Sind die größten Raritäten.

Hausspruch, Innsbruck

Zum Schluß noch ein Hinweis auf die bemalten Häuser. Es gab früher solche auch beim Holzbau, etwa bei oberösterreichischen Stadeln, aber die bemalte Fassade, wie ich sie meine, gibt es heute vor allem nur noch in Tirol. Es sind Malereien „al fresco", Freskomalereien, das heißt, die Farbe wird auf den noch nassen Kalkverputz aufgetragen und geht mit ihm eine besonders haltbare Verbindung ein. Es gibt einige Häuser, deren Schmuck noch aus dem 16. und 17. Jahrhundert stammt, so in Ladis, Ötz, Wenns im Pitztal, Landeck. Der größere Teil stammt aus dem 18. Jahrhundert und zeigt in barockem Überschwang biblische Szenen, Heilige, Mariendarstellungen oder andere Begebenheiten. Die letzten Hausmalereien stammen aus der Zeit des Klassizismus.

Diese besonders schöne Form des Schmuckes kam aus den großen Städten Oberitaliens und Süddeutschlands mit Verzögerung in die Alpentäler. Der Name „Lüftlmalerei", den man vor allem in Bayern im Zusammenhang mit dem in Oberammergau wirkenden Maler Zwinck gebraucht, scheint mir für Österreich unpassend. Die vielen vorhandenen Beispiele aus früheren Jahrhunderten vor der Zeit Zwincks, 1742–1792, zeigen, daß diese Malerei nicht von ihm kam. Er hat sie höchstens wieder stärker ins Bewußtsein gerufen.

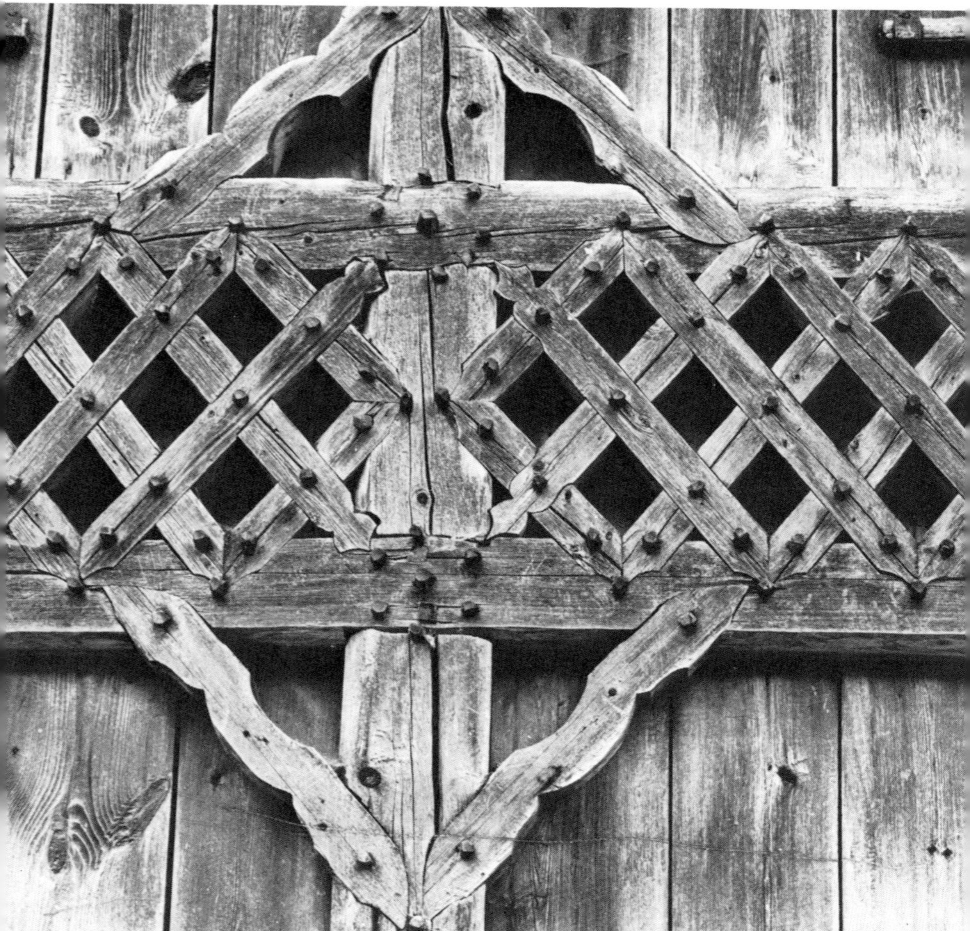

Bundwerkscheune in Haigermoos im Innviertel.
Folgende Seiten: Aufgang zum Wohntrakt eines Bauernhauses in Großhöflein, Burgenland (links); „Tschardaken“, Behälter für Feldfrüchte, die früher oft vor den Häusern auf der Ortsstraße standen. Seewinkel, Burgenland (rechts).

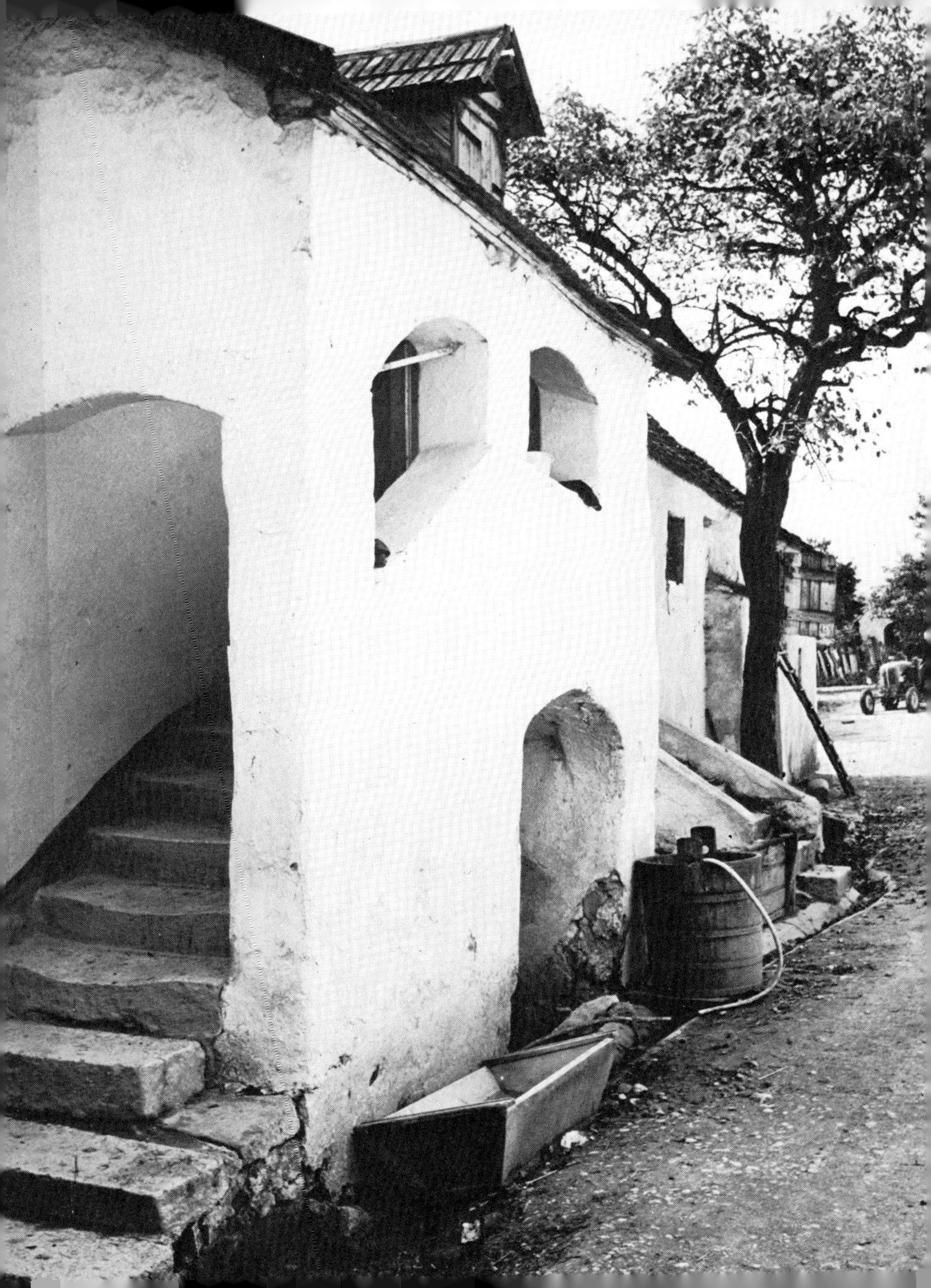

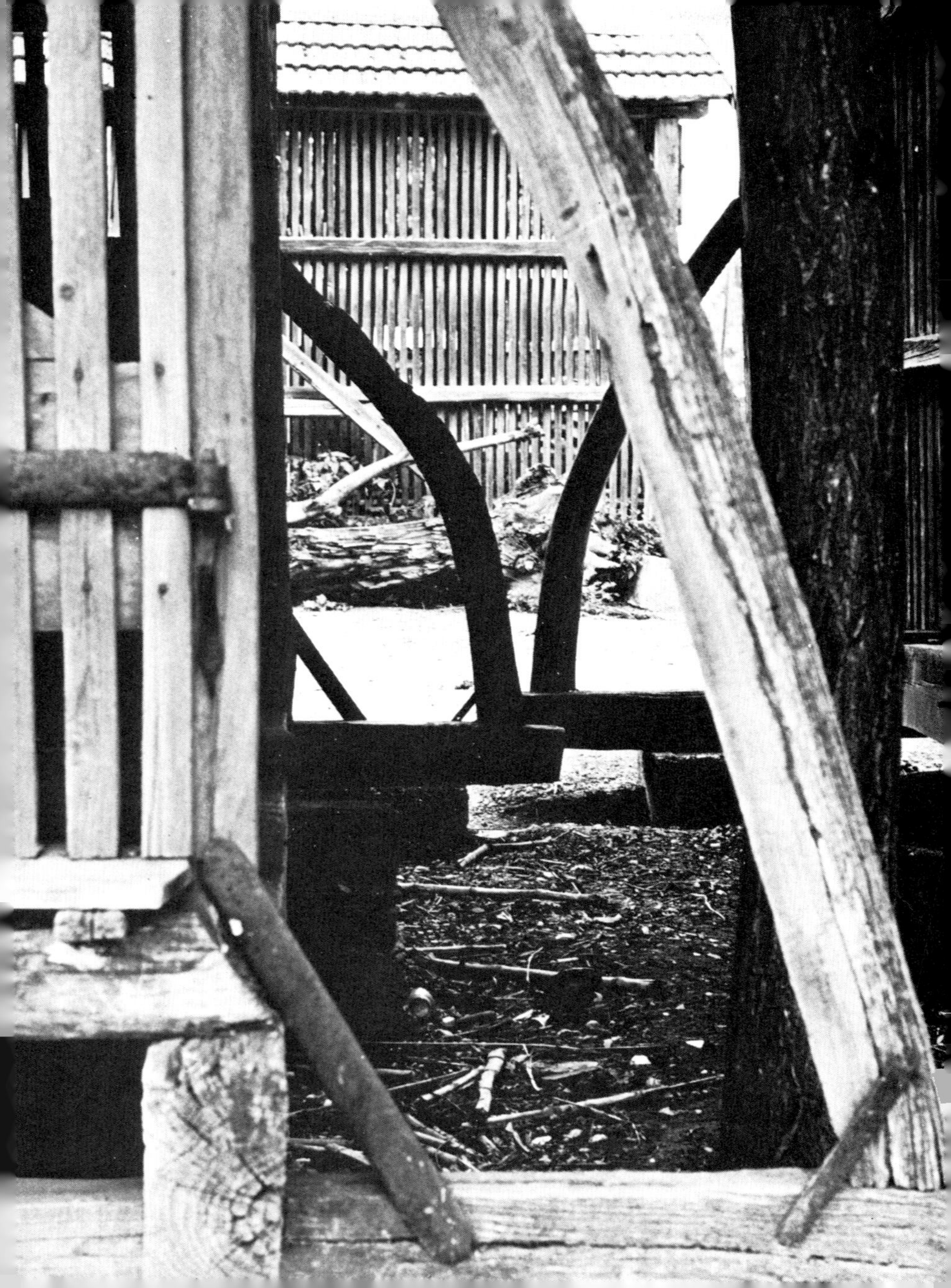

Rechts: Vorarlberger Bäuerin.
Unten: Haus im oberen Bregenzerwald.

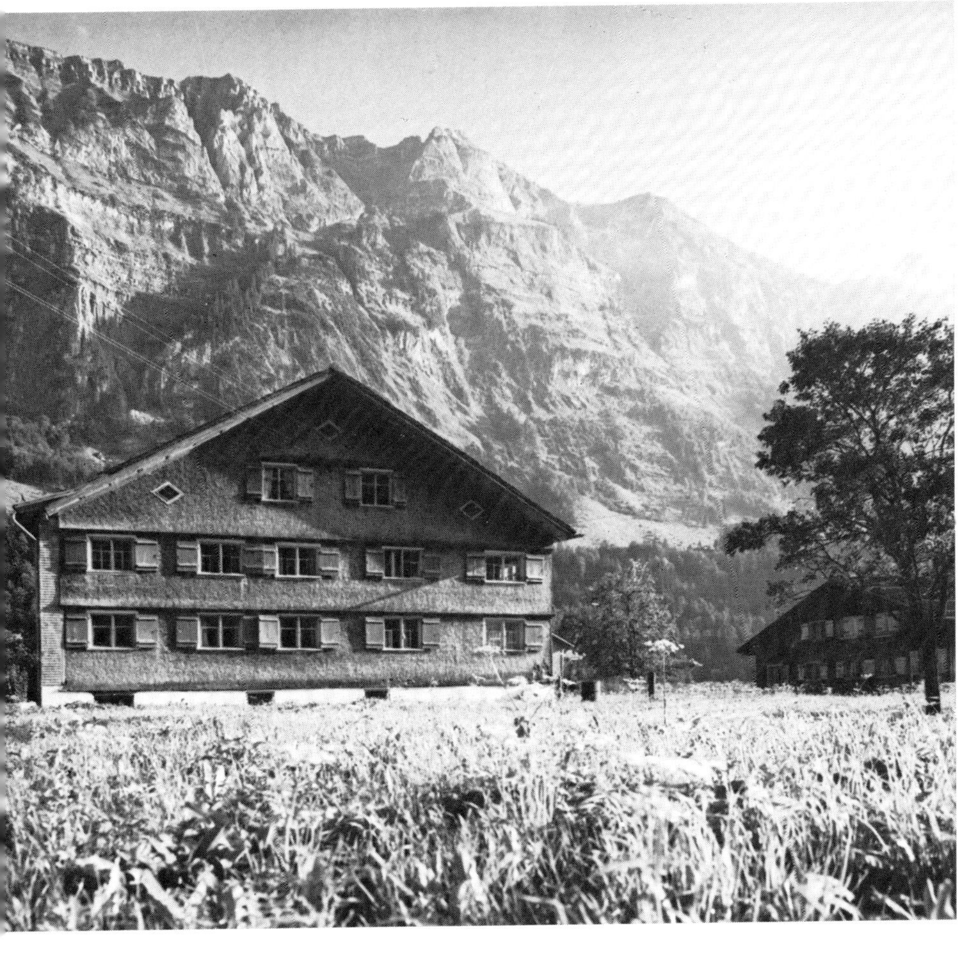

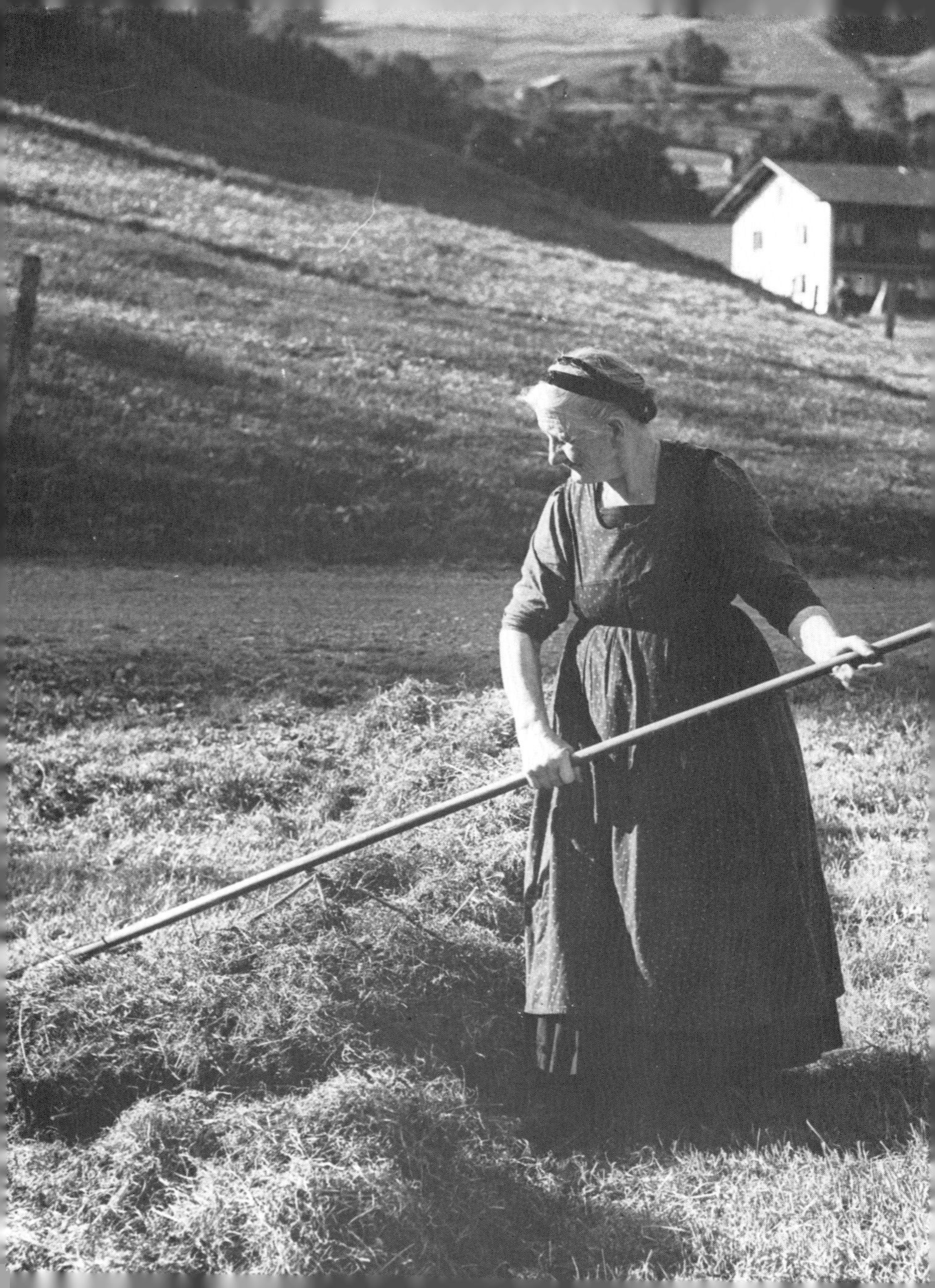

Rechts: Almdorf in den Hohen Tauern, Osttirol.
Unten: Holzbringung auf Schlitten im Großarltal, Salzburg.

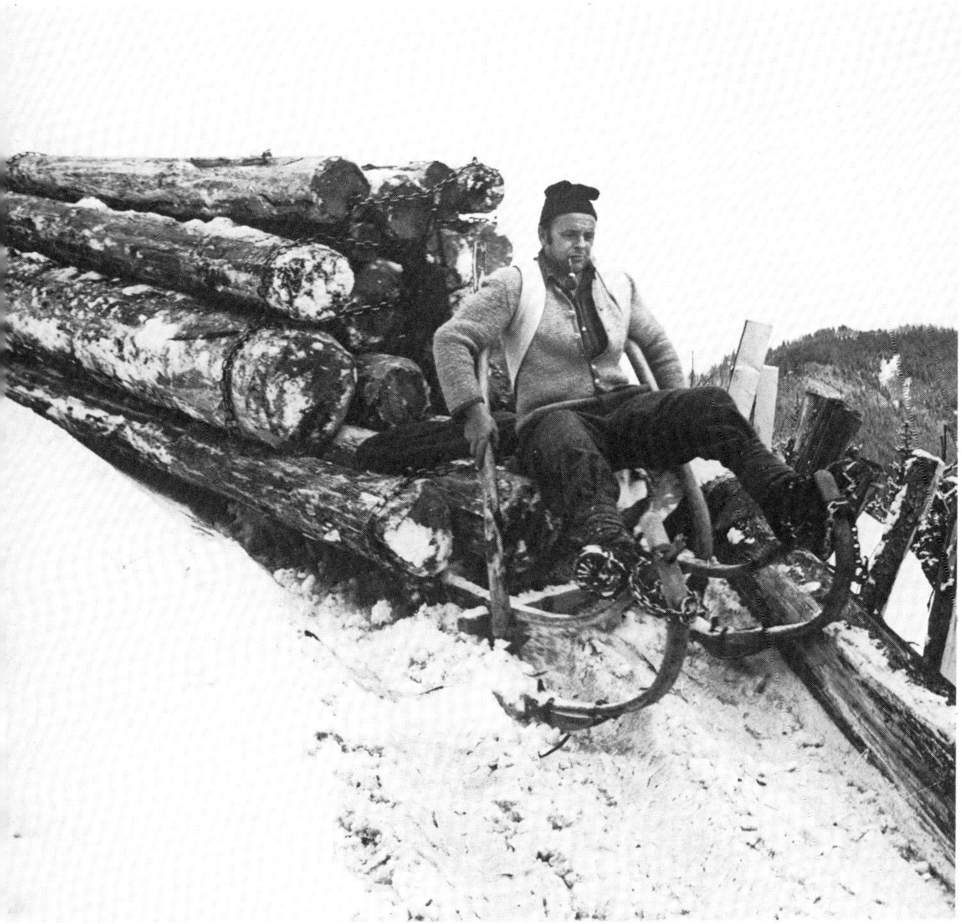

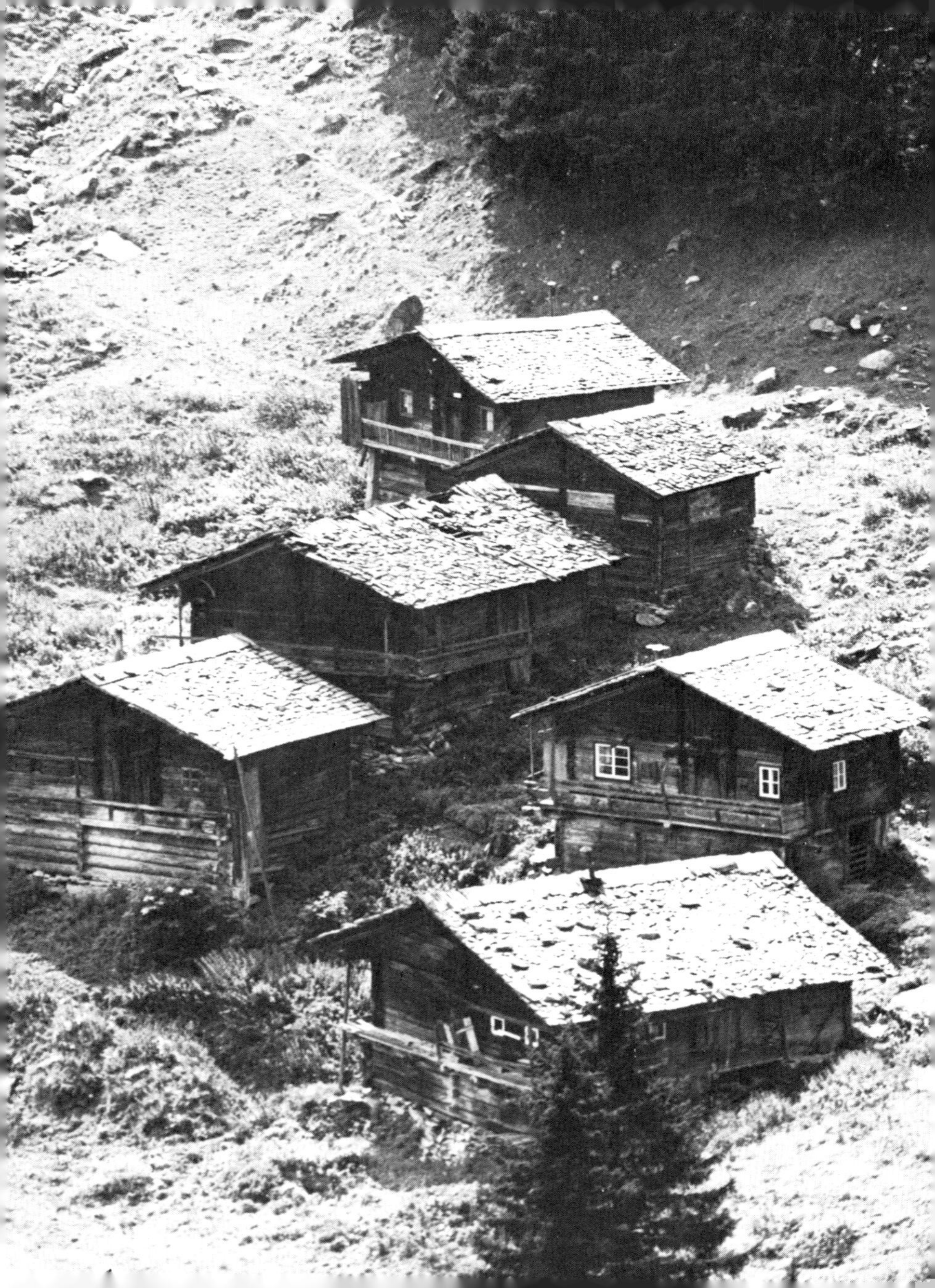

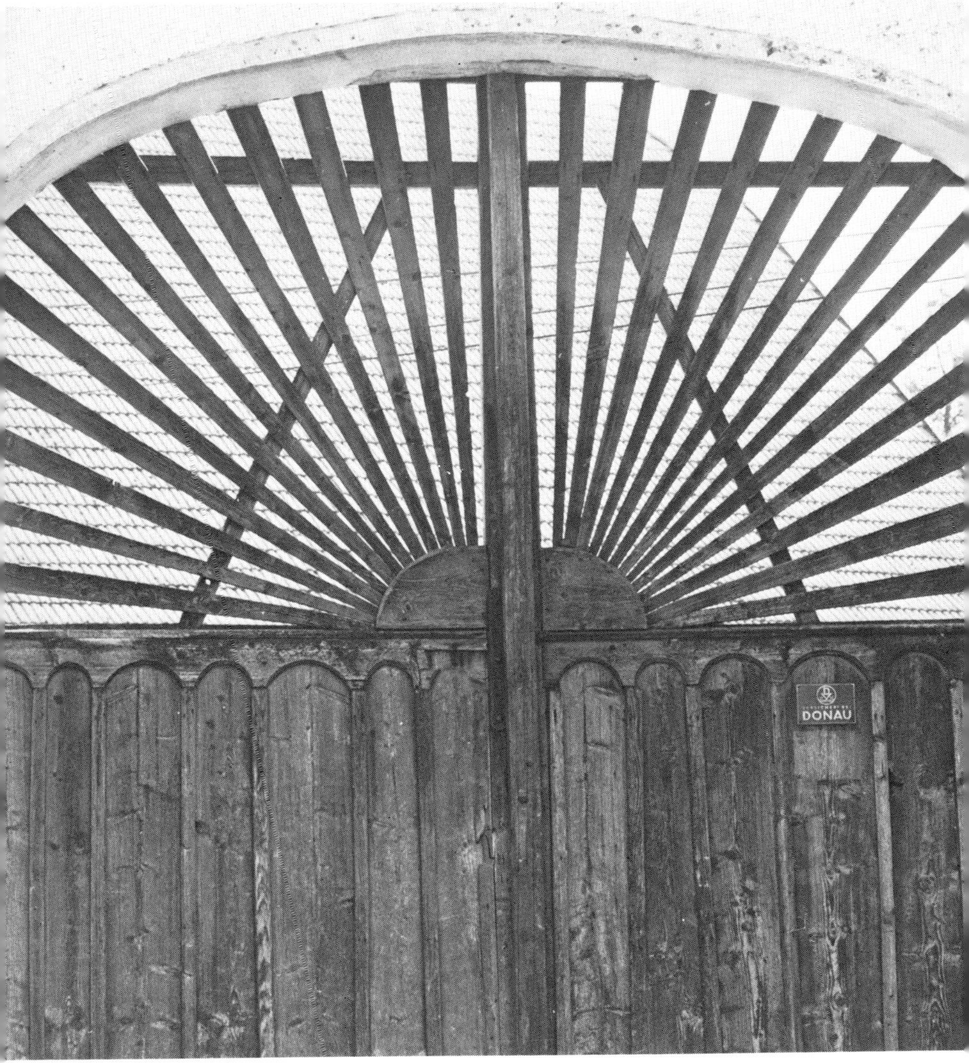

Hoftor im Innviertel.

Weinkultur

„Nirgends ist um fünf Uhr nachmittags das Leben so friedlich und doch auch so beängstigend schön wie in einem Weingarten im Burgenland. Sachte wölbt sich der Hügel über der milden Kuhle, in der sich die Schatten allmählich zu sammeln beginnen. Porös ist der Boden, gelblich rot, voll der Wärme des Tages. Noch vor einer halben Stunde hat ein lauwarmer, fohlenhaft unruhiger Wind geweht, nun ist die Luft still, voll guter Gerüche. Bitter und süß duften die öligen Schalen der grünen Nüsse; und an der geöffneten schweren Tür des Weinkellers vorbei strömt die Kühle voll der Nässe und Fäulnis und voll des stechend bitteren Geruches alter Holzfässer . . .“

Mit diesen empfindsamen Worten versetzt uns György Sebestyén in die Stimmung der österreichischen Weinlandschaft. Obwohl es keine Wandergegenden sind, gehe ich gerne in die Weingärten, mache Ausflüge dorthin. Es muß nicht eben in einer Zeit sein, wo die Hitze fast greifbar zwischen den Rebstöcken steht oder die ganze Landschaft dampft. Aber im Frühjahr, wenn die Reben noch keine Blätter angesetzt haben, wenn die braunen Stöcke auf dem gelben Boden mit ihren regelmäßigen Reihen ein eigenartig schönes Bild geben; im Herbst während oder nach der Lese, wenn sich die Blätter gelb verfärben, wenn aus den Weinkellern der Preßgeruch strömt, wenn in den Kellergassen die roten und braunen Haufen der Trester – der Bälge der ausgepreßten Trauben – eine neue Farbe in das Bild bringen, und selbst im Winter, wenn Rauhreif bizarre Muster formt. Es kann in der Wachau sein, wo die Weingärten in Terrassen an den steilen Urgesteinhängen kleben, wo am großen Strom der Donau silberne Aupappeln stehen und die Obstgärten im Frühling ein Blütenmeer bilden, wo die uralten Ortschaften mit Wehrmauern, Höfen, Kirchen und Klöstern einen besonderen Reiz vermitteln; es kann auf dem Hügelrücken zwischen Neusiedler See und Wulkatal sein, wo man über diese wahre Gartenlandschaft weit nach Osten in die Ungarische Tiefebene blickt. Und es kann im nördlichen Weinviertel sein, auf den Hügeln des Pulkatales, in den langen Kellergassen, die ihren eigenen Reiz haben. In Haugsdorf, wo die Keller oder Preßhäuser numeriert sind, tragen die letzten die Nummer 206! Und schön sind die Gassen durch die tief eingeschnittenen Hohlwege in der Lößlandschaft von Rohrendorf, wo die Eingänge zu den Kellern wie urzeitliche Höhlenwohnungen aussehen.

Der Löß „besitzt zahlreiche winzige Hohlräume, in denen reichlich Luft und vor allem Wasser gehalten wird". Diese Eigenschaften machen ihn für den Weinbau sehr wertvoll. Außerdem ist Löß leicht zu bearbeiten. Ein künstlerisch begabter Weinhauer, Ludwig Weber in Röschitz, hat sich dies in anderer Hinsicht zunutze gemacht. In jahrelanger Arbeit hat er in seiner Freizeit die Wände seines Kellers mit Reliefs versehen, die er mit dem Taschenmesser aus dem Löß herausschnitzte. Das Letzte Abendmahl und andere christliche Motive, Gestalten aus der griechisch-römischen Mythologie, Gestalten aus der österreichischen Geschichte und Politik, Porträts von Verwandten und Bekannten, Wirtshausszenen und fast lebensgroß links und rechts vom Eingang er selbst und sein Sohn, der die Tradition fortführte. Und heute sorgt der Enkel für die Erhaltung, bessert aus, wo etwas abbröckelt.

Die Weinkeller mit ihren vielfältigen Formen, die Kellergassen sind eine echte Bereicherung dieser Landschaft; diese eigenartige Schönheit müßte man hegen, denn durch neue Methoden des Pressens, durch die Ablieferung der Reben in die Preßhäuser der Genossenschaften werden viele Keller funktionslos, und man läßt sie verfallen. Oder es passiert das Gegenteil, man baut aus, versieht das Preßhaus mit einem Aufbau oder einer Terrasse aus Beton, weil das Publikum gerne in die Keller kommt, und zerstört damit eine gewachsene Schönheit – wenn man dabei ohne Gefühl vorgeht.

Mit diesen Überlegungen sind wir in den Bereich der ländlichen Architektur gelangt, und es scheint angebracht, hier einen Fachmann, Dr. Olaf Bockhorn vom Institut für Volkskunde der Universität Wien, sprechen zu lassen:

„‚Ein guter Keller macht einen guten Wein‘ heißt es noch heute allenthalben in den österreichischen Weinbaugebieten. Nicht von ungefähr kommt daher den ‚Bauten des Weinbaus‘ (Preßhaus und Keller) große Bedeutung zu; ja sie prägen in den ‚Weinlandschaften‘ wesentlich das Haus- und Siedlungsbild. Prinzipiell muß man unterscheiden, ob die Preß- und Bergeräume in den eigentlichen Wohn- und Wirtschaftsverband einbezogen sind (man spricht dann von Hauskellern) oder ob sie selbständige bauliche Einheiten bilden. Diese liegen dann meist unweit der Anbauflächen, somit vielfach außerhalb des Ortsbereiches. Da beide Formen nebeneinander auftreten und man in jüngster Zeit Hauskeller bevorzugt, ist eine Abgrenzung nur schwer möglich. Dennoch wird man gewisse landschaftliche Schwerpunkte feststellen können:

Für das niederösterreichische Weinviertel sind etwa die ‚Kellergassen' bestimmend, eng aneinandergereihte Kelleranlagen, durch einen gemeinsamen Zufahrtsweg zu erreichen. Ist dieser eingetieft, so ist er meist beidseitig, läuft er parallel zum Hang, ist er nur bergseitig verbaut. Diese einseitige Verbauung tritt auch dann auf, wenn die Keller direkt am Dorfrand, dem ‚Hintaus' gelegen sind. Hanglage ist nahezu typisch: Nur sie ermöglicht ein einfaches Vortreiben des Kellers in den Löß. Frei auf der Ebene stehende Weinbauten, wie sie vereinzelt vorkommen, erforderten großen baulichen Aufwand, war doch für den eigentlichen Keller eine lange vertikale Erschließung nötig. Dieses Graben war einstmals wohl Robotarbeit, danach geschah es in Nachbarschaftshilfe. Um ein Einstürzen zu verhindern, wurden die Gänge mit Bruchstein, später mit teils keilförmig behauenen Ziegeln ausgemauert oder zumindest mit Gurtbögen abgestützt. Quergänge in Kreuz- oder H-Form erweitern bei Bedarf die Lagerkapazität; die Breite beträgt nahezu einheitlich zweieinhalb bis drei Meter, was bei einseitiger Lagerung der Fässer ausreichenden Zugang gewährt. In gewissen Abständen führen vom Gewölbescheitel Entlüftungsschächte nach oben, welche mit speziell geformten Steinen abgedeckt sind.

Sichtbar ist das vorgelagerte Preßhaus; soweit dieses traufseitig erschlossen ist, weist es meist einen dreiteiligen

Grundriß auf: kleiner Bergeraum, eigentlicher Preßraum – bestimmt durch die Größe der einstmals überall vorhandenen Baumpresse – und Stüberl, das als Aufenthaltsraum und zur gelegentlichen Bewirtung von Gästen dient (wie überhaupt durch die Umstellung der Preßmethoden Platz gewonnen wurde, den man für Heurigenbetrieb nutzen kann). Der Boden des Preßraumes liegt unter Erdniveau, was ein problemloses Einbringen des Lesegutes ermöglicht. Das Einziehen einer Balkendecke schuf unter dem Pult-, Sattel- oder Krüppelwalmdach einen zusätzlichen Bergeraum mit direktem hangseitigem Zugang. Diese Bauten sind weiß getüncht und nahezu schmucklos; lediglich in der Barockzeit wurden die Fassaden, besonders von Herrschaftskellern, reicher verziert. Doch standen und stehen letztere meist isoliert, selten im Ensemble mit anderen Preßhäusern. Daß diese Ensembles im Sinne des Denkmalschutzes erhalten und gepflegt und nicht durch Um- und Neubauten zerstört werden sollten, sei hier nur am Rande betont. Erd- oder Feldkeller ohne Preßhaus findet man in Gebieten, die heute keinen oder nur geringen Weinbau aufweisen. Dort wurde wohl einst im ‚Loatfaß' mit Stampfhölzern gekeltert; jetzt dienen sie nahezu ausschließlich zur Lagerung von Feldfrüchten.

In den Städten dagegen gibt es oft riesige Ortskeller: Retz beispielsweise ist regelrecht unterkellert (und daher auch unter der Erde sehenswert). Solcherart entzog man den wertvollen Wein, der ja nicht unwesentlich zum Wohlstand der Bürger beitrug, dem Zugriff der Feinde vor den Stadtmauern.

In den Weinorten entlang der Donau (so in der Wachau), in

Wien und am Ostrand des Wienerwaldes (an der Thermenlinie) fallen die Keller kaum auf, da sie fast ausschließlich unter dem stockhohen Wohnhaus liegen. Auch die Preßräume befinden sich im Hofverband (oftmals parallel zum Wohntrakt, mit Speicher oder Schüttboden im Obergeschoß) und bleiben somit für den Unkundigen nahezu unsichtbar.

Erst im östlichen Teil des Wiener Beckens findet man wieder Feldkeller mit vorgelagerten Preßhäusern, aber seltener als im Weinviertel zu eigentlichen Kellergassen formiert.

Diese bilden auch in den Weinbaugebieten des nördlichen Burgenlandes nur eine Ausnahme (in Purbach etwa). Kellergruppen (z. B. in Winden, dort ‚Kellerviertel' genannt) und Einzelkeller (Gols) stellen weitere Formen von Erdkellern dar. Den natürlichen Gegebenheiten entsprechend waren im Nordburgenland die aus Bruchstein, später aus Ziegel, dann Beton errichteten gewölbten Keller oftmals nicht von einem natürlichen Hang überlagert; man mußte vielmehr über dem Gewölbe eine etwa eineinhalb Meter starke Erddecke aufschütten, um die nötige Isolation zu erhalten.

Die Preßhäuser, hier vielfach Vorräume des eigentlichen Bergeraumes, waren einstmals stroh- oder schilfgedeckt und besitzen selten eine besondere Auszier, sieht man von einer gewissen Überhöhung und den manchmal geschwungenen Eingängen ab.

Der ‚trausari Kella' (der ‚draußige', d. h. außerhalb gelegene Keller) ist jedoch keinesfalls die Regel; die Hauskeller, zumeist traufseitig erschlossen, überwiegen. Sie können – abhängig von Baualter und Grundwasserspiegel – unterirdisch, halboberirdisch und oberirdisch angelegt sein.

Ursprünglich wohl immer unter dem Wohntrakt gelegen, bilden sie heute oft selbständige Bauglieder zwischen Wohnhaus und Stallungen oder sind an das Wohnstallhaus angebaut. Die Fenster sind klein, die Türen niedrig und breit, vor allem aber gut verschließbar. Angst vor Diebstahl und weite Anmarschwege waren oftmals der Grund zur Anlage von Haus- und zur Auflassung der Feldkeller. Sofern kein Preßraum vorgelagert ist, wird im Stadel, in einem adaptierten ehemaligen Wirtschaftsraum oder gar im Freien gepreßt (so auch in den ‚jungen' Weinbaugebieten im Osten des Seewinkels, wo es eigene ‚Weinbauten' nie gab).

Im südlichen Burgenland ändert sich das Bild, dort treten neben den Hauskellern wieder andere Formen auf: hervorragendes und bekanntes Beispiel ist der vorbildlich restaurierte und denkmalgeschützte ‚Weinberg' von Heiligenbrunn bei Güssing. Keller und Preßhäuser (unter einem Dach, aber auch getrennt) sind hier oberirdische, ehemals ausnahmslos strohgedeckte Blockbauten. Die grob behauenen Wände sind meist lehmverschmiert und geweißt, der Boden gestampft, die Dachkonstruktion einfach. Sind die Gebäude mehrräumig, tritt manchmal noch ein Stüberl dazu. Ein schmaler Lehmestrich, die ‚Grädn', umgibt die Bauten, die mit einer schweren Eichentüre (mit alten einbruchsicheren Schlössern) verschlossen sind. Außen hält eine zweite, schön geflochtene Türe die sommerliche Hitze ab. Die meisten dieser Kellerbauten besaßen in einer Ecke des Preßraumes einst auch eine einfache offene Feuerstelle, auf der man in Irdengeschirr (Tongeschirr) das Essen zubereitete beziehungsweise wärmte, lagen doch die Weinberge, auf denen die ‚Keller' stehen, vielfach ein gutes Stück vom

Ort oder von den Dörfern, die dort Grundanteile besaßen, entfernt.

Ähnliche Anlagen südlich des Pinkatales sind heute verfallen oder verschwunden; ihre Fortsetzung fanden und finden sie in Westungarn, der Prekmurje, in Nordkroatien und -slowenien sowie – in abgewandelter Form – in der südlichen Steiermark. Das heute im Österreichischen Freilichtmuseum in Stübing bei Graz aufgebaute Weingartenhaus aus Tieschen bei Radkersburg, urkundlich erstmals 1564 erwähnt, gezimmert aus roh behauenen Eichenbalken, bestehend aus zwei Kellerräumen, einem Preßraum und einer Stube, überdacht mit einem altarartigen Scherendach, ist ein entsprechendes Beispiel.

Für die weststeirischen Weinbaugebiete, etwa Sausal und um Stainz, waren und sind die in schlichtem Blockbau errichteten Winzerhäuser charakteristisch; der gemauerte Unterbau beinhaltet dann Preßraum und Weinkeller. Geringe Anbauflächen und Entfernungen machten eigene ‚Weinbauten' wie sie in Form von ‚Kellerstöckln' auftreten, nicht unbedingt notwendig."

Weinbau gibt es in Österreich in Niederösterreich, das an erster Stelle steht, was den Ertrag betrifft, dann folgen das Burgenland, die Steiermark und schließlich Wien. Das Weinland ist in Weinbaugebiete eingeteilt, an jedem Ortseingang steht eine rebengeschmückte Tafel mit dem Ortsnamen und dem entsprechenden Weinbaugebiet.

Es ist vielleicht ganz interessant, die einzelnen Gebiete mit ihren wichtigsten Orten hier anzuführen.

Weinbaugebiet Eisenberg im südlichen Burgenland.

Weinbaugebiet Rust-Neusiedler See, mit den Hauptorten Rust, Oggau, Donnerskirchen, Großhöflein, Mönchhof.

Weinbaugebiet Krems, mit den Hauptorten Krems und Rohrendorf.

Weinbaugebiet Langenlois mit der Stadt Langenlois, mit Zöbing, Straß.

Weinbaugebiet Wachau mit den Hauptorten Dürnstein, Joching, Spitz, Loiben.

Weinbaugebiet Klosterneuburg.

Weinbaugebiet Retz mit Retz, Mailberg, Haugsdorf und Pulkau.

Weinbaugebiet Falkenstein mit Poysdorf, Falkenstein und den bekannten Orten an der Brünner Straße.

Weinbaugebiet Bad Vöslau mit Bad Vöslau, Sooß und Tattendorf.

Weinbaugebiet Gumpoldskirchen mit den Hauptorten Gumpoldskirchen, Baden und Perchtoldsdorf.

Weinbaugebiet Südsteiermark mit den Orten an der steirischen Weinstraße.

Weinbaugebiet Weststeiermark mit den Orten um Stainz.

Weinbaugebiet Klöch, Oststeiermark.

Weinbauregion Wien mit dem Nußberg, Grinzing, Sievering, Heiligenstadt und den Orten am Fuß des Bisambergs.

Eine kleine Auswahl von bekannten Weinsorten soll dazu dienen, die Namen berühmter Weinorte in Erinnerung zu rufen und die Lust auf einen edlen Tropfen zu wecken.

Probenfolge

Grüner Veltliner 1977 Cabinet
Ried: Dürnsteiner Kaiserberg
Weingut Weißenkirchen, Wachau, NÖ

Welschriesling 1977 Cabinet Trocken
Ried: Seeweingarten
Weingut Podersdorf, Burgenland

Riesling 1976 Cabinet
Ried: Klaus
Weingut Joching, Wachau, NÖ

Rheinriesling 1976 Spätlese
Ried: Kremser Pfaffenberg
Weinbau Krems, NÖ

Roséwein Schilcher 1977
Lage Stainz, Sorte Blauer Wildbacher
Weinbau Weststeirisches Weinbaugebiet, Steiermark

Burgunder weiß 1974
Ried: Retzer Züngel
Weinbau Retz, NÖ

Burgunder blau 1974
Vöslauer Stadtsiegel
Weinbau Vöslau, NÖ

Zierfandler Auslese 1973
Ried: Wiege
Weingut Gumpoldskirchen, NÖ

Spätrot Rotgipfler Trockenbeerenauslese 1963
Ried: Alte Ried
Weingut Gumpoldskirchen, NÖ

Blaufränkisch 1976
Ried: Goldberg
Weinbau Deutschkreutz, Burgenland

Die bekannten Weinnamen sind aufs engste verbunden mit den berühmten Weinlandschaften; dazu zählt auch die Wachau. Ein Charakteristikum dieser an Besonderheiten so reichen Landschaft ist der Tausendeimerberg bei Spitz, von dem schon der „Antiquarius des Donaustroms" (Johann Hermann Dielhelm) im Jahre 1785 berichtet:

„Dieses Spitz ist ein großer Marktflecken, so fünf Stunden unterhalb von Melk und sechs oberhalb von Krems liegt. Dieser Ort ist auf eine besondere Art rund um einen Berg gebaut, und die Höhe über dem Marktflecken ist ein purer Weinberg, worauf zuweilen jährlich tausend Eimer Wein gekeltert werden."

Und Jahrhunderte später, 1925, schrieb Ernst Lissauer über diesen Tausendeimerberg einen sehr schönen und tiefsinnigen Spruch:

„Du sollst wie ein Weinberg alltäglich umgraben dein Wesen,
So wirst du vor dir selbst mit tausend Eimer lesen.“

So alt wie der Wein sind auch die Trinksprüche. Sie haben ihren Ursprung in Beschwörungs- und Zauberformeln und sollen die bösen Dämonen der Trunksucht bannen und den Trinker schützen. Sie zieren heute Weinfässer und Preßhäuser.

Der von so vielen geschätzte Wein hat manche sogar zu Liebesgedichten inspiriert, wie die reizenden Verse aus dem Jahre 1718 im Kellerschlößl in Dürnstein zeigen:

Du angenehmes Glas,
du wunderschöner Wein,
du mußt doch lebenslang
mein einzig Labsal sayn!

Wer etwas Liebstes hat,
der küßt es gar zu gern,
deswegen ist mein Mund
von dir auch selten fern.

Damit er dich fein oft
im platten Glase küßt,
weil du ihm bis in Tod
sein Allerliebstes bist.

Das gläubige Wissen um die Herkunft alles Guten schrieb ein Weinhauer 1898 in Kleinwetzdorf auf seinen Keller:

Nimm dieses Haus, O Gott in deine Hut,
Und schenk uns Wein alljährlich viel und gut.

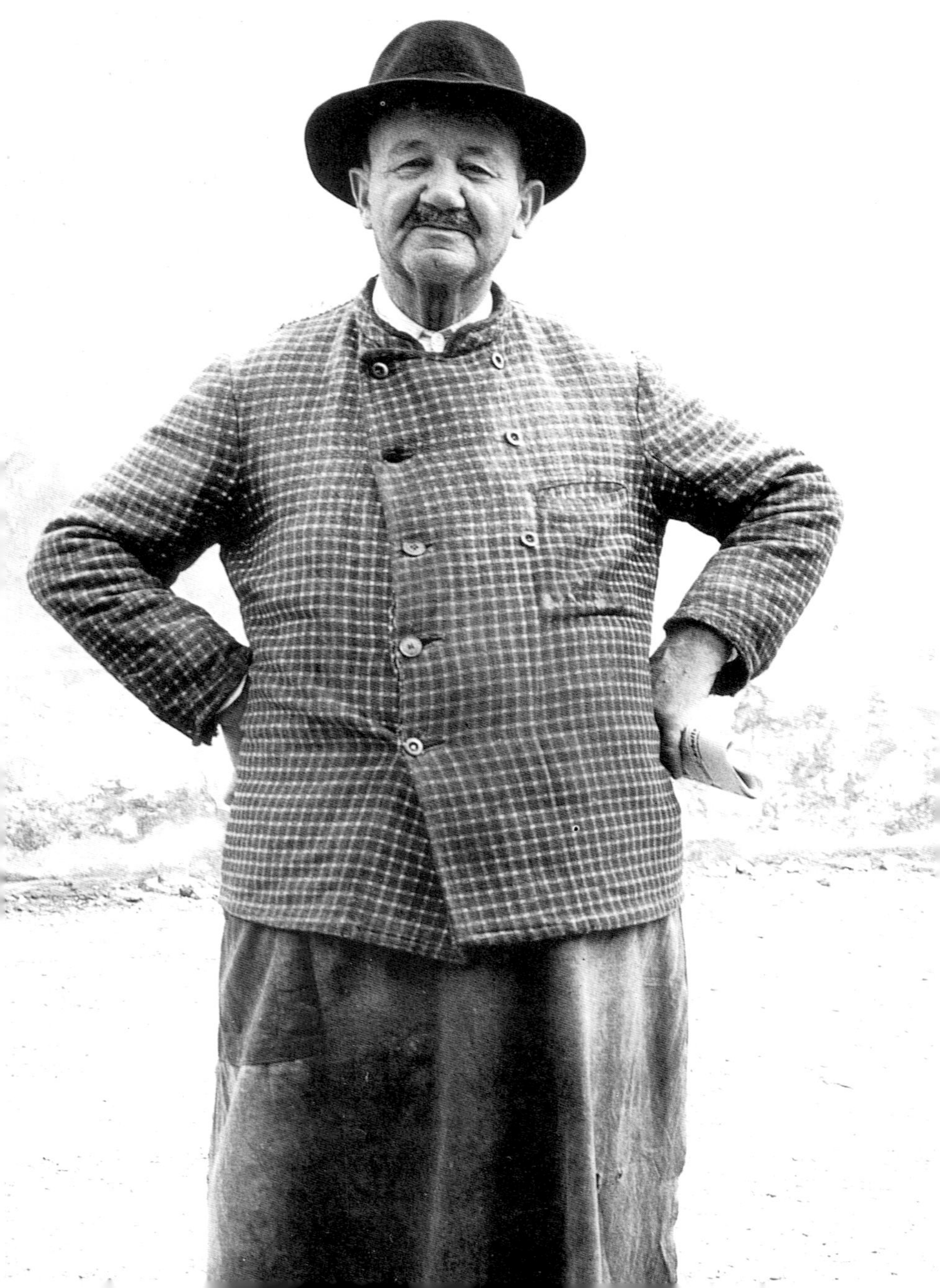

Vorhergehende Seite: Weinbauer im burgenländischen Seewinkel.
Rechts: Kellergasse in Breitenbrunn, Burgenland.
Unten: Weinkeller in Heiligenbrunn, Südburgenland.

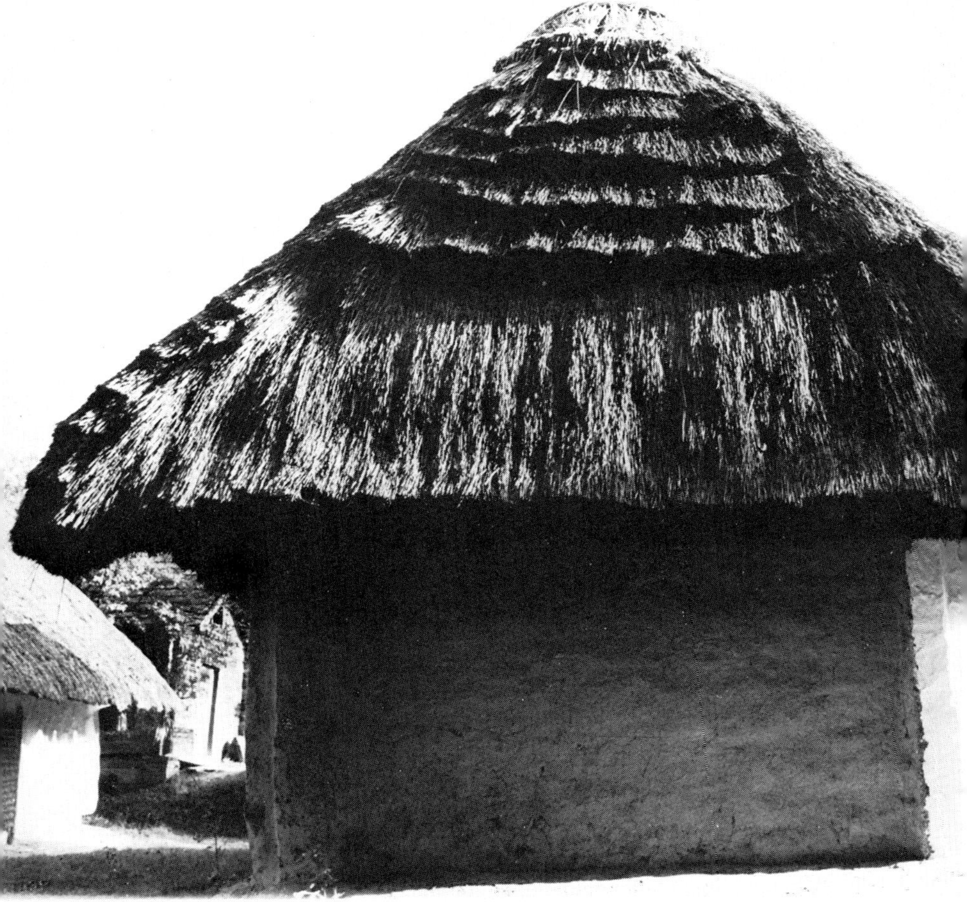

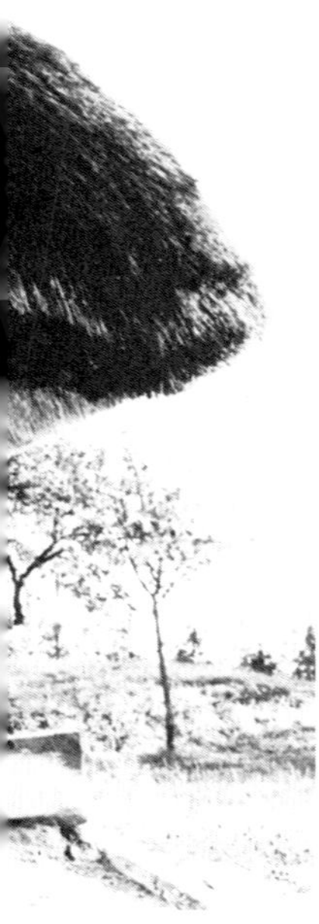

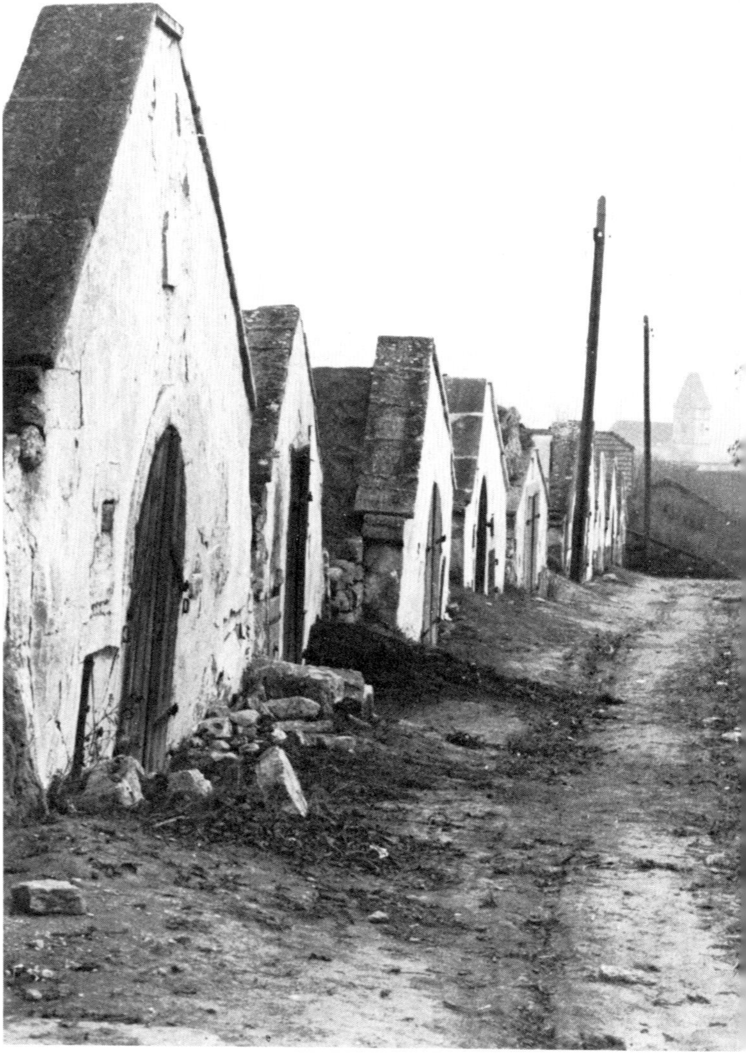

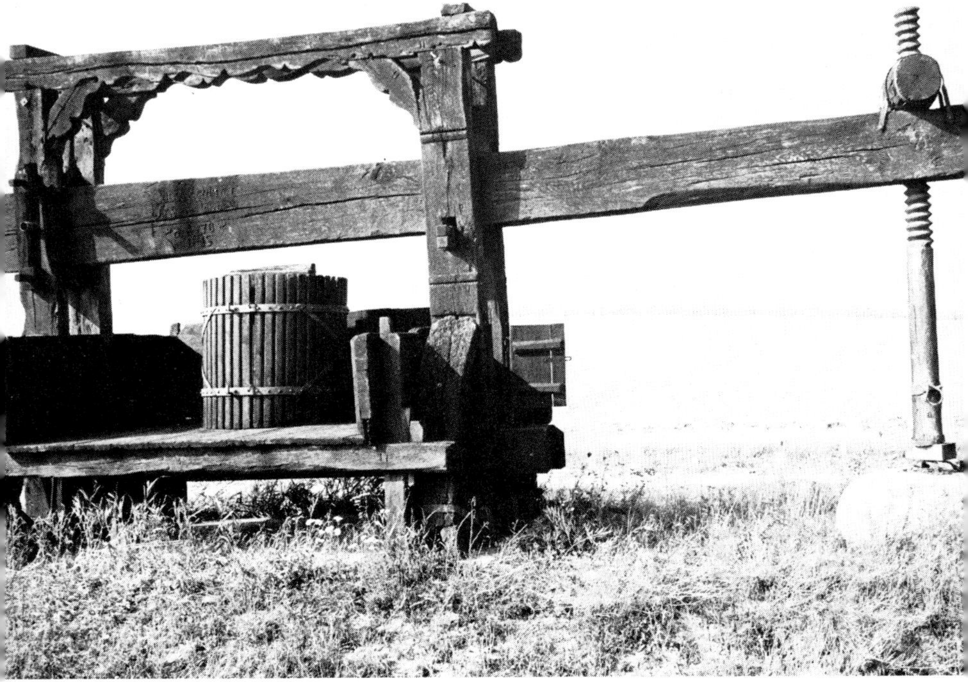

Oben: Alte Weinpresse an der Brünner Straße, Weinviertel.
Rechts: Weinkeller in Alberndorf, Weinviertel.

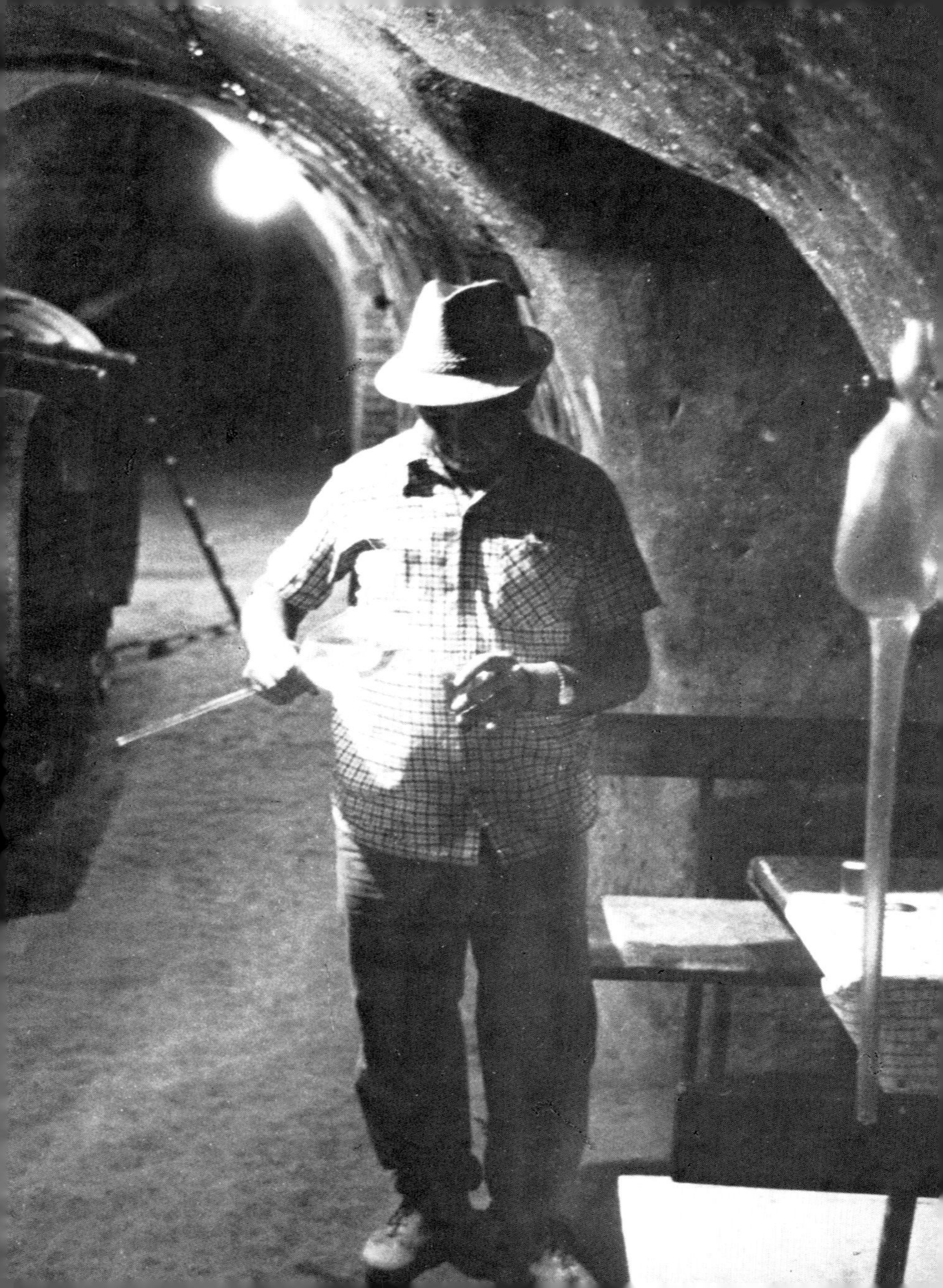

Kellergasse in Haugsdorf,
Weinviertel.

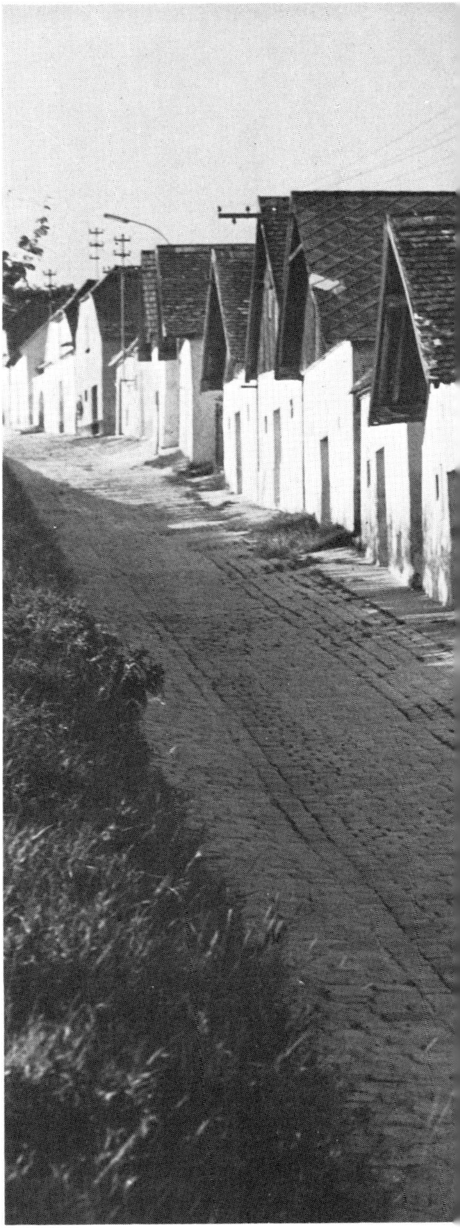

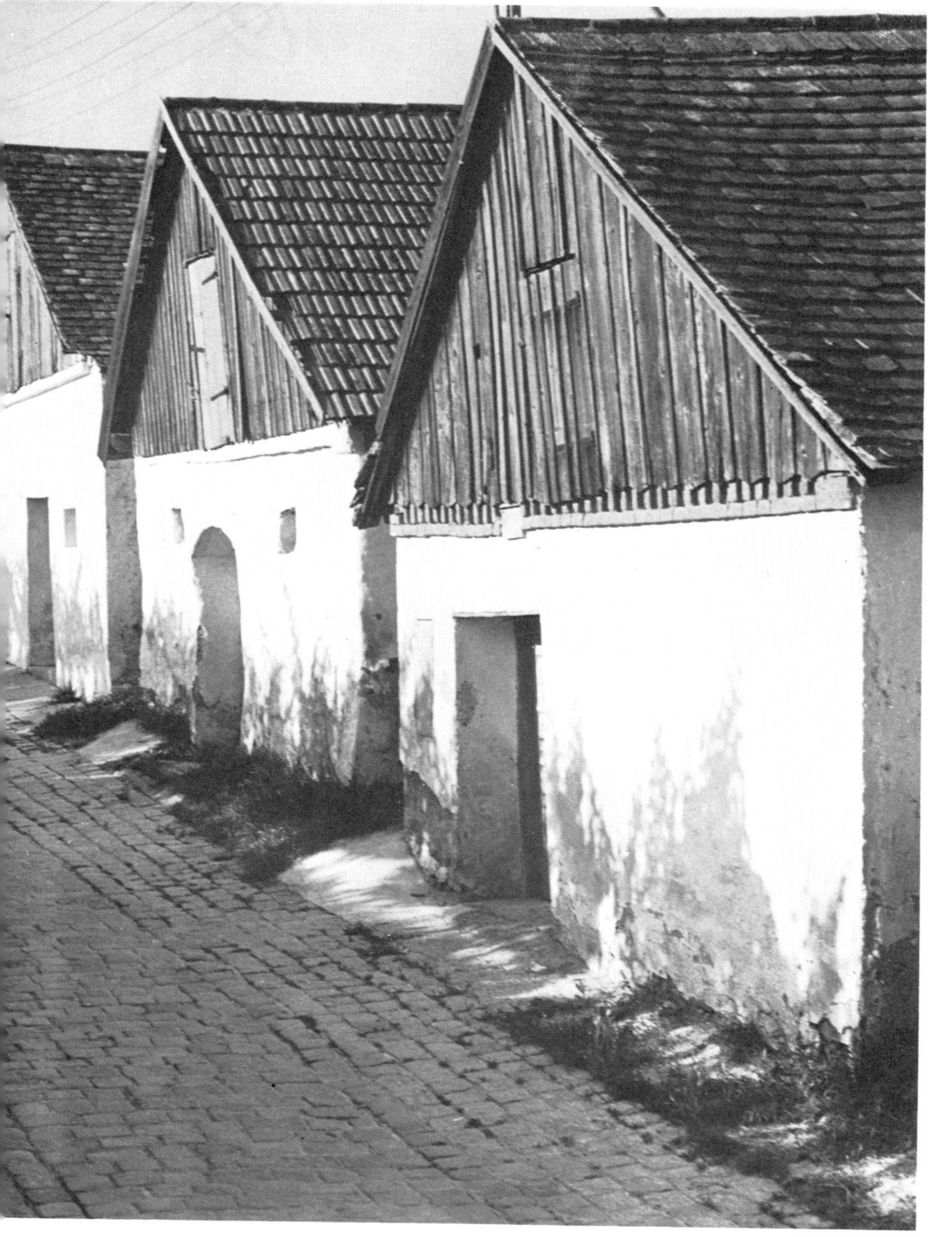

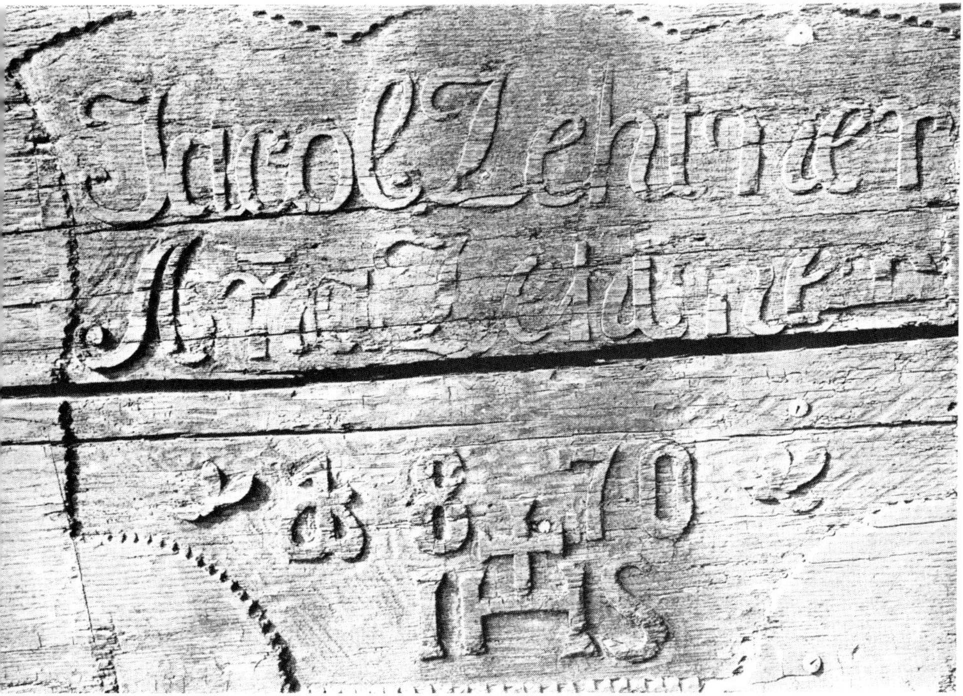

Oben: Inschrift auf einer alten Weinpresse im Weinviertel.
Rechts: Weinkeller in Röschitz, Niederösterreich, bekannt als Weberkeller. Die Figur des Weinbauern Weber ist von ihm selbst aus dem Löß geschnitzt.

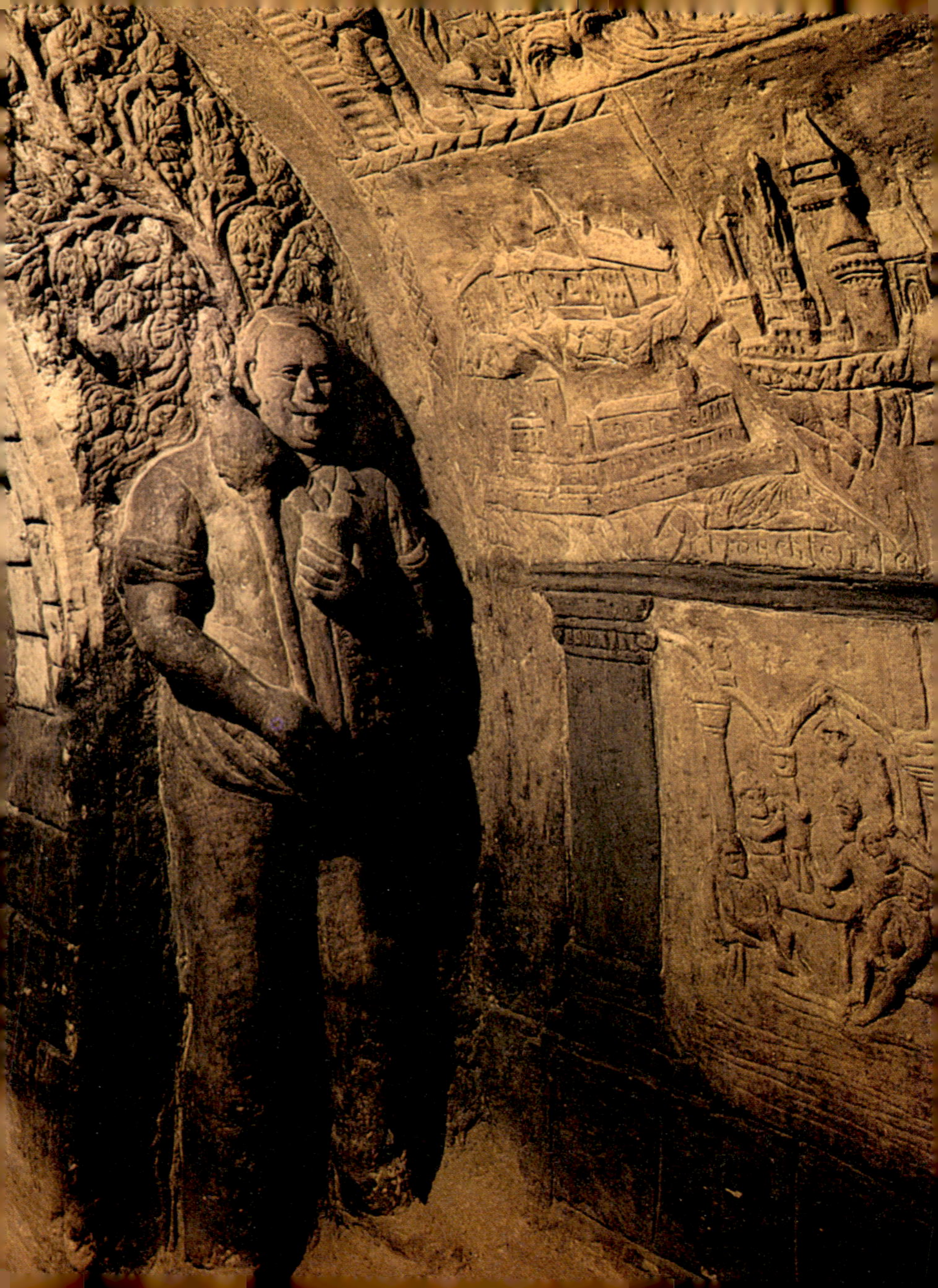

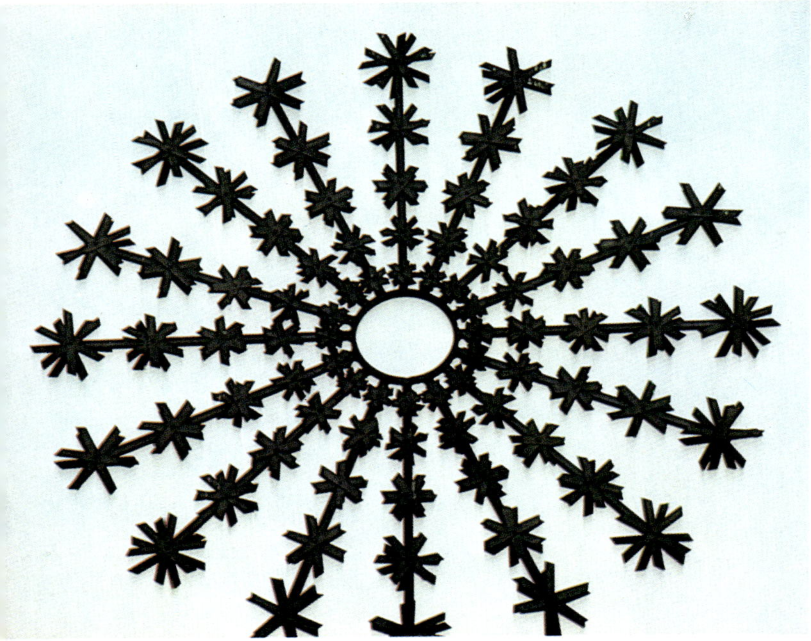

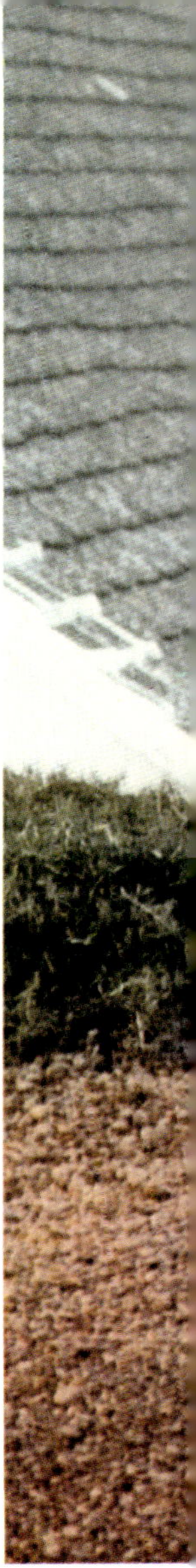

Oben: Hüterstern eines Weinhüterhauses bei St. Michael in der Wachau.
Rechts: Bei den Preßhäusern von Mailberg im Weinviertel.
Folgende Seiten: Weingärten bei St. Margarethen im Burgenland (links);
Preßhäuser bzw. Weinkeller am Eisenberg im Burgenland (rechts).

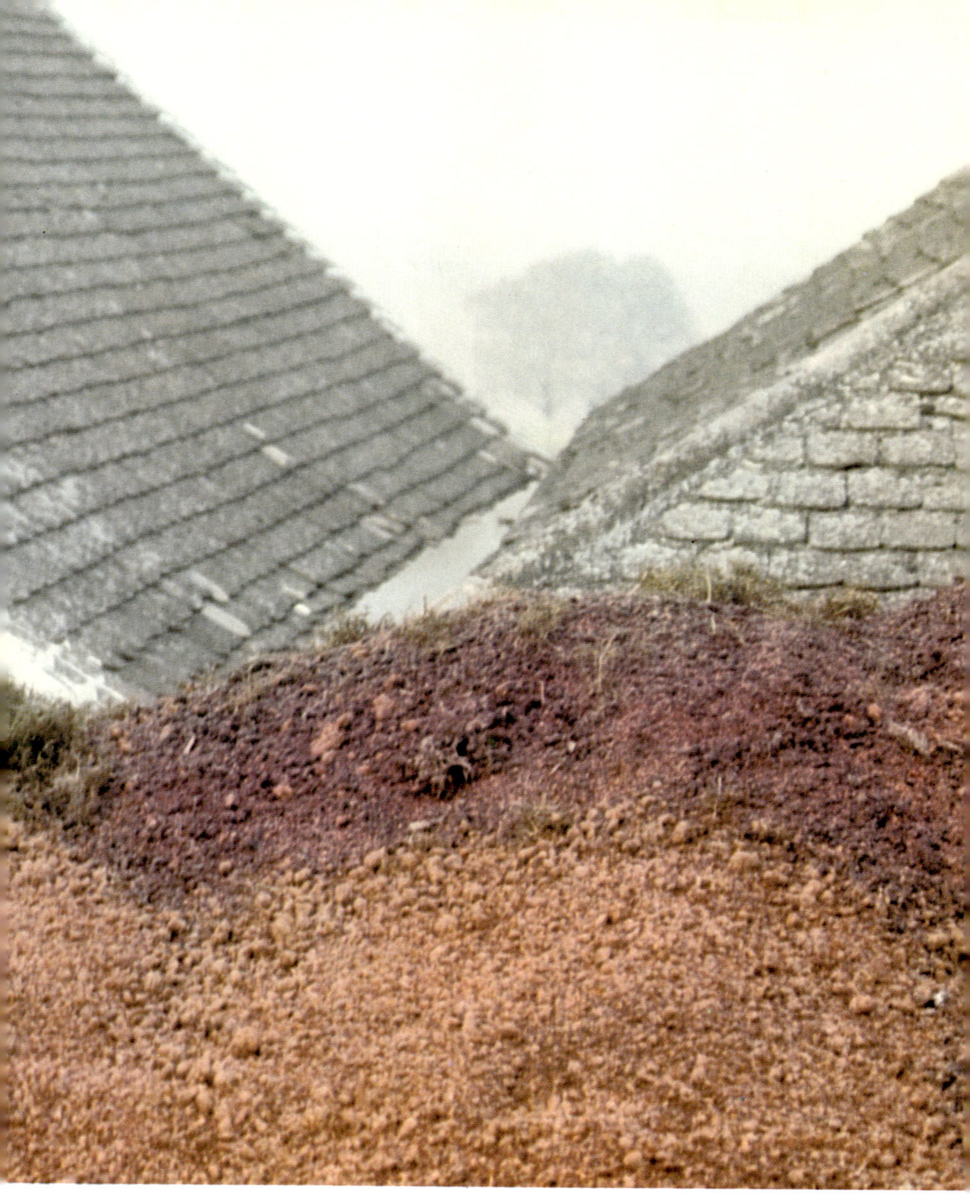

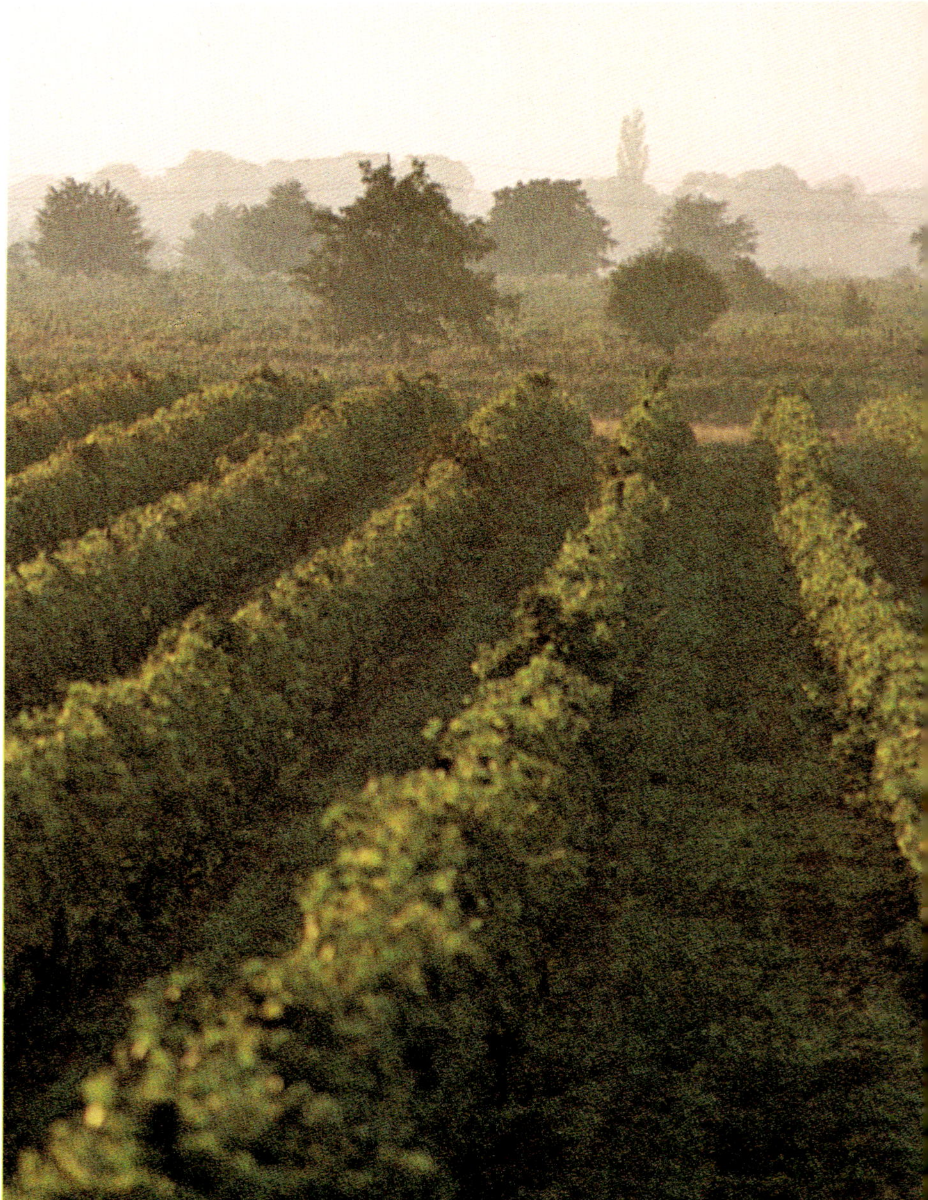

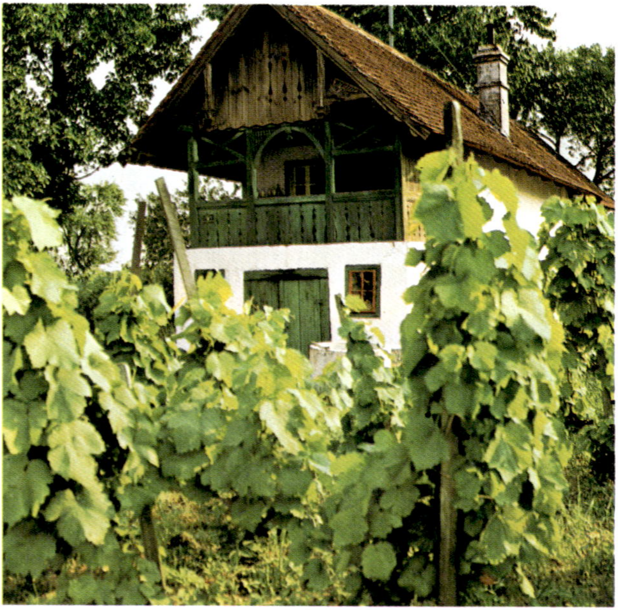
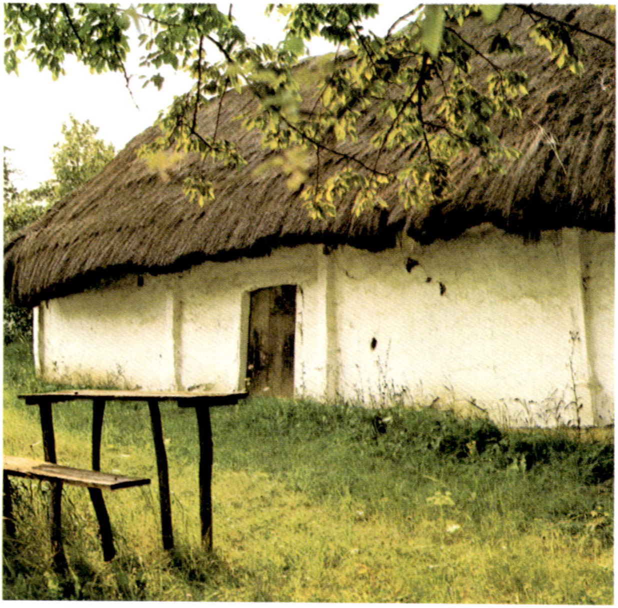

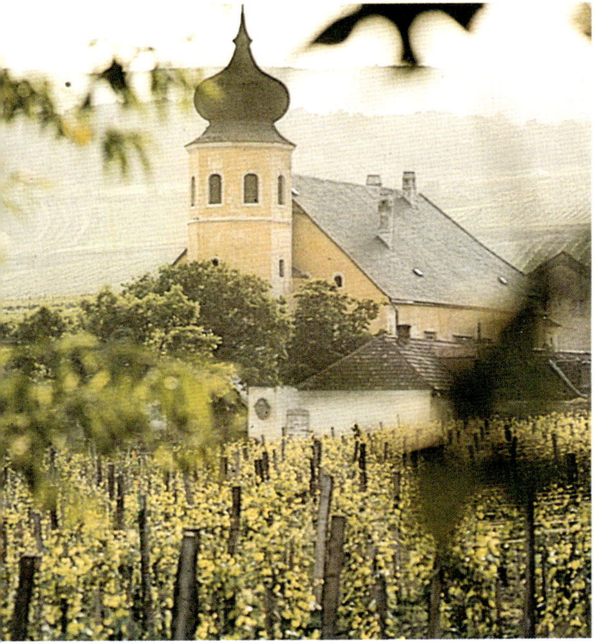

Oben: Weingärten beim Freigut Thallern bei Gumpoldskirchen, Niederösterreich.
Rechts: Weinkeller bei Mailberg, Niederösterreich.

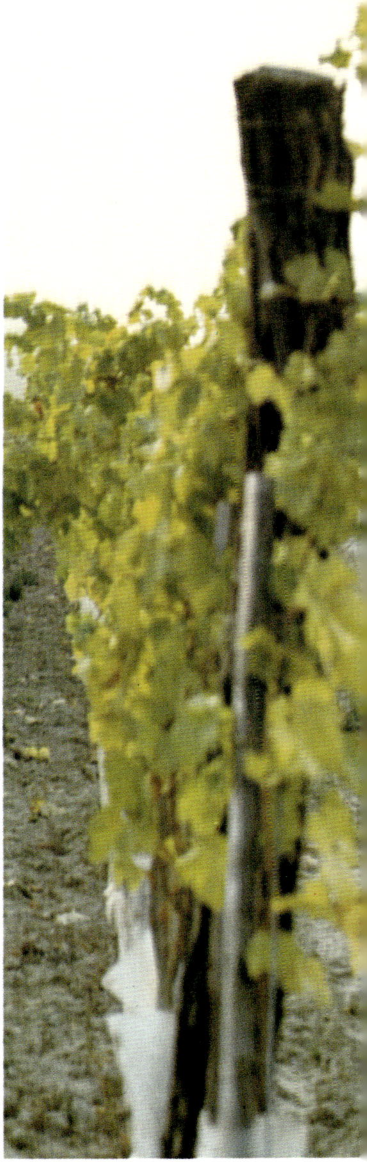

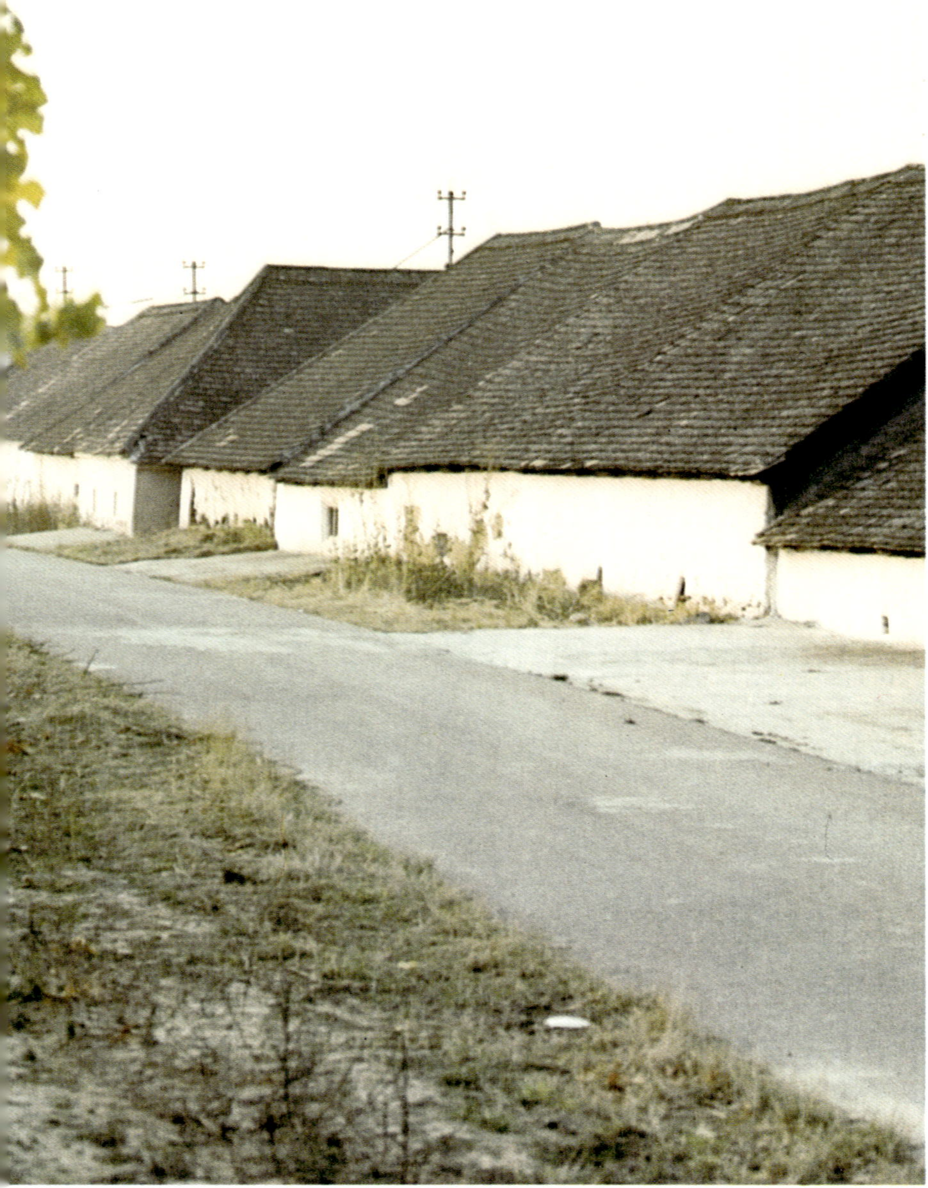

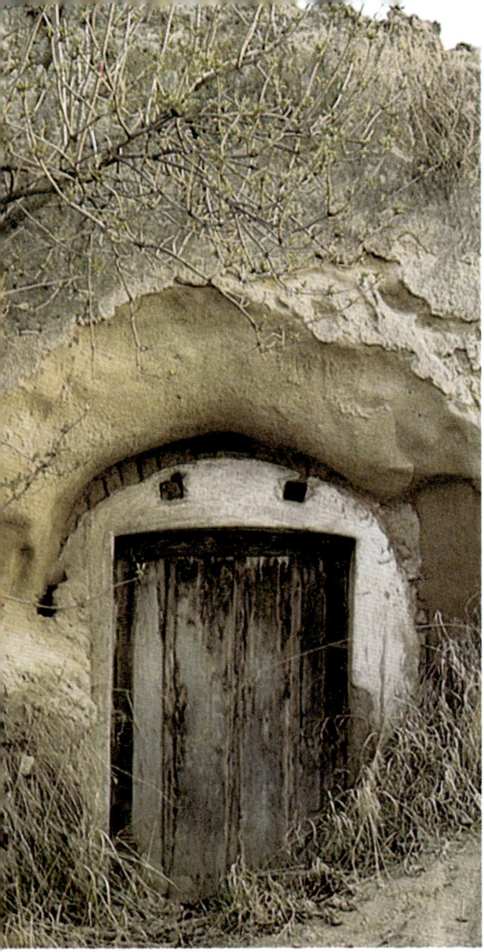
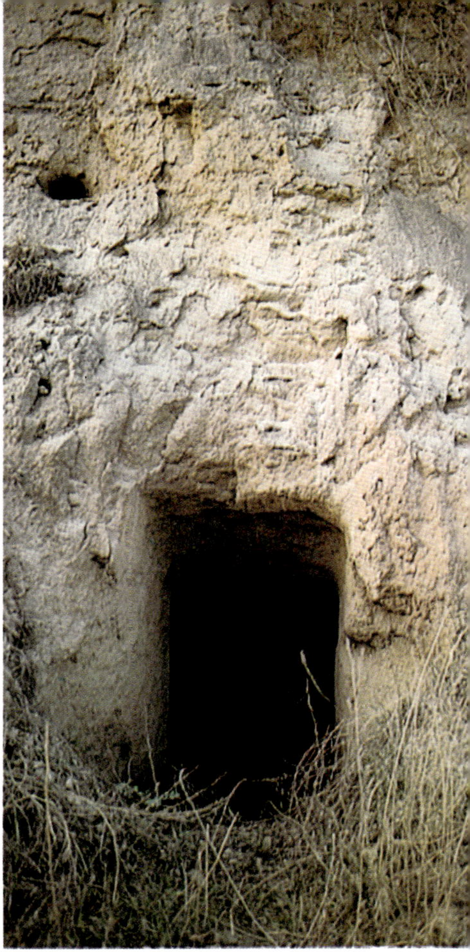

Oben: Keller im Löß bei Rohrendorf, Niederösterreich.
Rechts: Weinhauer in Alberndorf, Weinviertel.
Folgende Seite: Ein „Buschen“, das Zeichen einer Heurigenausschank, im Weingebiet von Wien.

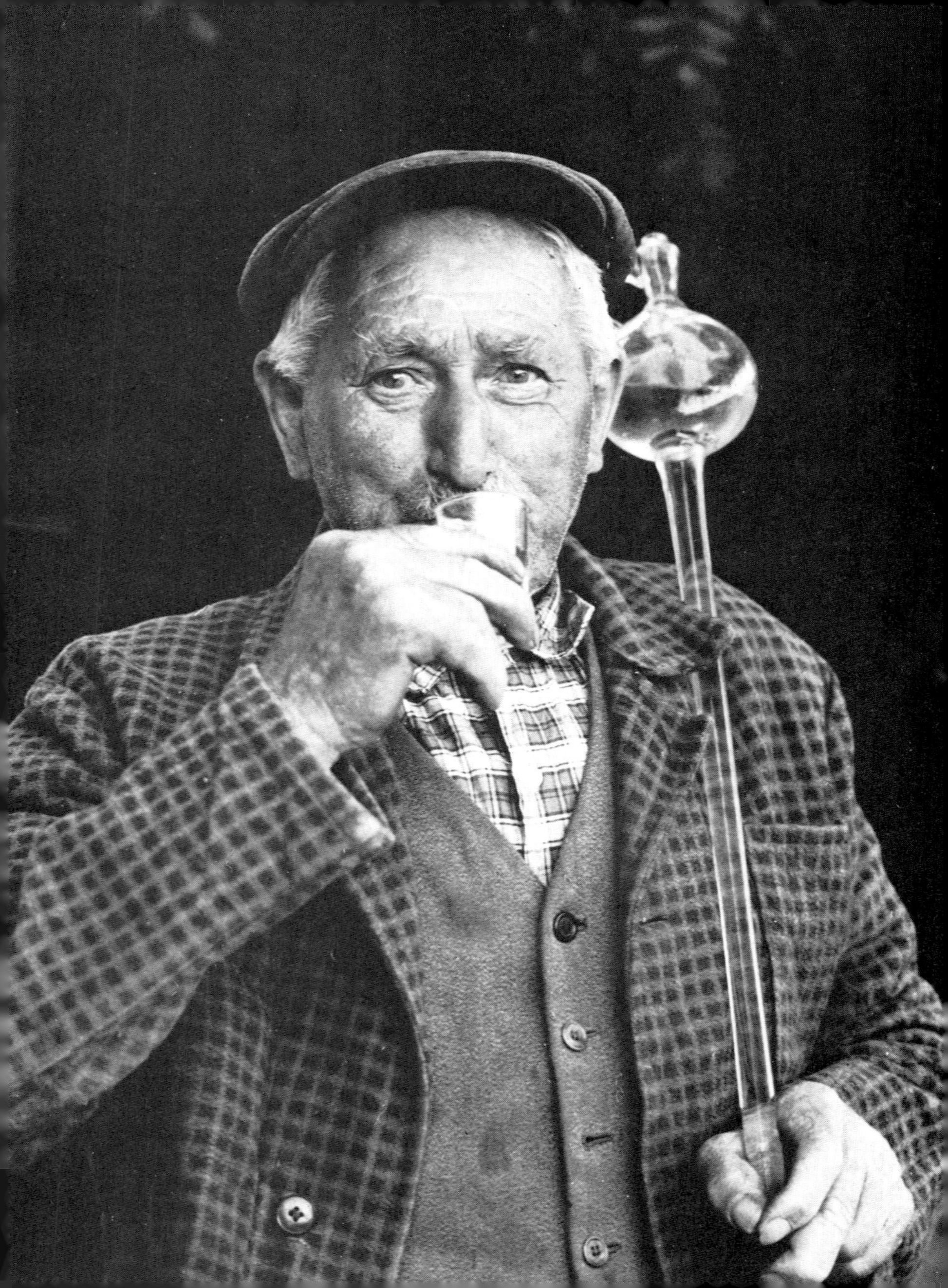

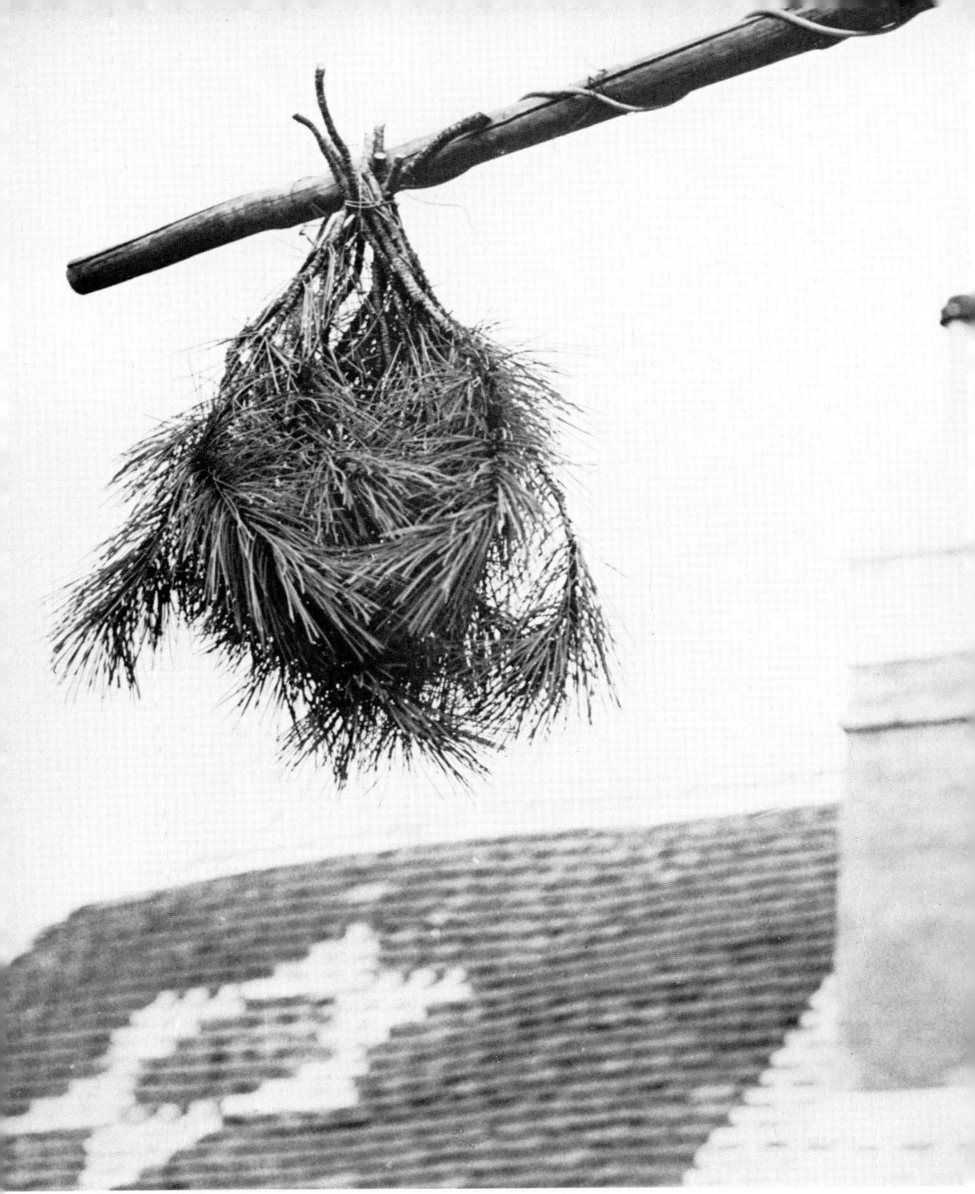

Kultur im ländlichen Bereich

Es wurde schon davon gesprochen, daß die Volkskunst, soweit sie die Wohnkultur und die Geräte des Haushalts umfaßt, tot ist. Daran können auch die eifrigen Bemühungen der verschiedenen Heimatwerke nichts mehr ändern. Sie können kleine Dinge am Leben erhalten, sei es als Geschenkgegenstände, als Dirndlstoffe in volksechten Mustern und ähnliches, was gegenüber der Flut industrieller Massenerzeugnisse ein wohltuender Aspekt ist. Aber die „alte Bauernherrlichkeit“ der Stuben mit ihren Täfelungen, die herrlichen, geschnitzten und bemalten Kasten und Truhen, die Bestecke, die Schüsseln, die Buttermodel, die Tische und Stühle in harmonischen Formen und in schönem Holz, all das ist dahin. Es schmückt heute die Wohnungen von Sammlern, besonders Kasten sind Schaustücke und nehmen meist einen Ehrenplatz ein. Nicht zu Unrecht, denn die Volkskunst hat wunderschöne Dinge hervorgebracht. Besonders bei den Kasten und Truhen hat die Wissenschaft festgestellt, daß nicht nur die Länder der österreichischen Krone untereinander verschieden waren, sondern auch in Regionen und sogar in kleinen Orten ganz charakteristische Farben und Formen vorhanden sind. Ein Kasten aus dem Land um St. Florian, ein sogenannter „Florianer“, sieht anders aus als einer aus dem anschließenden Traungau, Pinzgauer und Pongauer Möbel sind sehr unterschiedlich, ebenso wie Alpbacher und Zillertaler Möbel.

Man muß die Höfe suchen, wo man noch getäfelte Stuben findet, Möbel, die noch dort stehen, wo sie hingehören. Denn nur langsam und oft zu spät hat sich bei der ländlichen Bevölkerung die Erkenntnis durchgesetzt, daß diese Dinge ein wertvolles und bewahrenswertes Gut sind und einen Ehrenplatz verdienen. Ich habe sie leider nur allzuoft in der hintersten Ecke oder in einem Abstellraum gefunden. Wo sind die Herrgottswinkel, wo ist die Taube, die ich noch in meiner Jugendzeit in den meisten Bauernhäusern sah? Marie Andree-Eysn, die Salzburger Volkstumsforscherin, hat darüber 1910 etwas sehr Heiteres geschrieben:

„In vielen Bauernhäusern meiner salzburgischen Heimat, gleichwie in dem ganzen angrenzenden Gebiet, hängt der hl. Geist in Taubengestalt über dem Eßtisch in der Wohnstube, im ‚Herrgottswinkl'. Es ist die Ecke, an deren Wand das Kruzifix und die Heiligenbilder angebracht sind, denen sich vor und nach der Mahlzeit die Betenden verehrend zuwenden.

Diese Taubengestalt ist in den Bauernhäusern des Flachlandes ebenso verbreitet wie im Gebirge, selbst in den Kammern der Alphütten, hoch oben in den Bergen, ist sie zu finden, wo sie der Hirte oder Senner mehr oder weniger gut geschnitzt hat. Sie schwebt an der Decke des Himmelbettes oder ist darauf gemalt, oder nimmt zuweilen den Mittelpunkt der Stubendecke ein, und die sie umgebenden Strahlen füllen die ganze Decke des Raumes aus.

Aber nicht bloß in den Bauernhäusern, auch in den Bürgerhäusern trifft man sie, selbst in die Ratsstuben ist sie eingedrungen.

Das christliche Altertum kannte keine andere figürliche Darstellung des hl. Geistes als die *Taube.* Es geht dieses auf die Taufe Christi zurück, von der es in den Evangelien heißt: ‚Und der hl. Geist fuhr hernieder in bildlicher Gestalt auf ihn wie eine Taube.‘

Eine besondere Art stammt aus Rauris im Salzburgischen. Der vier Zentimeter lange, roh aus Holz geschnitzte Körper der Taube trägt Flügel und Schwanz aus gefaltetem bunten Papier und steckt in einer grünlichen Glaskugel von zehn Zentimetern Durchmesser. Das Hineinbringen durch die kleine Öffnung im Glase und die Wiederausbreitung des Täubchens darin erfordert ziemliche Mühe. Solche ‚hl. Geist‘ in der Glaskugel stellt der Roßhäuslkaspar in Bischofswiesen bei Berchtesgaden her. Sie waren früher nicht selten in Oberösterreich, Salzburg und in Tirol. Diese Form trägt auf dem Lande einen recht unfeinen Namen, den ich aber, weil bezeichnend, hier anführen will; die Bauern nennen sie ‚Suppenbrunzer‘, weil der aus der Suppenschüssel aufsteigende Dampf sich an der kalten Glaskugel niederschlägt und wieder in die Suppe herabtropft, denn der ‚hl. Geist‘ schwebt stets über der Schüssel des Eßtisches, der im Herrgottswinkel steht.

Beim Grubmoser ‚in der Rauris‘ riß einmal der Faden, an dem die Glaskugel hing, und sie zerbrach. Die Ehalten (Dienstboten), die mit der Kost, d. h. dem fortwährenden ‚Muas‘, unzufrieden waren, sagten: ‚Der hl. Geist ist uns durchbrennt, er hat den Muasg’ruch net vertrag’n.‘ “

Etwas hat die Zeiten überdauert und wird heute wieder von Sattlern angefertigt: die Schellriemen für die Glocken der Kühe, die beim Almabtrieb verwendet werden. Obwohl dieser immer seltener durchgeführt wird, werden Schellriemen in großen Mengen genäht und finden beispielsweise als Preise bei einer Rinderzuchtschau Verwendung. Da hängen sie dann dutzendweise auf der Brüstung der Preisrichtertribüne, mit schön gravierten Messingtafeln versehen. Wieder ein Beispiel, wie man etwas Altes mit einem neuen Sinn erfüllen kann. Warum die Schellriemen aus dem Salzburger Land mit afrikanischen Kaurimuscheln besetzt sind, konnte ich bis heute nicht feststellen. In Tirol waren sie nur mit Federkiel bestickt. Diese Tradition ist heute noch im Südtiroler Sarntal lebendig. Dort sitzen noch vier Federkielstikker, denn der Bedarf ist vorhanden, weil das ganze Tal einschließlich der Kinder Tracht trägt. Die reizvollen Muster und Sprüche auf den Hosenträgern, der „Hosenkrax" – übrigens ein Überbleibsel des mittelalterlichen Lederkollers –, sind schönste Volkskunst. Im Sarntal gibt es auch noch Bauern, die ihr Eßbesteck für die Lederhosentasche in herrlicher Einlegearbeit oder in Silber selbst anfertigen. Auf der Schneide eines Messers war neben einem schönen Ornament in Kurrentschrift der Spruch eingraviert: „Ich liebe Gott und die Leit, ich liebe ein Messer das schnait."

Um nochmals von den Schellriemen zu sprechen und damit vom lieben Vieh: Es ist ja nicht unbedingt Volkskunst und auch nicht gerade Kultur, aber doch ein Beispiel für die Seele des Volkes, wenn ich hier für die „Landfremden" einige Namen anführe, wie sie der Bauer seinen Kühen gibt: Zirm und Glück, Edelweiß, Nori, Marei und Rauten, Pongau, Fortuna, Belinda und Gisa, Königin, Stern, Resl und Gräfin, Sonne und Bürgerin, Waldin und Gams, Goldin, Segen, Gundi und Kellnerin, Betty, Butter, Glanz und Siegerin.

Auf Lebkuchenmodeln aus der Steiermark sind ein Drehleierspieler und ein Tanzpaar bei einem Steirertanz dargestellt. Beides gehört der Vergangenheit an. Die Drehleier wird nur noch von einer einzigen Musikgruppe verwendet, der Mitterhögler Hausmusik in Kitzbühel. Sie haben ein Instrument aus Familienbesitz, datiert 1735, ein Hackbrett aus dem 18. Jahrhundert und einen Baß aus dem frühen 19. Jahrhundert. Aber sonst ist die Drehleier, einst ein sehr beliebtes Instrument, ausgestorben. Und der Volkstanz wird von niemand als Gesellschaftstanz getanzt, lediglich Volkstanzgruppen pflegen ihn, damit er nicht ganz der Vergessenheit anheimfällt. Am schlimmsten steht es um den Schuhplattler, für jeden Bergfremden der Inbegriff älplerischen Tanzes, nach dem Motto „Der Älpler plattelt Schuh und jodelt dazu“. Beides Dinge, die bei Heimatabenden bestimmter Orte „dargeboten“ werden, garniert mit „Holzsägen“ und „Schmarrn kochen“ für die werten Gäste.

Und damit sind wir bei der Volksmusik, die zu Anfang unseres Jahrhunderts auch am Absterben zu sein schien. Dabei wurde gerade auf diesem Gebiet sehr viel getan. Schon am Anfang des vorigen Jahrhunderts, ja sogar schon im 18. Jahrhundert, waren Sammler tätig, die das Liedgut des Volkes sammelten. Wieder ist es Erzherzog Johann, der hier seit 1811 systematisch eine Befragung der Bevölkerung durch seine Beauftragten durchführen ließ. Auf seine Anregung hin gab die Gesellschaft der Musikfreunde in Wien im Jahre 1819 in Tirol einen Aufruf zur Aufzeichnung von

Gesang und Tanz heraus, durch den wichtiges Material erhalten wurde. Seither hat eine Legion von Volksliedforschern wie Ziska, Zoder, Kohl, Zack, Wiegele, Klier, Kronfuß-Pöschl, Pommer, Mautner und noch viele andere die Vielfalt des österreichischen Liedgutes aufgezeichnet und damit über die Grenzen Österreichs hinaus ein Vorbild gegeben. Neben den sogenannten „halbseidenen" Volksmusikgruppen gibt es auch heute wieder Menschen, die miteinander singen und musizieren, zur eigenen Freude und nicht zur Vorführung gedacht. Der Rundfunk hat sie entdeckt und wiederholt Sendungen mit ihnen gemacht; das ist eine begrüßenswerte kulturelle Tat, denn dadurch kann man heute wieder hören, wie ein echter Jodler klingt und nicht ein Salonjodler mit Akrobatik; und auch die alten, schönen Lieder und Weisen treten in erstaunlicher Fülle hier zutage. Man kann wieder unverfälschte Volksmusik hören, die Zillertaler Hochzeitsmusiker mit ihrem scharfen Geigenstrich, die Simon Geigenmusi aus Goisern mit den „gradtaktigen" Landlern, die Innviertler Musik der Geschwister Simböck aus Braunau, den Pongauer Viergesang oder den Goiserer Viergesang mit ihren schönen Jodlern. Und die verdienstvolle Gruppe von Tobi Reiser, die Kärntner Quintette, die Altsteirer aus Mooskirchen, das Ternitzer Klarinettentrio und noch und noch Sänger und Musiker. Dazu die alten Instrumente, die Tirolerharfe neben Zither, Hackbrett und Maultrommel und der „steirischen Harmonie", der diatonischen Knöpferlharmonika. Das ist das erfreulichste Lebenszeichen der Volkskultur.

Es war bald nach Kriegsende, als ich mit dem Nachtschnellzug von Wien nach Taxenbach fuhr und mich um sechs Uhr morgens von dort auf den Weg zum Hundstein machte, einem 2100 Meter hohen Almberg östlich von Zell am See. Da er von weiteren Grasbergen fast gleicher Höhe umgeben ist, war es für mich nicht leicht, den Weg zu finden, Markierung gab es auch keine, und ich kam in arge Zeitnot. Ich erreichte aber doch rechtzeitig den Gipfel, allerdings war die Bergmesse bereits vorüber. Unterhalb des Schutzhauses, das dort steht, ist eine Mulde in Form einer natürlichen Arena; dort finden die Ringkämpfe statt, derentwegen ich hier heraufstieg: das weitum bekannte Jakobi-Ranggeln am 25. Juli jeden Jahres. Es ist wohl der schönste Kampfplatz, den man sich vorstellen kann, hoch über den Tälern, mit dem Blick auf Hochkönig, Steinernes Meer und die Hohen Tauern. Im Bildteil ist das Foto von damals wiedergegeben, an den äußeren Umständen hat sich in all den Jahren nichts geändert, nur würde ich heute den Güterweg von Thumersbach benützen. Wieso dieser Platz schon vor Jahrhunderten ausgewählt wurde, ist nicht bekannt. Wie alt jedoch dieses Jakobi-Ranggeln ist, ersieht man aus der Urkunde des Erzbischofs Leonhard von Keutschach aus dem Jahre 1518.

„Leonhard von Gottes Gnaden, Erzbischof zu Salzburg, Legat des heiligen Stuhles zu Rom! Unseren Gruß zuvor Getreuer, Lieber! Wie im nächsthin abgewichenen Jahr an St. Jakoben des heiligen Zwölfboten Tag, das Hosenrecken auf dem Berg Hundsstein Deines anvertrauten Gerichtes gelegen mit Ruhe und Ordnung geschehen und fürgegangen ist, so ist an Dich unser ernstlicher Befehl, daß im heurigen Jahr das Hosenrecken auf dem Berg Hundsstein am besagten Jakobentag wie vor Alters her gehalten werden darf, daß auch ein Preis geben wird von einem Pfund schwarzer Pfening. Fürder aber, wann es bei diesem Hosenrecken zu Trotz unseres Befehls ein Zank und Schlägerei entstünde, dieses Hosenrecken gar abzustellen wäre. Also hast Du daher nach unserem Willen und Befehl in Deinem anvertrauten Gerichte männiglich berufen zu lassen, damit die Untertanen und ledige Bursch sich darnach achten, an dem geschiet unser Will und Befehl. Gegeben in unserer Stadt Salzburg am Montag Invocavit 1518. – Unsern edlen und festen, auch lieben und getreuen Hauptmann und Pfleger Sigemunden Grafen zu Schernberg und Taxenbach."

Karl Adrian schreibt in seinem Buch „Von Salzburger Sitt' und Brauch":

„Das ‚Ranggeln' ist eine der ureigensten Leibesübungen der Pinzgauer. Bereits in frühester Jugend balgen sich die Kleinen, die Schuljugend betreibt diese Kunst schon regelrechter, endlich herangewachsen, bildet sich der Bub möglichst fachgemäß aus, um nicht für eine ‚Lettfeigen' zu gelten.

Aus dem Grund, daß für den jungen Pinzgauer das Ranggeln zu einer gewaltigen Passion geworden ist, mag es wohl geschehen sein, daß sich die sehnigen Pinzgauer Burschen alljährlich am Hundstein am Jakobitag den 25. Juli ein Stelldichein geben, wo sie ihre Kraft und Gewandtheit gegenseitig messen.

Wenn man meinen würde, beim Ranggeln handle es sich nur um Anwendung der größtmöglichsten Kraft, wäre dies ein Irrtum. Kraft ist notwendig, Hauptsache aber ist List und Schnelligkeit. Es gibt auch gewisse Vorteile, ‚Würfe' genannt, welche, zur rechten Zeit angebracht, dem Gegner eine sichere Niederlage bereiten.

Diese Würfe sind der Hauptsache nach der Stierer, der Kreuzwurfer und der Haken. Beim Stierer sucht man den Gegner stoßweise zum Falle zu bringen, beim Kreuzwurfer verhelfen geschickte Verschlingungen der Arme zum Erfolg, durch den Haken wird der Angegriffene in der Weise zu Falle gebracht, daß man den linken Fuß dem Feinde unterstellt, so daß derselbe beim Sturz auf den Rücken zu liegen kommt.

Mit dem, daß von den beiden Rangglern einer auf dem Boden liegt, ist der Kampf noch nicht zu Ende.

Gerade auf dem Boden beginnt oft die größte Schwierigkeit und Anstrengung, denn der Gefallene muß auch auf dem Rücken liegen und gar nicht selten kommt es vor, daß der auf dem Boden Liegende eine kleine Unachtsamkeit des Gegners benutzt und ihn unter schallendem Gelächter der Zuschauer zu Falle bringt. Hat die Jugend sich ausgetobt, so betreten die Ranggler von Ruf den Platz. Da gibt's schwere Arbeit, denn unter ihnen gilt es, wer ‚Hagmoar' wird.

‚Hagmoar' wird aber nur der, der in drei Ringkämpfen, die er mit allen, die ihn dazu auffordern, unternimmt, nur je einmal oder nie zu Falle gekommen ist.

‚Hagmoar' auf dem Hundstein zu sein, ist für den Pinzgauer Ranggler die höchste Ehre, die er erreichen kann, heißt es ja soviel, als der flinkste Ranggler des ganzen Gaues zu sein.

Deswegen wird der ‚Hagmoar', wenn er den letzten seiner Gegner überwunden hat, von allen Seiten mit Jubel begrüßt, sein Hut wird mit Federn geschmückt, er ist ein

Gegenstand der Bewunderung für jung und alt, gar mancher Bauer schätzt es sich zur hohen Ehre, den ‚Hagmoar‘ in seinen Diensten zu haben."

Soweit die historischen Berichte dieses Kampfsports. Die klassischen Ranggler-Länder sind Salzburg, Nord- und Südtirol, die Burschen dieser Länder kommen auch immer wieder zu Wettkämpfen zusammen. Die Ranggler-„Saison“ beginnt am ersten Sonntag im Mai in Zell im Zillertal beim Gauderfest – wo ich auch noch ein Kuhstechen, den Kampf zweier Kühe ähnlich dem Kampf der Herdenköniginnen in der Schweiz, sowie ein Widderstoßen sah – und erstreckt sich bis in den Herbst. Die klassische Kleidung ist die „rupfene Pfoad“, das leinene Hemd und eine ebensolche lose Hose, von einem Gürtel gehalten; klassisch ist es auch, barfuß zu kämpfen. Immer häufiger tragen die Ringer aber auch Leinenschuhe mit Gummisohlen; diese Schuhe geben auf dem Grasboden wohl einen besseren Halt, jedenfalls sind sie von den Schiedsrichtern erlaubt. Letztere führen den bezeichnenden Namen „Schermtax“, was in wirklicher Bedeutung Schirm- oder Wettertanne heißt. Sie sind erfahrene Ringer, die mehrmals „Hagmoar“ gewesen sein müssen. Geranggelt wird in mehreren Klassen, Buben ab zehn Jahre, Jugend bis achtzehn Jahre und drei Meisterklassen. Die Entscheidung muß beim Kampf innerhalb einer gewissen Zeit fallen, sonst endet er unentschieden. Aus eigener Anschauung kann ich sagen, daß es ein sehr faires Kräftemessen ist und wert, daß man zuschaut.

Zum ländlichen Kulturgut zählen auch naive bäuerliche Dichtung, Marterlsprüche und vor allem der große Liederschatz. Ein paar kleine Beispiele sollen den Ausklang dieses Buches bilden.

Eingeschnitzter Spruch auf einem Rahmzweck aus der Steiermark. Ein Rahmzweck ist ein halbkreisförmiges Holzmesser zum Absondern des Rahmes von der Milch, das die Mädchen von ihren Liebsten als Geschenk erhielten:

Mein Schatz ist a schworgrin
hat a segs a sim Kühr
Sie hat an gscheterten Bolster
gut lieg ist bei ihr.

Oder ein Marterlspruch aus der Gegend von Kitzbühel:

Gedenke in stillem Gebete des am 11. Jänner 1884 beim Taxenziehen verunglückten Sebastian Tagwerker, Bauernsohnes zu Jodler.

Von Adams Erben
muß ein jeder sterben;
Nur weiß er nicht wo
und ob so oder so.

Doch ist es nicht weit
in die Ewigkeit,
Um 6 Uhr gieng er fort
Um 8 Uhr war er dort.

Und zum Schluß ein naives Nachruf-Lied:

Nachruf-Lied

für Niclas Wolff, Nachtwächter der Gemeinde Hüttau, gestorben am 23. November 1730. – Das Lied ist von Ruep Stullebner, Schmied zu Hüttau, Salzburg, Superintendent.

Der Niclas ist gestorben,
Er mußt sich viel bemühen,
Wan er die Stund ausgeschrijen.
Sein sorgenvolle Hut und Wacht
War unser Schutz die ganze Nacht.
Ihm mußt beim vielen Wachen,
Der Trunk ein Labung machen.

Sein Leib wird heut begraben,
Daß ihn nicht fressen d' Raben;
Das Leben ist ihm abgekürzt,
Darob der Wirt sich fast bestürzt,
Weil er an Gast verloren,
Der war zum Trunk geboren.

O Niclas wir heut trauren,
Und möchten schier versauren,
Daß gstorben bist und mußt in d' Erd,
Ein längeres Leben wärst wohl werth!
Allein weil hast z'viel gsoffen,
So war nichts anders z'hoffen.

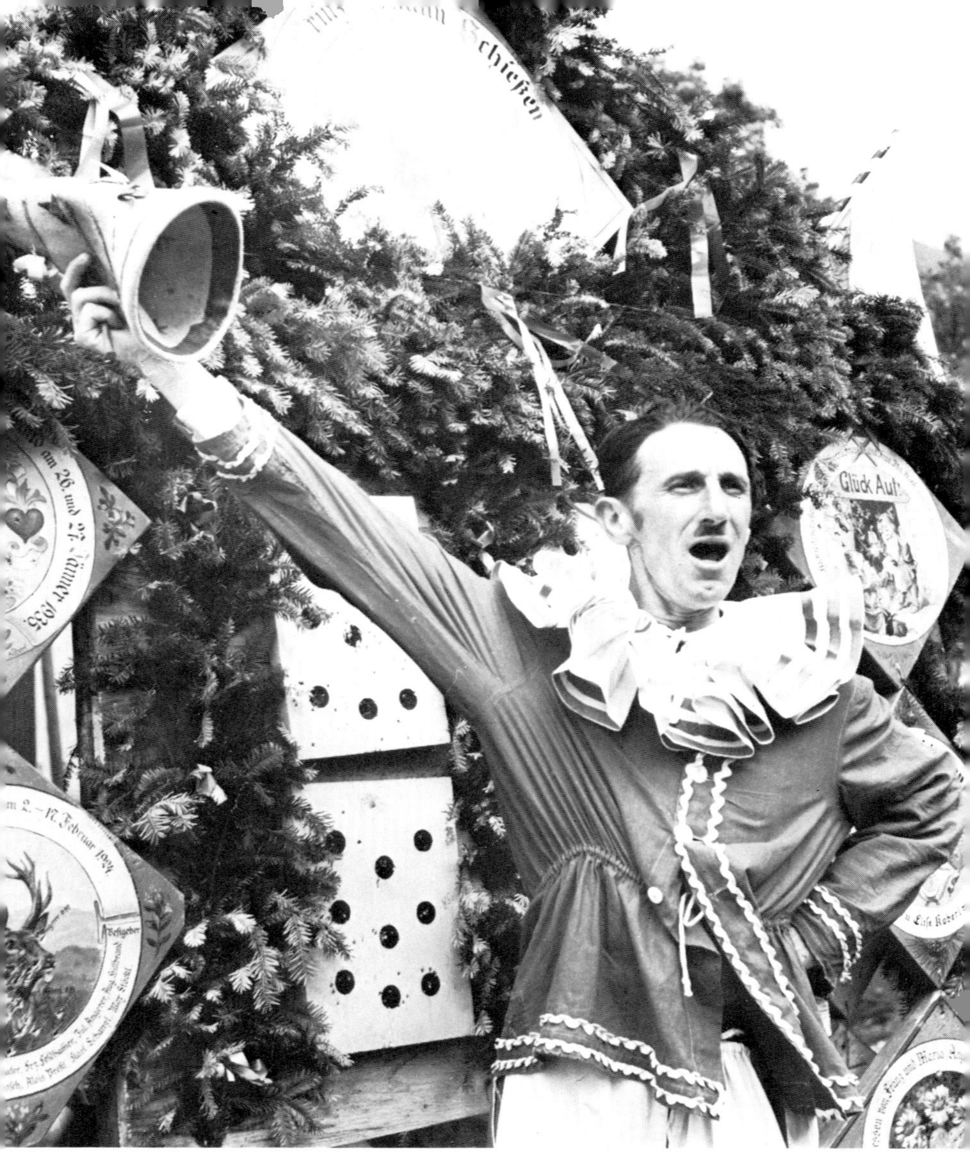

Ein „Zieler“ beim Stachelschießen in Bad Aussee, Steiermark.

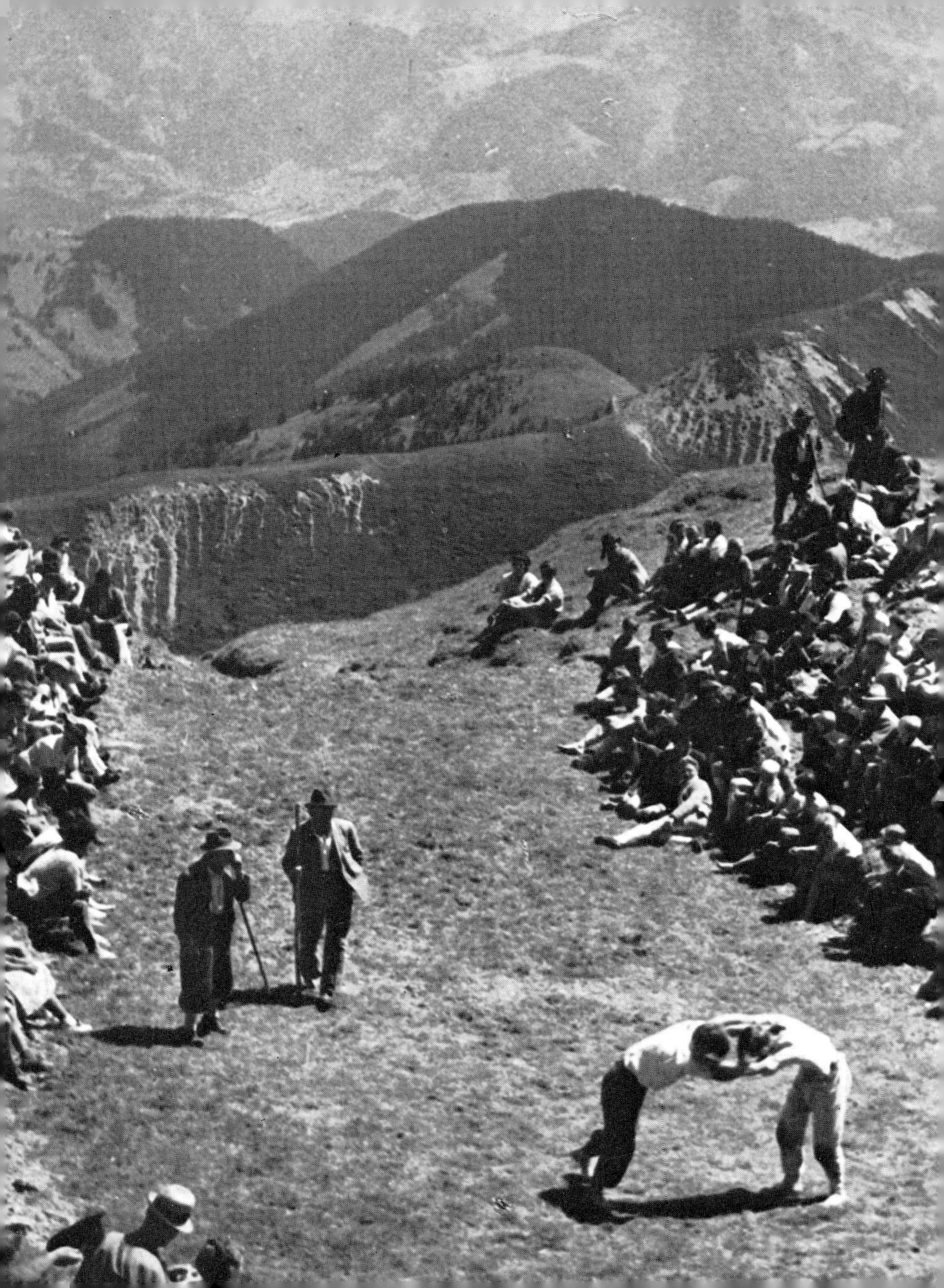

Links: „Jakobi-Ranggeln“ am Hundstein bei Zell am See, Salzburg. Rechts: Szenen beim Ranggeln.

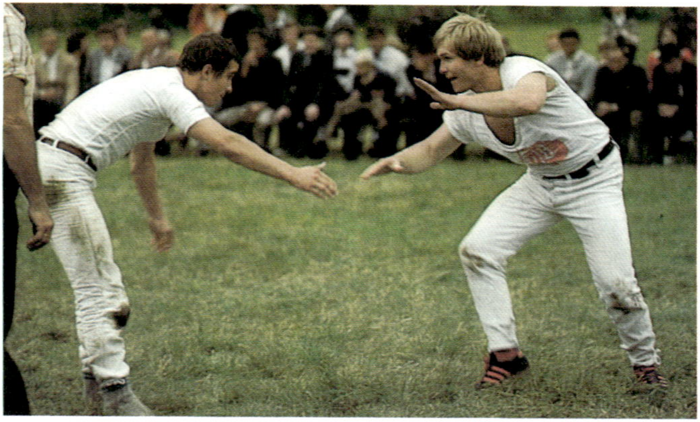

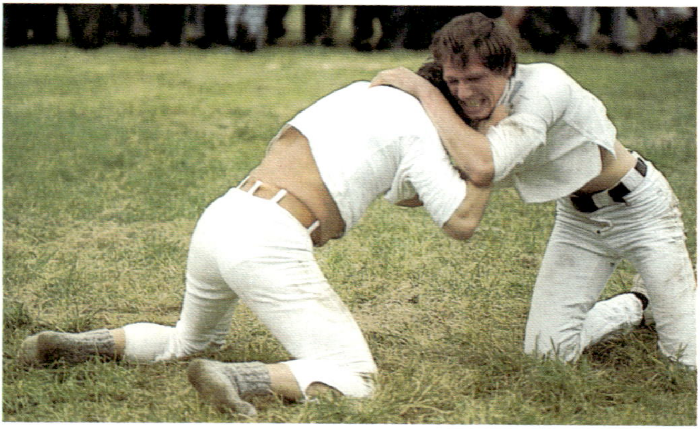

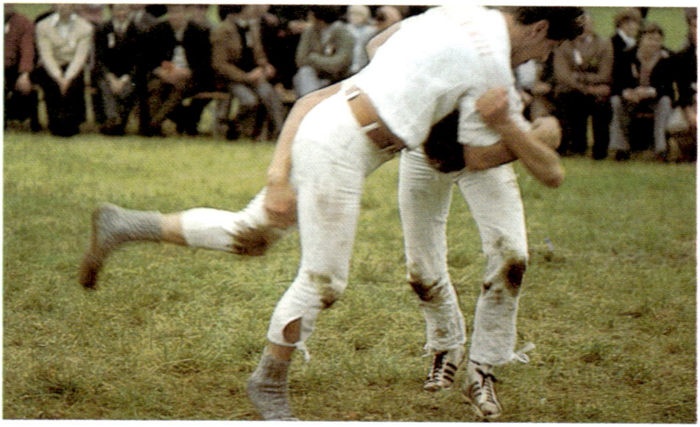

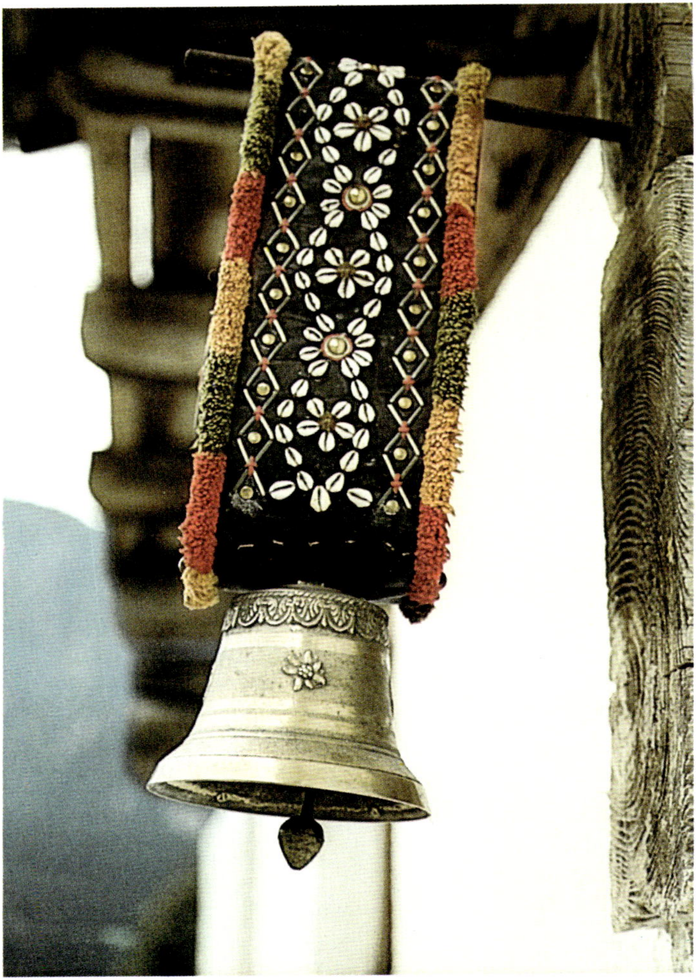

Oben und rechts: Schellriemen (Glockenriemen) mit Kaurimuscheln aus dem salzburgischen Pinzgau und Pongau.

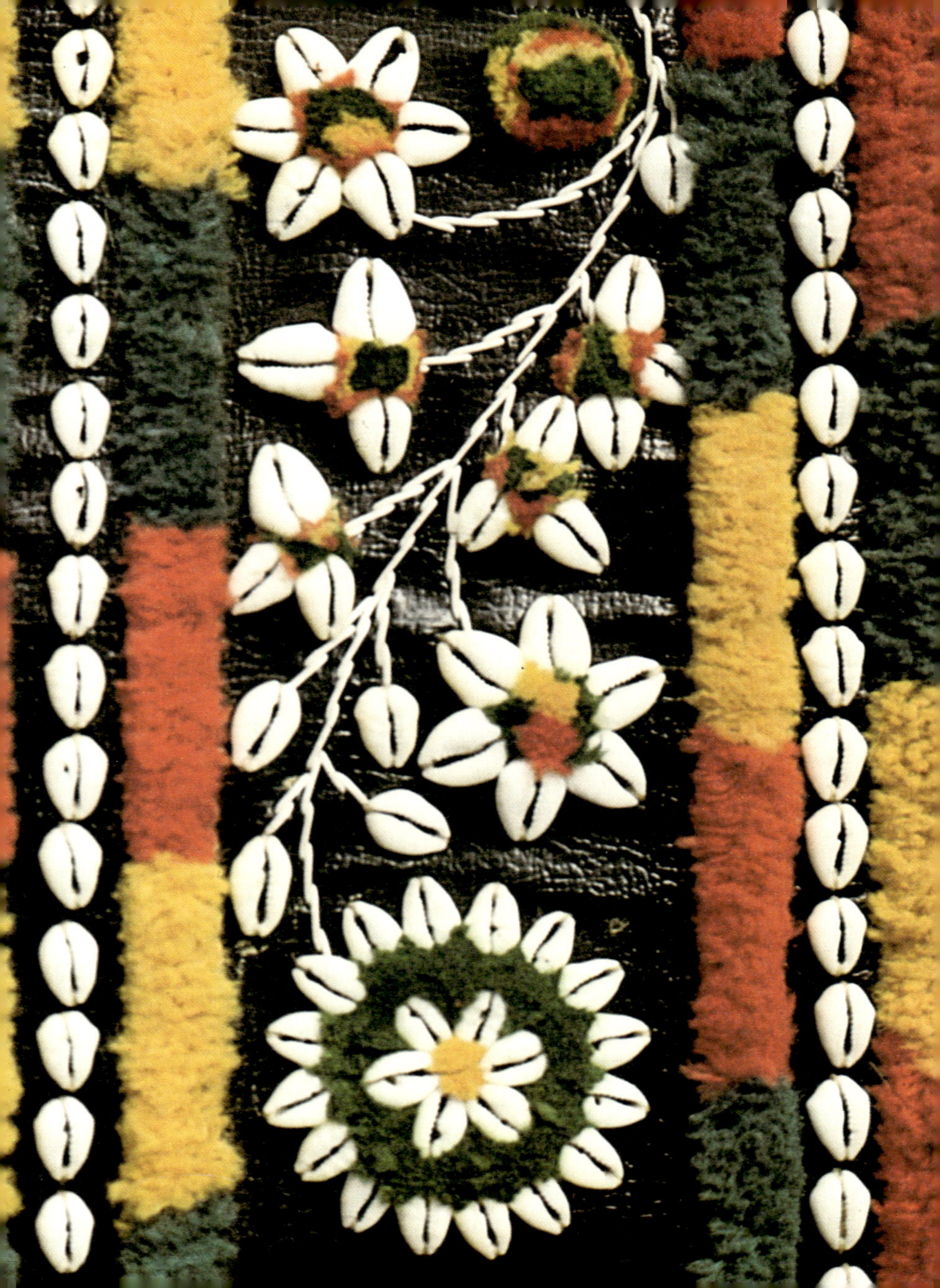

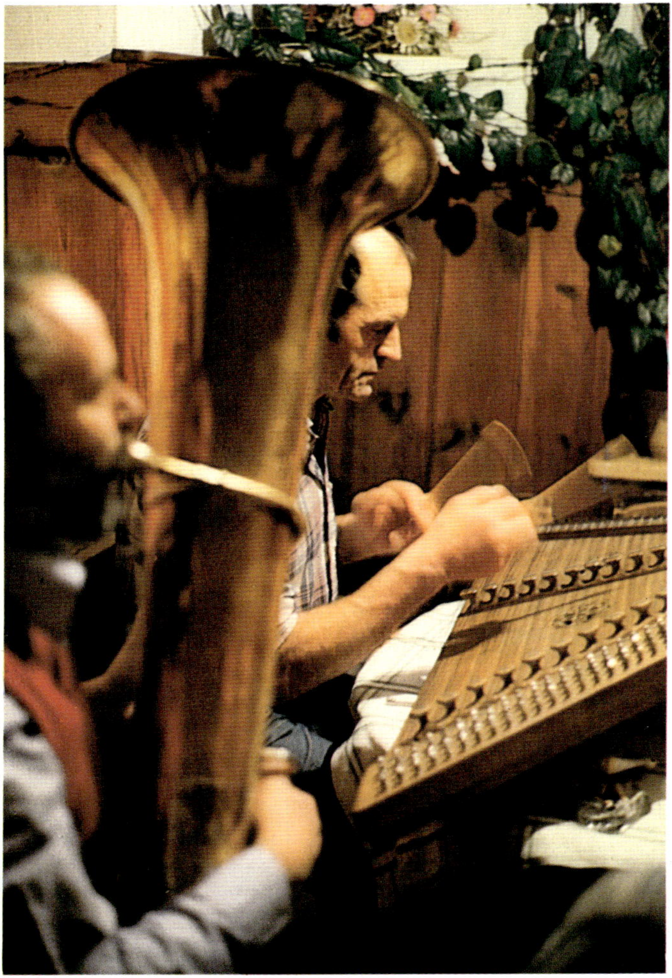

Oben: Tuba und Hackbrett bei der Mitterhögler Hausmusik in Kitzbühel.
Rechts: Die Zillertaler Geiger von der Schwendberger Hochzeitsmusik sind achtzig Jahre alt.

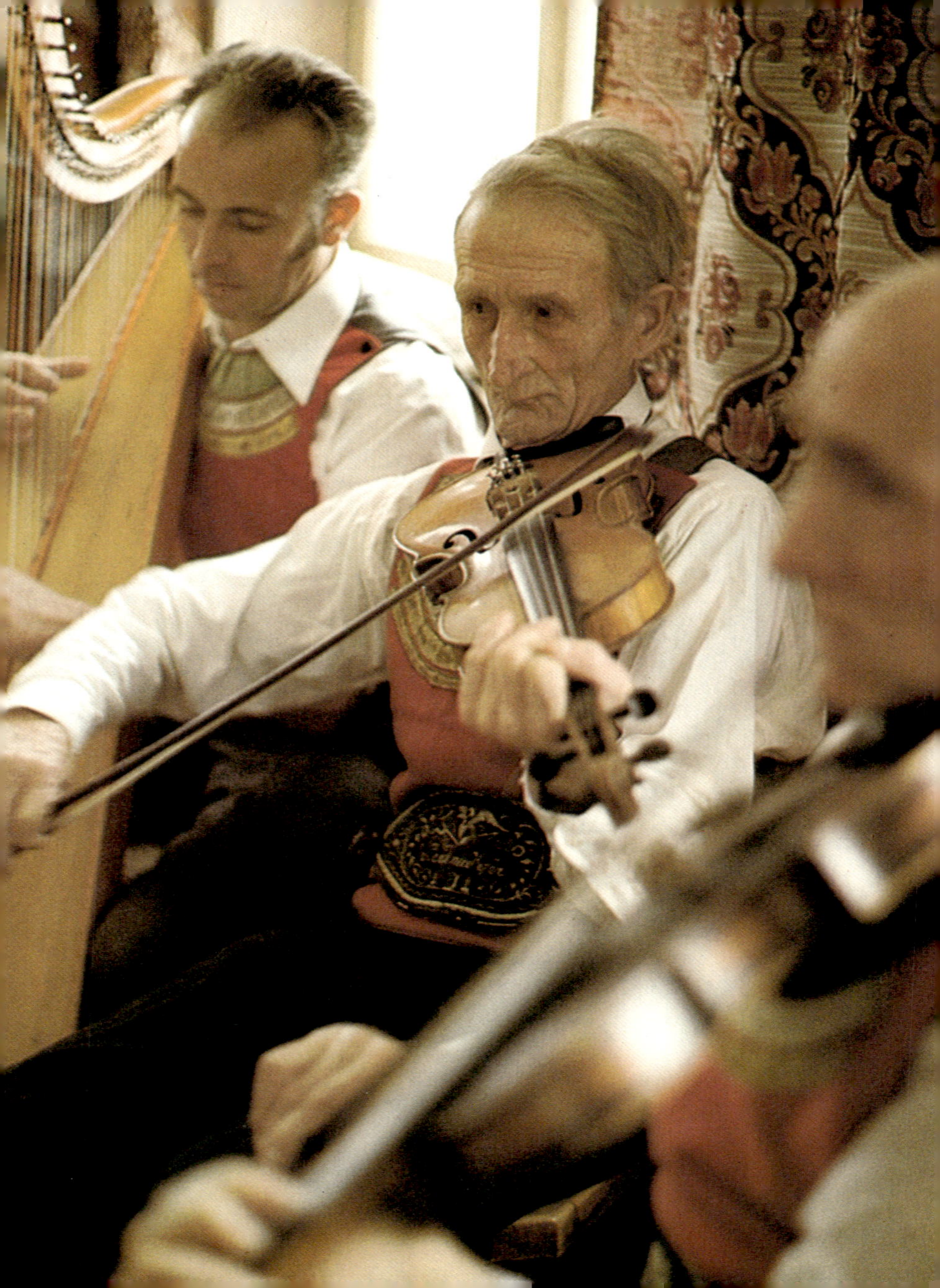

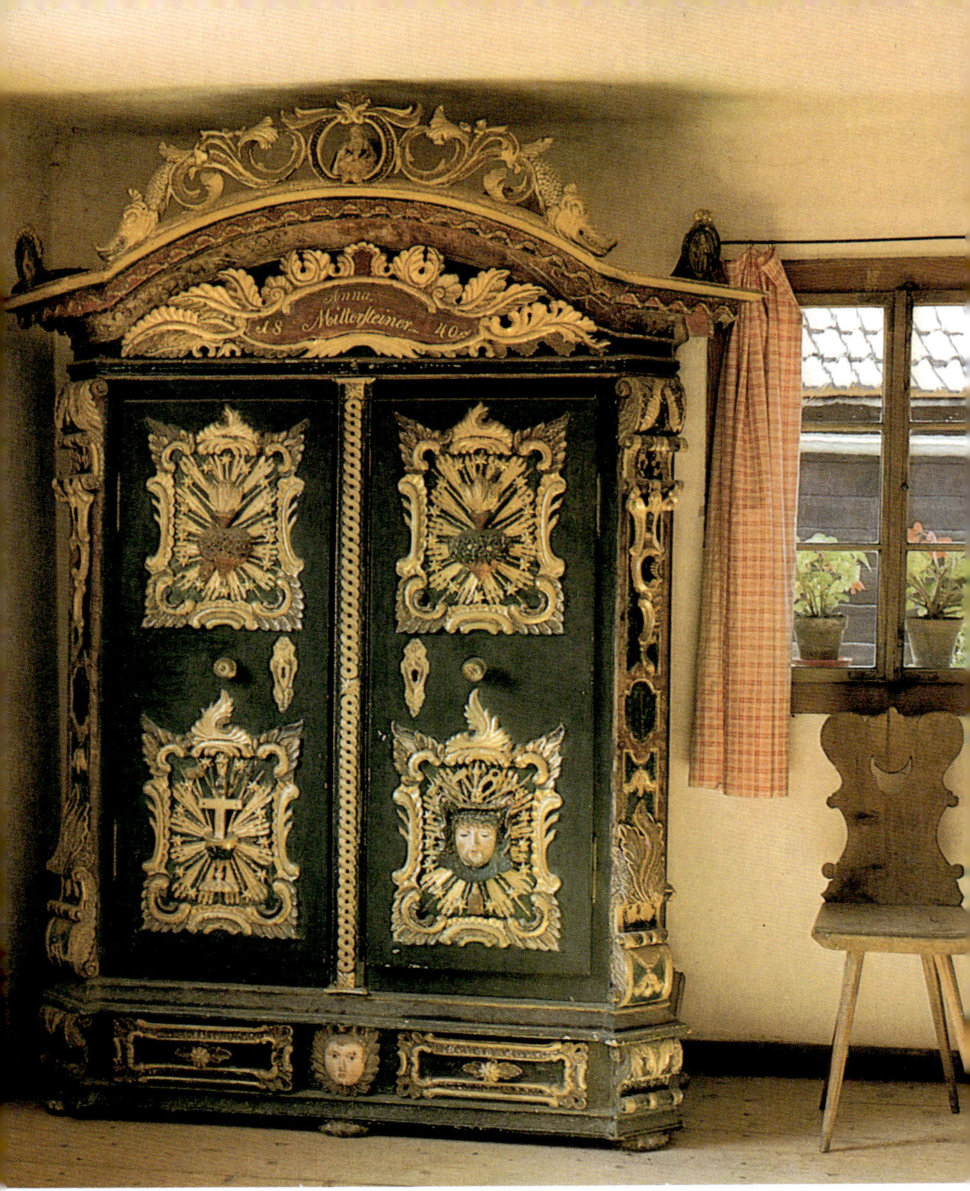

Barockschrank in einem Bauernhaus im Pongau.

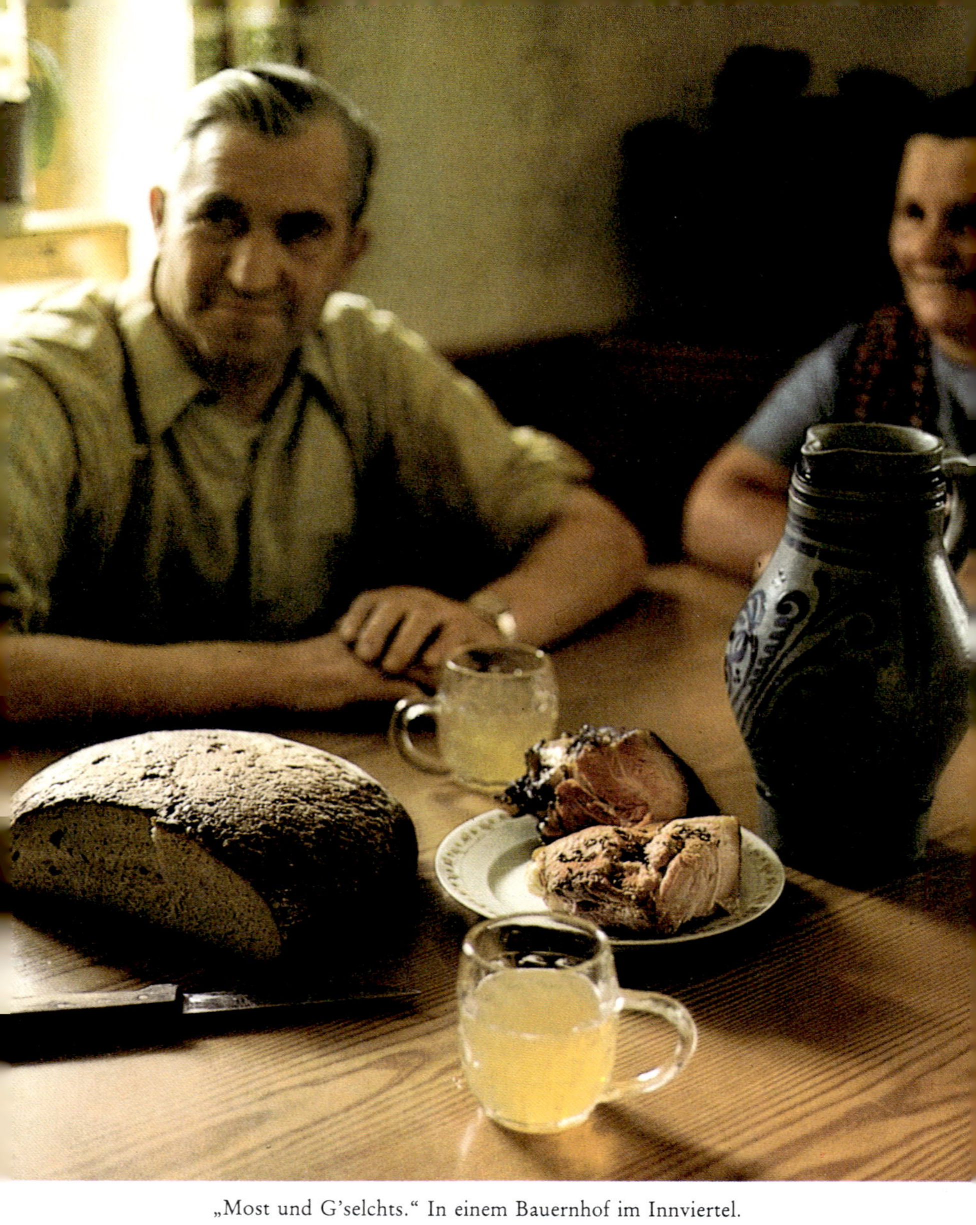

„Most und G'selchts." In einem Bauernhof im Innviertel.

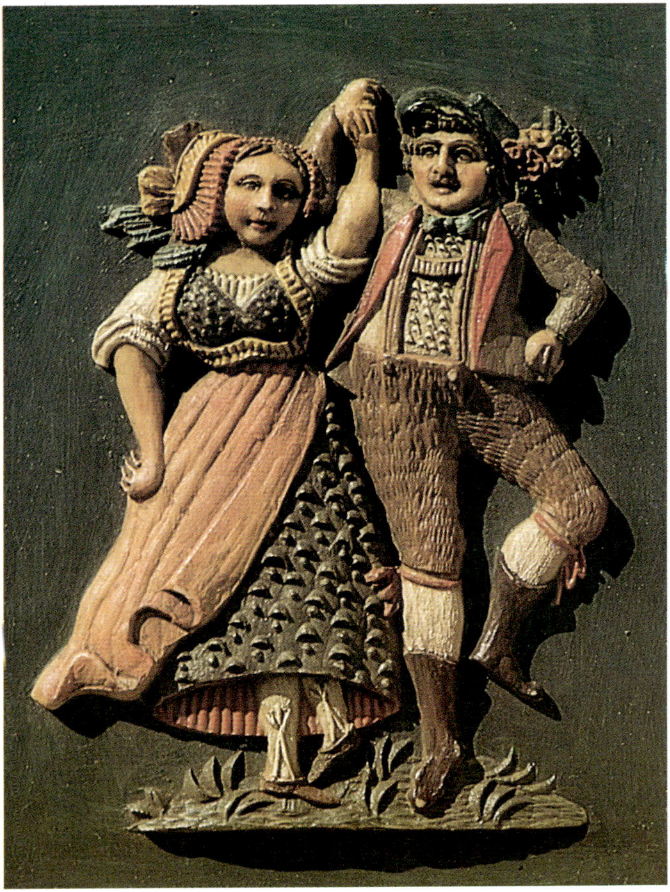

Oben: Steirisches Tanzpaar – Lebkuchenmodel aus dem Steirischen.
Volkskundemuseum Graz.
Rechts: Die „Simon Geigenmusi" aus Goisern, Oberösterreich.

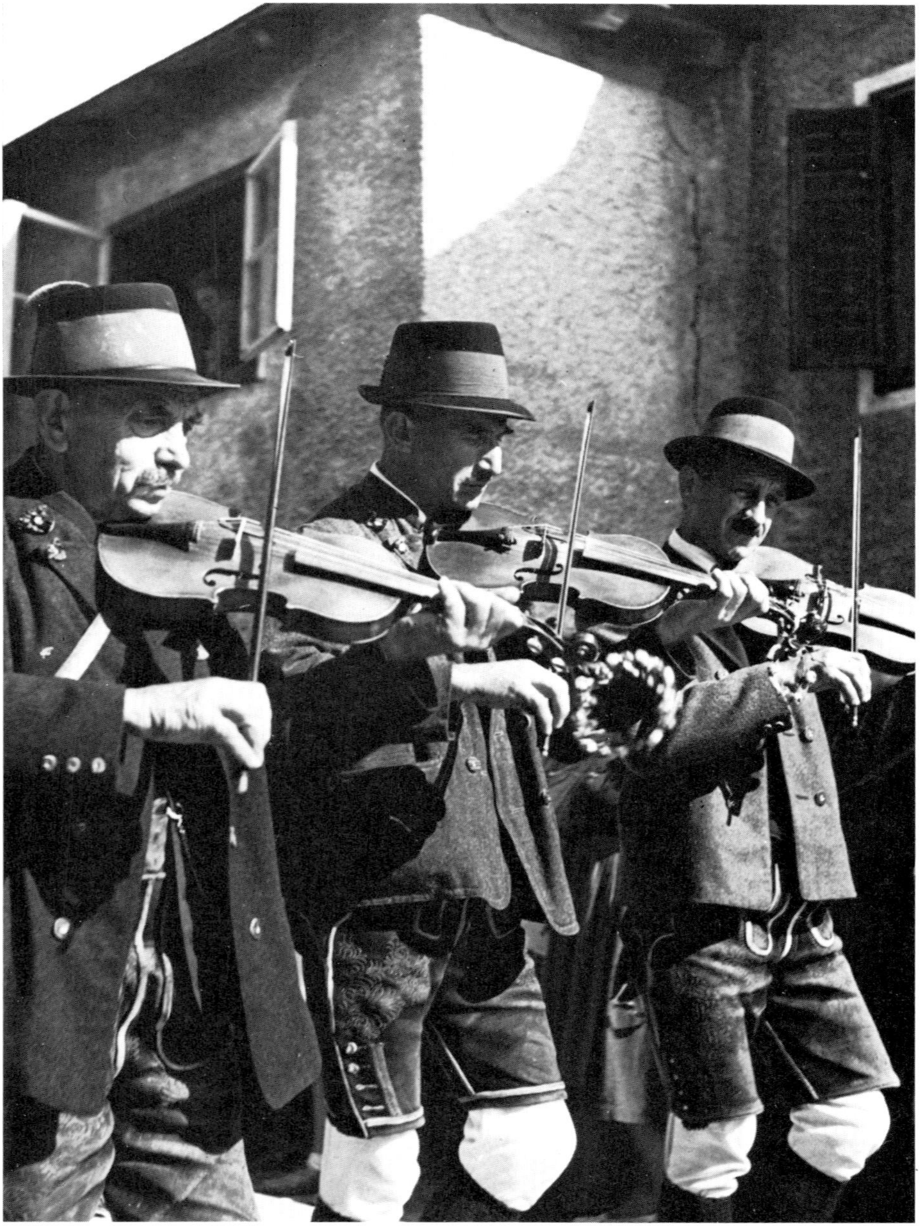

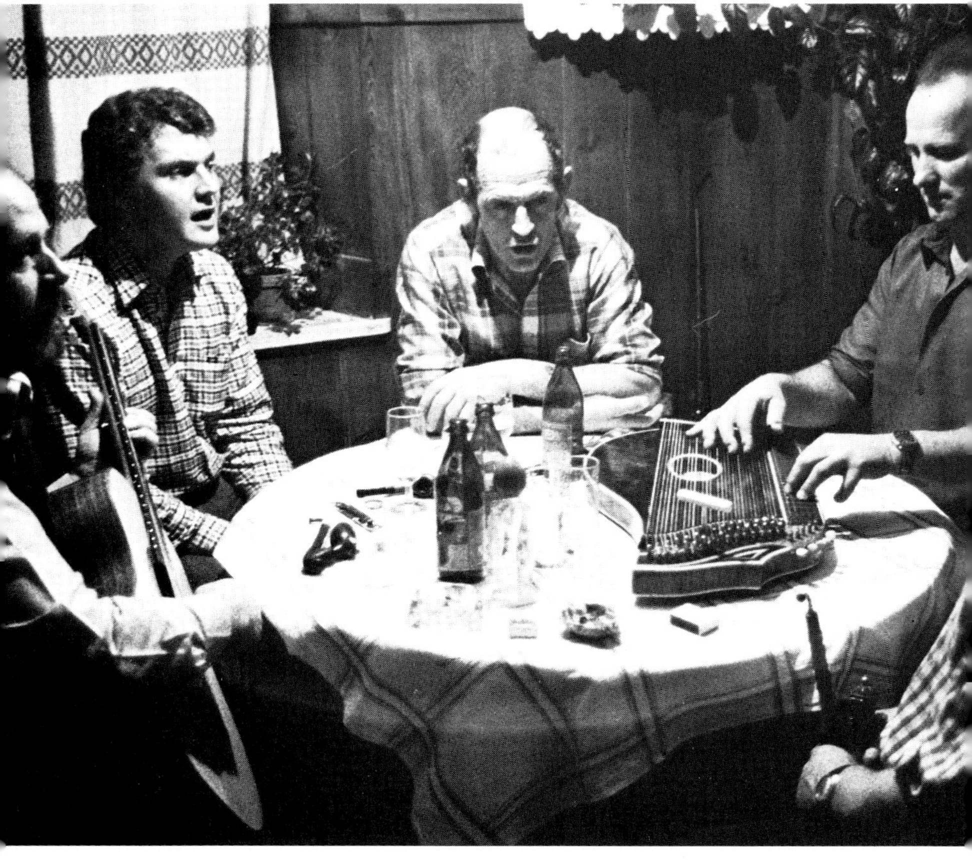

Oben: Hausmusik und Gesang beim Fellerbauern in Kitzbühel, Tirol.
Rechts: Eine alte Drehleier aus dem Jahr 1735 wird noch bei der Mitterhögler-Hausmusik verwendet, Tirol.

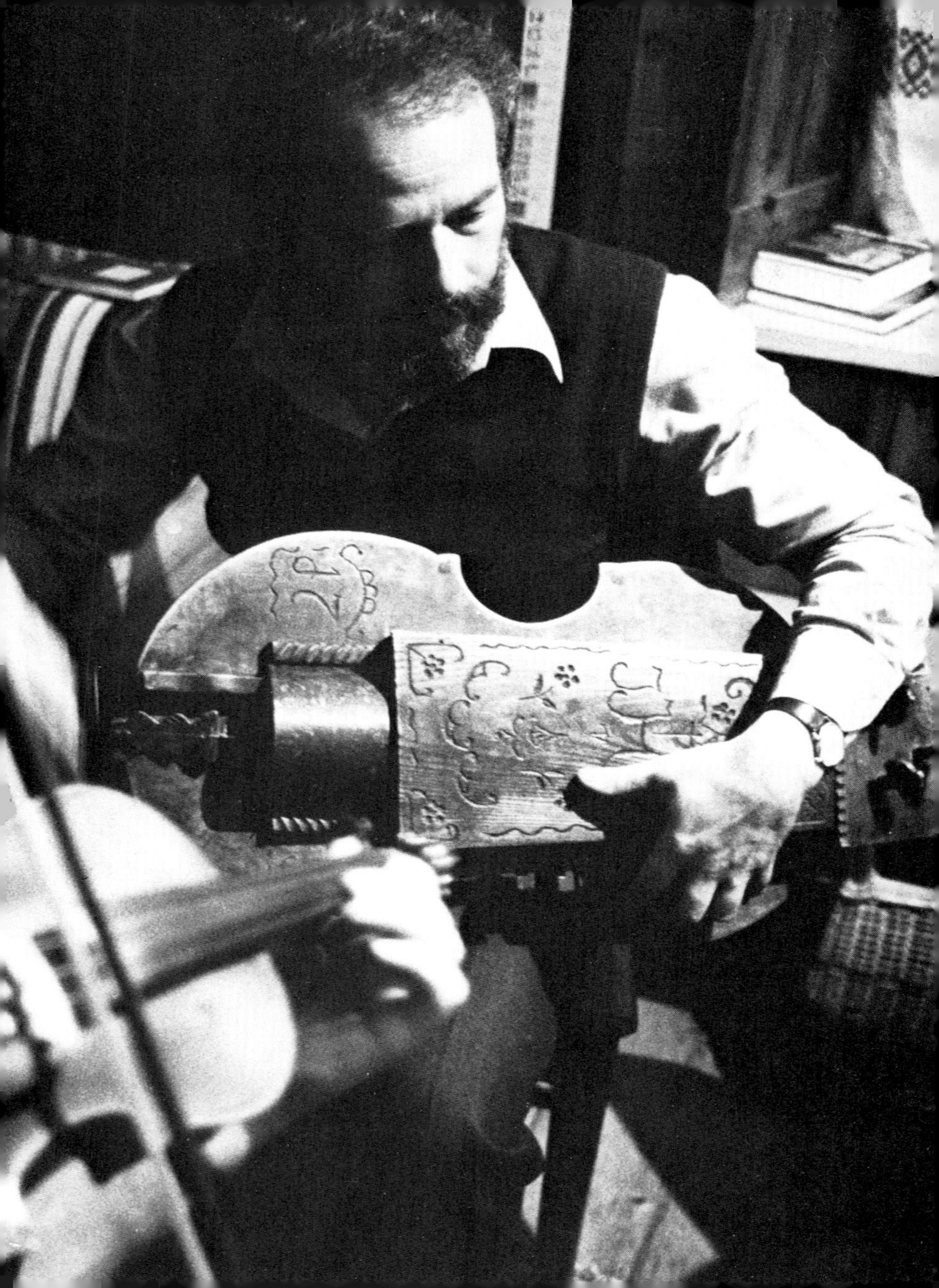

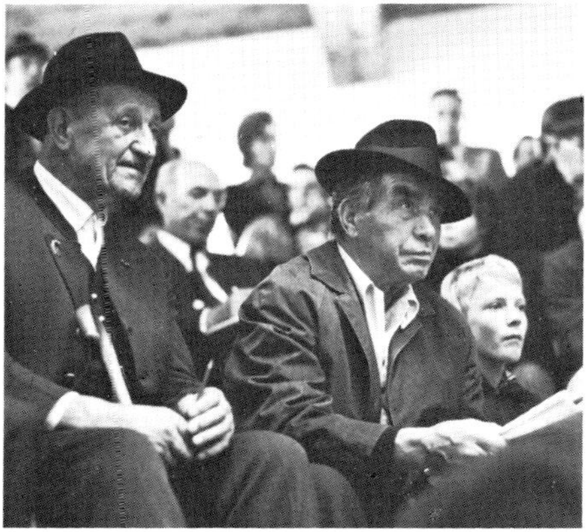

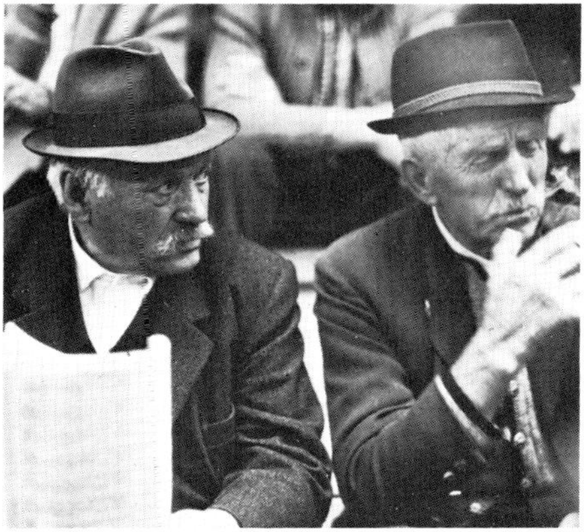

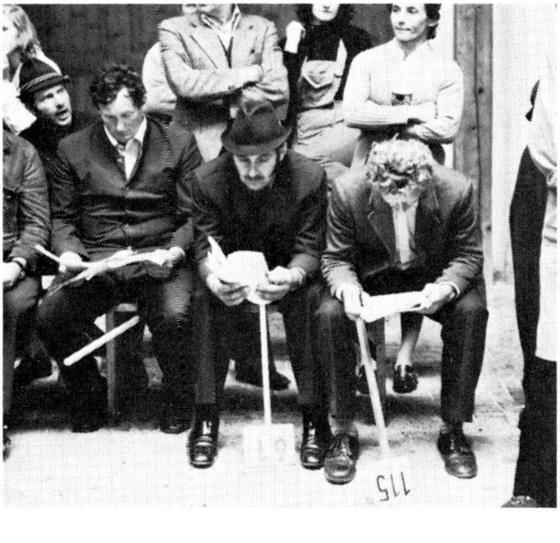
115

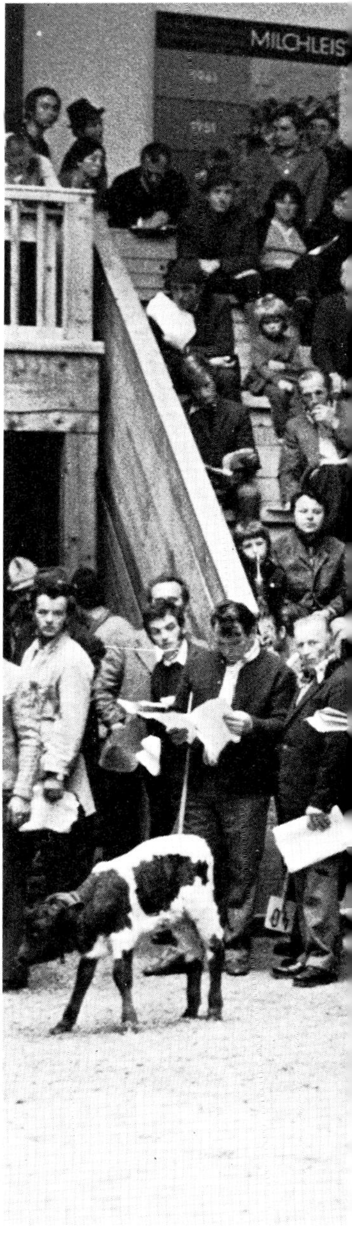
MILCHLEIS

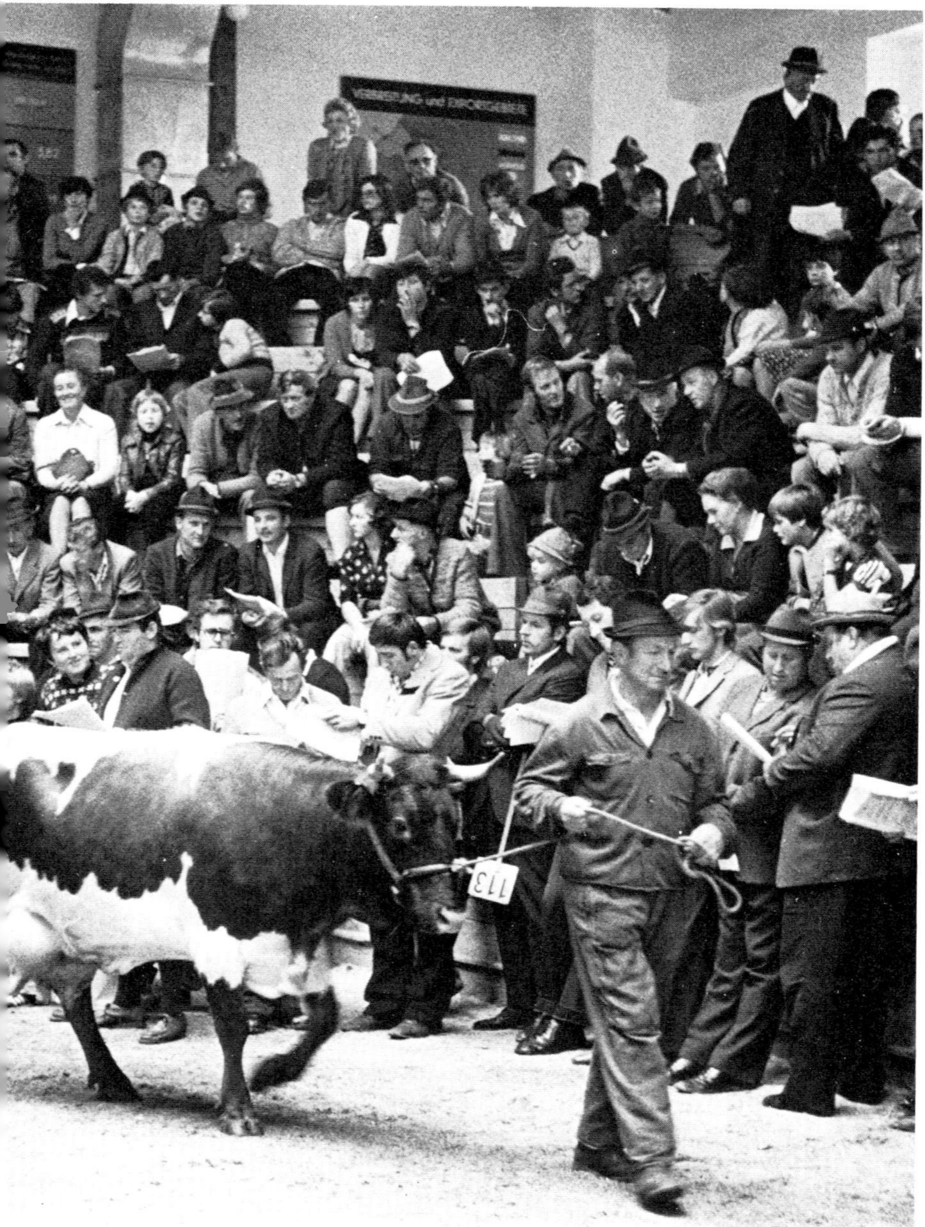

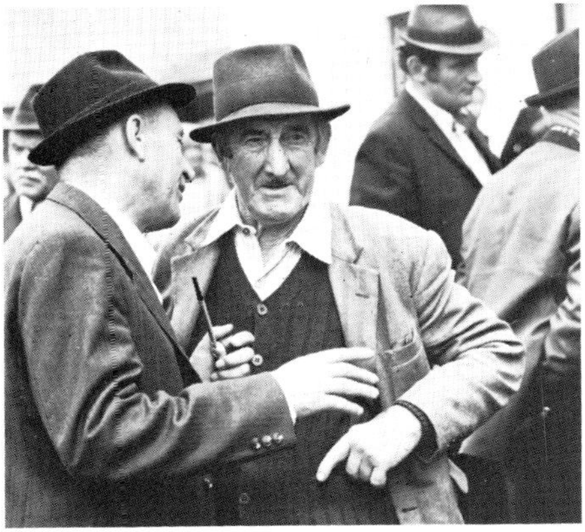
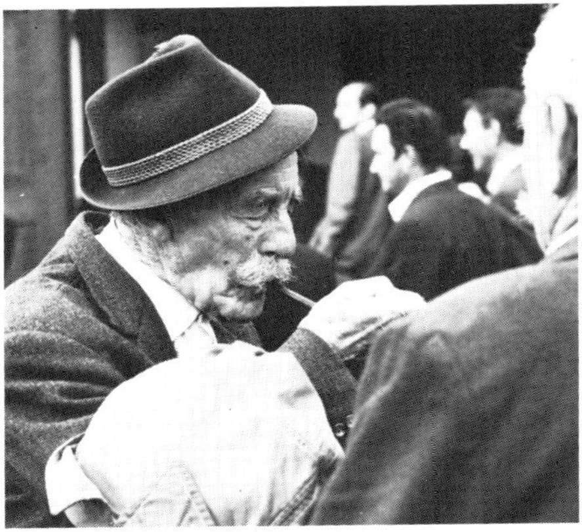
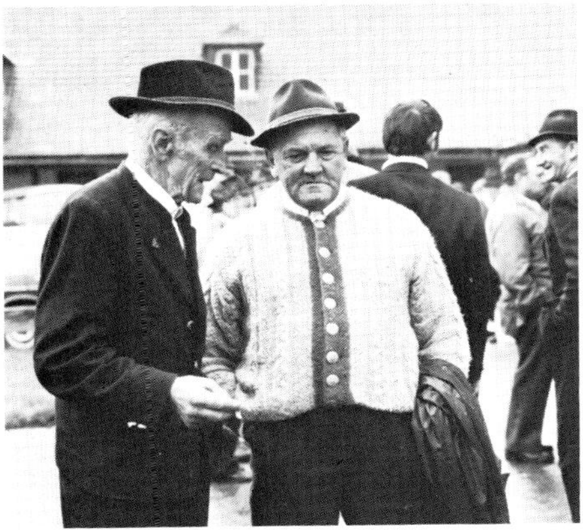
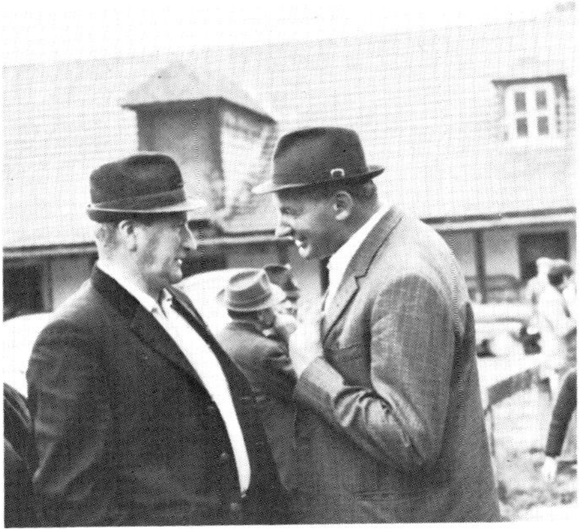
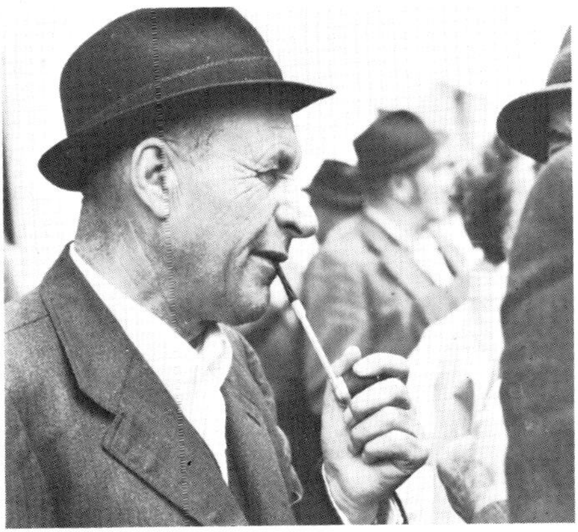
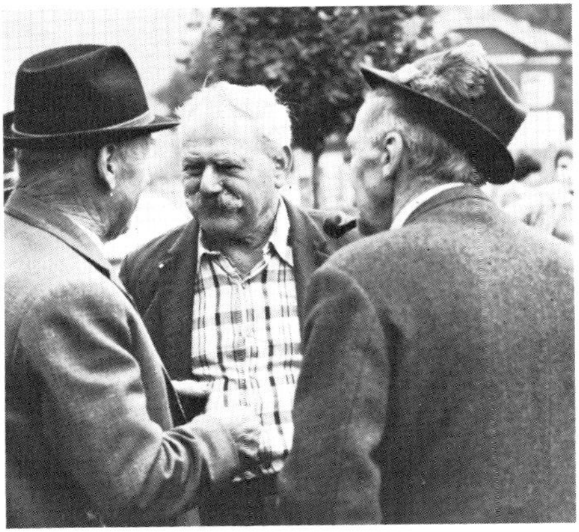

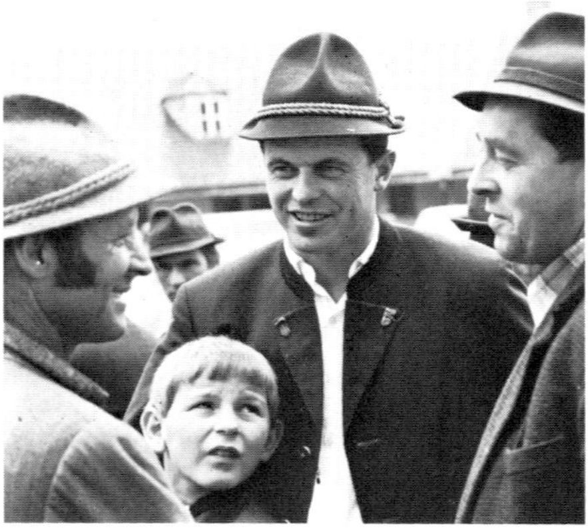

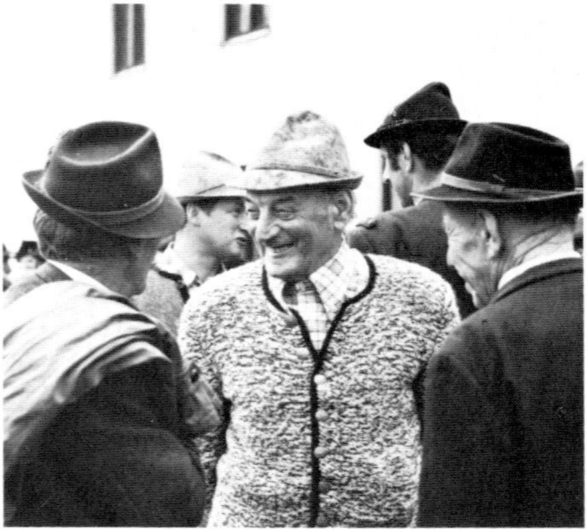

Vorhergehende Seiten sowie links und rechts: Viehversteigerung in Maishofen im Pinzgau. Folgende Seite: Brett vom Laubengang eines Austraghauses am Böndlsee, Salzburg, mit Kerbschnitzerei aus dem frühen 19. Jahrhundert.

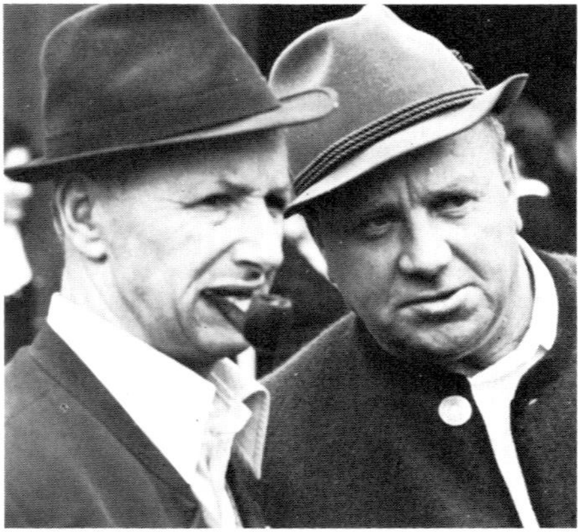

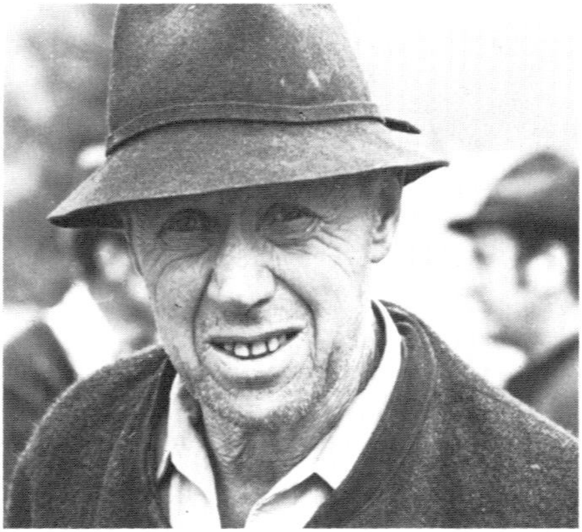

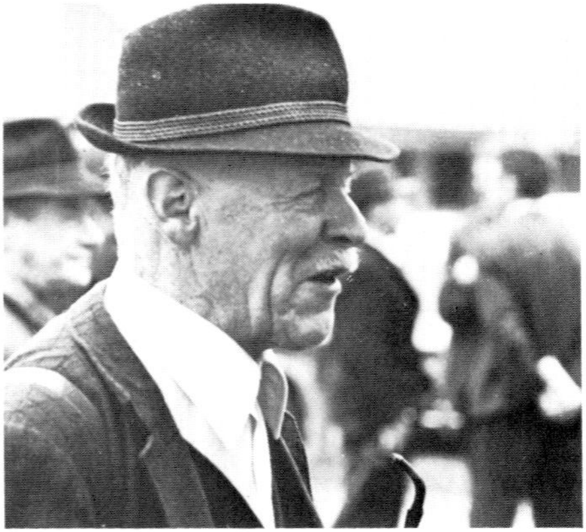

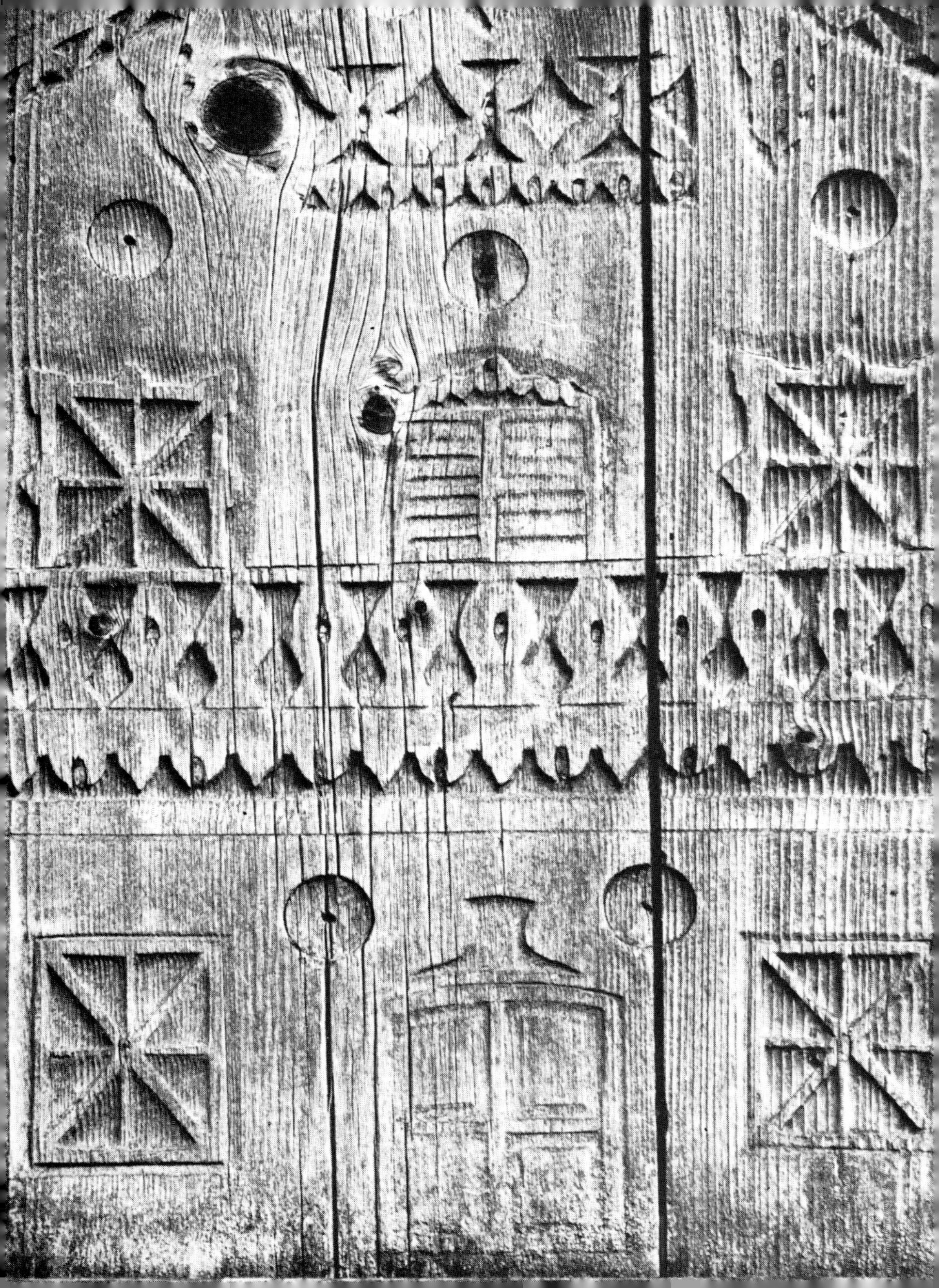

Brauchtumskalender

JANUAR		
1. bis 6. Januar	Sternsinger von Oberndorf	Oberndorf, Salzburger Land
5. Januar	Glöcklerlaufen	Ebensee, Bez. Gmunden, Oberösterreich
5. Januar	Glöcklerlauf	Stainach, Oberösterreich
5. Januar	Perchtenlauf (Schnabelperchten)	Rauris, Salzburg
5. und 6. Januar	Sternsingen	Heiligenblut
6. Januar	Dreikönigsritt	Scheibbs, Niederösterreich
6. Januar	Pechtrajagen	Fürnitz bei Villach
6. Januar	Tresterer	Stuhlfelden, Pinzgau Unken, Pinzgau Lofer (auf Stelzen)
6. Januar	Pongauer Perchtenlauf	alternierend in St. Johann/P. Gastein, Bischofshofen, Altenmarkt/P.
Ende Januar, Anfang Februar	Aperschnalzen	Salzburger Land
FEBRUAR		
1. Februar	Kirchleintragen	Eisenkappel, Kärnten
Donnerstag vor Faschingssonntag	Pflugziehen, Unsinniger Pfintzig	Stilfs, Südtirol
Donnerstag vor Faschingssonntag	Schützenspiel	Mals, Südtirol
Donnerstag vor Faschingssonntag	Schellenschlagen	Lans, Tirol
„Bromiga Fritag“	Fasnachtsritt in die Mehrerau	Bregenz, Kloster Mehrerau
Faschingssonntag, -montag oder -dienstag	Faschingsumzüge	Ober- und Niederösterreich

Faschingsdienstag	Tinzltag	Aldein, Südtirol
Faschingsdienstag gegen Mitternacht, selten Aschermittwoch	Faschingsbegraben (Faschingseingraben)	Ober- und Niederösterreich
etwa jedes 4. Jahr an einem Sonntag im Fasching	Wampelerreiten	Axams, Innsbruck-Land
ca. jedes 4. Jahr an einem Sonntag im Fasching	Schemenlaufen	Imst, Tirol
jedes 3. bis 5. Jahr an einem Sonntag im Fasching	Mullerlaufen	Thaur, Tirol
ein Sonntag im Fasching alle 5 Jahre	Schleicherlaufen	Telfs, Tirol
ca. jedes 3. Jahr an einem Sonntag im Fasching	Schellerlaufen	Nassereith, Tirol
Faschingssonntag	Bärentreiben	Hart, Steiermark
ca. jedes 4. Jahr am Faschingssonntag	Blochziehen	Fiß, Tirol, Burgenland, Oststeiermark
jedes zweite Jahr (gerade Zahl) am Faschingssonntag	Fasching	Schladming, Steiermark
Faschingsdienstag	Egetmann	Tramin, Südtirol
Faschingssonntag, Faschingsmontag, Faschingsdienstag	Ausseer Fasching Ausseer Flinserlfasching	Bad Aussee, Steiermark
Faschingsdienstag	Maskenskilauf	Lilienfeld, Niederösterreich
Faschingssonntag, Faschingsmontag oder Faschingsdienstag	Bader Jagerl und seine Gesponsin Gertraud	Bad Ischl, Oberösterreich
Faschingsmontag	Faschingrennen	Oberes Murtal, Steiermark
Faschingsmontag	Fetzenfasching	Ebensee, Oberösterreich
Aschermittwoch	Geldbeutelwaschen (Gealdbüttelwösch)	Bregenz, Vorarlberg
am Sonntag Invocavit (1. Fastensonntag)	Funkenfeuer (Fackel-, Scheiben-, Fastnachtsfunken)	Vorarlberg, Tirol
Erster Fastensonntag	Scheibenschlagen	Mals, Südtirol
am Abend d. „Kassunnti“ = 1. Fastensonntag	Scheibenschlagen	Landeck, Tirol
am Abend des „Funkensonntags“ = 1. Fastensonntag	Funkenabbrennen	Außerfern, Tirol
„Funkensonntag“	Funkaabrenna	Montafon, Vorarlberg

MÄRZ

Am Montag und Dienstag nach dem 4. Fastensonntag	Fetzenmärkte	Graz

MÄRZ/APRIL

Palmsonntag	Palmweihe	Bad Ischl, Oberösterreich
Palmsonntag	Palmsonntag	Lustenau und Hohenems, Vorarlberg
Palmsonntag	Palmeselprozession	Thaur, Tirol Puch bei Hallein, Salzburg Hall, Tirol
Palmsonntag	Palmweihe	St. Wolfgang, Oberösterr.
Nacht von Gründonnerstag auf Karfreitag	Antlaß-Singen	Traunkirchen, Oberösterr.
Gründonnerstagnacht und Karfreitagnacht	Leiden-Christi-Singen	Großarl
Gründonnerstag und Karfreitag	Kreuzziehen	Tresdorf, Kärnten
Gründonnerstag bis Karsamstag	Osterratschen (Ratschenbaum)	verschiedene Gegenden in Österreich
Ostersonntag	Maschta-Singen (=Marter-Leiden-Christi-Singen)	Weststeiermark
Ostermontag	Haflinger-Galoppreiten oder Bauerngaloppreiten	Untermais, Südtirol
Osterzeit (vor oder nach Ostern)	Widderopferprozession	Virgen, Kals und Öttring, Osttirol
Weißer Sonntag (1. Sonntag nach Ostern)	Bläktoschappel	Höchst, Vorarlberg
Freitag nach Ostern (Dreinagelfreitag)	Vierbergelauf (Vierbergewallfahrt)	Kärnten
2. Sonntag nach Ostern	Kassiansprozession	Brixen, Südtirol

MAI/JUNI

1. Mai	Maibaumsetzen	Niederösterreich
1. Sonntag im Mai	Florianikirtag	Zell an der Ybbs, Niederösterreich
1. Sonntag im Mai	Gauderfest	Zell am Ziller, Tirol

Dreifaltigkeitssonntag (1. Sonntag nach Pfingsten) nur in den Jahren, deren Endzahl durch 3 teilbar ist	Reiftanz	Hüttenberg, Kärnten
Mai	Maibaumschneiden	Niederösterreich
Mitte Mai bis Oktober	Passionsspiel	Kirchschlag, Niederösterreich
Fest Christi Himmelfahrt	Christi-Himmelfahrts-Prozession	Dorf Tirol, Südtirol
Dreifaltigkeitssonntag, Fronleichnamstag, Herz-Jesu-Sonntag (1. Sonntag im Juli)	Prangtag (Prangstangen)	Werfenweng, Bez. St. Johann
Fronleichnam	Fronleichnamsprozession	Österreich, Südtirol
Fronleichnam	Fronleichnamsschmuck in der Weststeiermark	Weststeiermark
Fronleichnam, bei schlechter Witterung darauffolgender Sonntag	Himmelbrotschutzen auf der Salzach	Oberndorf, Salzburger Land
Fronleichnam	Antlaßritt im Brixental	Brixen im Thale, Kirchberg und Westerndorf, Tirol
Fronleichnam	Fronleichnamsstangen	Rohr im Gebirge, Niederösterreich
Am Tag nach Fronleichnam	Gerichtsumgang	Villanders, Südtirol
Fronleichnamstag, Großer Frauentag (15. August), Erntedankfest (3. goldener Samstag im Oktober)	Prangtag (Prangstangen)	Mühlbach am Hochkönig, Bez. St. Johann
Sonntag nach Fronleichnam	Fahnenschwingen	Neckenmarkt, Burgenland
Sonntag nach Fronleichnam	Samson-Umzug	Tamsweg, Salzburg
Herz-Jesu-Sonntag (3. Sonntag im Juni)	Pestkerzenumgang	St. Benedikten
Samstag oder Sonntag nach dem Herz-Jesu-Fest	Herz-Jesu-Feuer in Tirol	Tirol
24. Juni	Bachprozession	Walten, Südtirol
Samstag oder Sonntag nach der Sommersonnenwende (21. Juni)	Sonnwendfeuer in Tirol	Tirol
24. Juni, manchmal auch 21. Juni	Sonnwendfeiern, Sonnwendfeuer	Ober- und Niederösterreich

Sonnwendtag (24. Juni, Johannes der Täufer)	Prangtag (Prangstangen)	Zederhaus im Lungau, Salzburg
Sonntag vor Pfingsten und Pfingstsonntag	Wallfahrt	Hirschegg, Kärnten
Pfingstsonntag, Pfingstmontag	Wettrennen und Kranzelreiten	Weitensfeld, Kärnten
Pfingsten	Säkulumfeier	St. Nikolaus, Südtirol
Pfingstmontag	Kufenstechen und Lindentanz	Feistritz im Gailtal, Kärnten
Pfingstmontag	Urbanifeldumgang	Tscherms, Südtirol
nächstliegender Sonntag zum 29. Juni (Peter-und-Pauls-Tag) und Fronleichnam	Fahnenschwingen und Umzug der Schützengarde	St. Peter am Kammersberg
29. Juni (Peter und Paul)	Prangtag (Prangstangen)	Muhr im Lungau, Salzburg

JULI

Skapulierfest (1. Sonntag im Juli)	Prangtag (Prangstangen)	Hüttau, Bez. St. Johann
1. Sonntag im Juli	Isidor-Prozession	Untermieming, Tirol
2. Freitag im Juli in jedem 3. Jahr	Wallfahrt von Judenburg nach Maria Waitschach	Judenburg und Maria Waitschach, Kärnten
ca. Mitte Juli	Gassatgehen („Türkenpfeiferl")	Waidhofen an der Ybbs, Niederösterreich
22. Juli, Tag der hl. Magdalena	Magdalenentag beim „Kreuzvater" (Magdalientog beim „Schwarzen Herrgott auf Ritzlor")	Südtirol
Sonntag nach Jakobi (25. Juli)	Jakobi-Ranggeln am Hundstein	Hundstein, Bez. Zell am See
letzter Sonntag im Juli	Piratenschlacht oder Banditenfangen	Oberndorf, Salzburger Land
Sonntag nach Jakobi	Tanz der Jakobi-Schützen	St. Jakob am Thurn, Salzburg
Juli/August, Sonntage unregelmäßig	Schifferstechen auf der Salzach bei Oberndorf	Oberndorf, Salzburger Land
zur Eröffnung der Salzburger Festspiele	Fackeltanz	Salzburg

AUGUST		
am Vorabend des „Oswaldisonntags“ (um 5. August) und am Sonntag	Samson	Krakaudorf, Steiermark
12. August oder am darauffolgenden Werktag	Klaramarkt	auf der Stubalpe, Steiermark
15. August (Großer Frauentag) auch Fronleichnam und Erntedankfest	Prangtag (Prangstangen)	Mühlbach am Hochkönig, Bez. St. Johann
15. August (Großer Frauentag)	Prozession zur Maria im Stein	Bad Mitterndorf und St. Martin am Grimming
15. August (Mariä Himmelfahrt oder Großer Frauentag)	Samson-Umzug	Murau, Steiermark
15. August (Mariä Himmelfahrt)	Schiffswallfahrt auf dem Wörther See	Klagenfurt, Kärnten
„Barthlmä-Sonntag“ um 24. August	Bartholomäus-Fest	Ranten, Steiermark
Sonntag nach dem 28. August	Augustini-Kirtag (St.-Augustini-Kirchweihfest)	St. Johann, Niederösterreich
SEPTEMBER		
1. September (St. Ägidius bzw. erster darauffolgender Sonntag)	Brotspende	Raas, Südtirol
Sonntag nach Ägidi (Ägidius, 1. September). Fällt Ägidi auf einen Montag, so an diesem Tage. Fällt aber auf diesen Tag ein gesetzlicher Feiertag, so findet der Markt am nächsten Montag statt.	Wiesenmarkt („Freiungsaustragen“)	Bleiburg, Kärnten
In der Zeit von Maria Geburt (6. September bis gegen Mitte September)	Almabtrieb	in den Gebirgsgegenden Österreichs und in Dorf Tirol, Südtirol
Erster Sonntag im September (Ägidius)	Kirchtag	Mitterolang, Südtirol

8. September (Fest Mariä Geburt)	Maria-Geburts-Prozession	Oberlana, Südtirol
Sonntag nach dem Notburga-Fest (14. September)	Notburga-Prozession	Eben, Tirol
Tag nach hl. Kreuztag (15. September)	Alpabtrieb	Schwarzenberg, Vorarlberg
24. September (St. Rupert)	Schwerttanz der Dürrnberger Knappen	Dürrnberg bei Hallein, Salzburg
Michaelisonntag (Sonntag um den 29. September) und 14 Tage vor- und nachher	Wiesenmarkt	St. Veit
verschiedene Termine	Fahnlschwingen in Südtirol	Südtirol

OKTOBER

Samstag, Sonntag und Montag vor oder nach dem 12. Oktober (Maximilianstag)	Maxlan-Markt	Niederwölz, Steiermark
um 12. Oktober	Maxlan-Markt	Neuhaus und Tarnitz
2. Sonntag im Oktober	Schützenmahl	Lasern/Bad Goisern, Oberösterreich
Kirchweihsonntag	Almabtrieb und Kirchtag-krachen	Lajen, Südtirol
Kirchweihfest des jeweiligen Dorfes	Kirchtagmichl	Ahrntal, Südtirol
26. bis 28. Oktober	Markt	Stegen, Südtirol
an einem Samstag im Oktober	Almabtrieb („Kühkemma") im Pustertal	Pustertal, Südtirol
meist an einem Sonntag, von Ende September bis Ende Oktober	Erntedankfest (Ernteumzug)	Niederösterreich
Erntedankfest (3. goldener Samstag im Oktober), auch Fronleichnam und 15. August	Prangtag (Prangstangen)	Mühlbach am Hochkönig
Oktober, nach der Weinlese	Winzerumzug	in Weingegenden Österreichs

NOVEMBER		
Sonntag nach dem 6. November	Leonhardiritt	Kundl, Tirol, Pettenbach, Oberösterreich
11. November	Krapfenbetteln	Pfunders, Südtirol
11. November	Martinsritt	Bregenz, Vorarlberg
11. November	Martini-Lichterprozession	Schleis, Südtirol
von Mitte Oktober bis Ende November	Törggelen in Südtirol	Südtirol
DEZEMBER		
ab 1. Adventsonntag	Adventsingen	Niederösterreich
4. Dezember (nächstgelegener Sonntag)	Ledersprung	Leoben, Steiermark
5. Dezember	Klosen	Stilfs, Südtirol
5. Dezember	Klaubaufgehen	Matrei, Tirol
5. Dezember	Nikolausspiel (Strohschab)	Mitterndorf, Salzkammergut
5. Dezember	Nikolauseinzug	Innsbruck
5. Dezember	Nikolaus-Aufwecken	Mals, Südtirol
6. Dezember	Nikolauseinzug, Nikolausfeier	Niederösterreich
2. Donnerstag im Advent	Wildes Gjaid von Untersberg	Salzburger Land, jedes Jahr in verschiedenen Orten
im Dezember	Krippenspiel	Zirl, Tirol
letzte drei Donnerstage im Advent	Klöckln (Anklöpfeln) in Südtirol	Südtirol
4. Adventsonntag	Christkindleinzug	Innsbruck, Tirol
Weihnachten bis Mariä Lichtmeß	Krippendörfer	Umgebung von Innsbruck, Tirol
etwa jedes 10. Jahr an zwei Samstagen im Advent	Anklöpfeln	Stans, Tirol
Advent	Anglöckler oder Adventsänger	Oberndorf
Advent	Anklöpfeln	Salzburg
zu Weihnachten, Aufführungen alle 4 Jahre; letzte 1975	Krippenspiel	Bad Ischl, Oberösterreich
28. Dezember (Tag der Unschuldigen Kinder)	Frisch-und-g'sund-Schlagen in Österreich	Kärnten, Steiermark, Burgenland, Lungau
31. Dezember	Neujahrssingen	Planeil, Südtirol